Heinrich Steinfest

Cheng

PIPER

Zu diesem Buch

Eine Stadt erstickt im Schnee. Ein Mann sitzt in seinem Büro und überlegt, »wie vornehm sich Gott verhielt, indem er diese Stadt nicht einfach ausdrückte, wie sie es eigentlich verdient hätte, sondern in einen weißen Traum verwandelte, in dem freilich früher oder später alles zu Grunde geht«. Dieser Mann heißt Markus Cheng, ist Privatdetektiv und hat nichts mit einem Chinesen gemein, außer, daß er wie einer aussieht. Sein einziger Klient wird tot aufgefunden – im Einschußloch zwischen den Augen steckt ein Papierröllchen, darauf eine Nachricht: »Forget St. Kilda«. Eine Frau – rasant, vom Tötungstrieb bestimmt, dabei witzig – mordet, und zwar keineswegs ins Blaue hinein. Stets hinterläßt sie Hinweise, die um den Namen St. Kilda kreisen. Cheng beobachtet einen Herrn, der sich nach einem Buch erkundigt, das es nirgends gibt. Titel: »St. Kilda«. Er folgt dem Mann und gerät immer tiefer in eine Geschichte, in der die Gewalt ihren beiden legitimen Brüdern begegnet: dem Absurden und dem Komischen. Ein wunderbar schräger Krimi von Heinrich Steinfest und Chengs erster Fall.

Heinrich Steinfest wurde 1961 geboren. Albury, Wien, Stuttgart – das sind die Lebensstationen des erklärten Nesthockers Heinrich Steinfest, welcher den einarmigen Detektiv Cheng erfand. Er wurde mehrfach mit dem Deutschen Krimi Preis ausgezeichnet, erhielt den Stuttgarter Krimipreis 2009 und den Heimito-von-Doderer-Preis. »Ein dickes Fell« wurde für den Deutschen Buchpreis 2006 nominiert. Zuletzt erschienen seine »Gebrauchsanweisung für Österreich« sowie die Romane »Gewitter über Pluto« und »Batmans Schönheit«.

Heinrich Steinfest
Cheng

Sein erster Fall

Piper München Zürich

Mehr über unsere Autoren und Bücher:
www.piper.de

Von Heinrich Steinfest liegen bei Piper vor:
Cheng. Sein erster Fall
Tortengräber
Der Mann, der den Flug der Kugel kreuzte
Ein sturer Hund. Chengs zweiter Fall
Nervöse Fische
Der Umfang der Hölle
Ein dickes Fell. Chengs dritter Fall
Die feine Nase der Lilli Steinbeck
Mariaschwarz
Gewitter über Pluto
Batmans Schönheit. Chengs letzter Fall

FSC
Mix
Produktgruppe aus vorbildlich bewirtschafteten Wäldern und anderen kontrollierten Herkünften
www.fsc.org Zert.-Nr. GFA-COC-001223
© 1996 Forest Stewardship Council

Taschenbuchneuausgabe
1. Auflage Februar 2007
7. Auflage Dezember 2010

Erstausgabe: Verlagsgruppe Lübbe GmbH & Co KG, Bergisch Gladbach 2000
Umschlagkonzeption: semper smile, München
Umschlagabbildung: Igor Panitz
Autorenfoto: Bernhard Adam
Satz: EDV-Fotosatz Huber / Verlagsservice G. Pfeifer, Germering
Papier: Munken Print von Arctic Paper Munkedals AB, Schweden
Druck und Bindung: CPI – Clausen & Bosse, Leck
Printed in Germany ISBN 978-3-492-24874-7

1

Ihre Beine waren zu dick.

Jetzt, da die ständigen Auseinandersetzungen mit Barbara ein unerträgliches Ausmaß erreicht hatten, war er geradezu wütend ob ihrer dicken Beine. Die man sich freilich nicht dick vorzustellen hat. Dick sind Beine, wenn sie nicht exakt den Vorgaben der Bekleidungsindustrie entsprechen, während kein Mensch wirklich dicke Beine als dick bezeichnet, liegen doch wirklich dicke Beine außerhalb einer geordneten Sprachregelung; wirklich dicken Beinen glaubt man nur noch mit Verbalinjurien begegnen zu können, weshalb höfliche Menschen angesichts von wirklich dicken Beinen in eine Sprachlosigkeit zurücksinken, welche nichts ändert an der peinlichen Berührung, die der Anblick dicker Beine in ihren inhaftierten Hirnen auslöst.

Da nützte auch nichts, daß Barbara alles Erdenkliche unternahm, um ihre Beine, und nicht nur diese, dem anzunähern, was einen Menschen – entsprechend der allgemeinen Lesart – von einem Unglücksfall unterscheidet.

Nie hätte Ran gewagt, sich offen über ihre Beine zu mokieren, aber sie spürte seinen Ekel, der ihr nur zu vertraut war, spürte sie ihn doch gegen sich selbst. Natürlich bezog dieser Ekel seine ungeheure Intensität auch aus ganz anderen Problemen, etwa Barbaras ungeliebter Pflicht, ihre streitsüchtige Mutter zu pflegen, die dank einer angeblich todbringenden Krankheit noch kräftiger und anmaßender geworden war, oder Rans diversen Allergien, die ihm jede Nahrungsaufnahme zur Tortur machten. Es blieb unklar, gegen was er eigentlich allergisch war, so daß die Bedrohung sich ungehemmt aufblähen konnte.

»Findest du nicht auch, daß ich zu dicke Beine habe?« Und dabei sah sie ihn haßerfüllt an, weil sie ja die Antwort kannte und gleichzeitig wußte, daß er diese Antwort niemals wagen würde auszusprechen, was sie als jämmerliche Verlogenheit empfand, während ihr aber auch klar war, daß sie durchdrehen würde, wollte er die Möglichkeit einer solchen Antwort auch nur andeuten.

»Ach Schatz, hör doch auf. Deine Beine sind völlig in Ordnung.«

Und dabei vermied er es, ihre Beine anzusehen, die sie demonstrativ zur Schau stellte, wie ein zynischer Krüppel, der seinen entstellten Körper einem voyeuristischen Publikum entgegenstreckt, welches hinter angeblichem Gleichmut seine Abscheu verbirgt.

»Du hättest sehen sollen, wie mir der Klaghofer gestern auf die Beine gesehen hat, mit Augen, als hätte er die Basedowsche Krankheit. Ich hab' das Schwein richtig hören können, mit seinem blöden ts, ts: na, unsere hübsche Babsi, so ein schöner Arsch, und die Titten kriegen auch einen Preis, aber um Himmels willen, diese Oberschenkel, wie von einem russischen Gewichtheber.«

Ran lachte gekünstelt, ängstlich bemüht, die Sache als Altherrenfrivolität abzutun. »Aber Schatz, der Klagi ist doch ein alter Trottel. Wie kann dich so einer kümmern.«

»Interessant. Du gibst seiner Sichtweise also recht. Dich stört nur, daß er nicht verschämt wegschaut. Die alte Sau ist wenigstens ehrlich, während du dir denkst, Gott im Himmel, die Babsi hat ja Elefantiasis. Aber sagst natürlich kein Wort.«

»Du bist verrückt, völlig verrückt. Was willst du mir da anhängen? Elefantiasis – du bist Biologin und weißt nicht einmal, wie eine Elefantiasis aussieht.«

»Ich hab' nicht gesagt, daß ich Elefantiasis habe, sondern daß du es denkst.«

Natürlich war das nicht die Art Gespräch, die einen gemütlichen Abend einleitet.

Um dem hier angesprochenen Professor Klaghofer, einem wahrlich harmlosen Spezialisten für Parasitismus, zu seinem Recht zu verhelfen, sei erwähnt, daß er zwar tatsächlich Barbara angestiert hatte, aber hätte er um den Verdacht gewußt, etwas an ihr bemängelt zu haben, er wäre geradezu erschüttert gewesen. Schließlich empfand er die junge Frau als überaus anziehend, und da der Zeitgeist in seiner ungewöhnlich immunen Seele nur selten wütete, war ihm das Problem dicker Beine nicht vertraut (weshalb viele ihn für einen Idioten oder ein Genie hielten, was er beides nicht war).

Ran überlegte, ob er den Hörer abnehmen sollte. Für ihn war die Sache erledigt. Barbara und er konnten eben nicht miteinander. Da nützte es nichts, daß sie hin und wieder im Bett Spaß miteinander hatten (und nicht einmal das war sicher, denn Barbaras leidenschaftliches Getue schien ihm ziemlich dick aufgetragen, geradezu verzweifelt). Es gab wenig, worüber sie einer Meinung waren, und so gut wie nichts, worüber nicht ausufernde Diskussionen stattfanden, und der Reiz widersprüchlicher Positionen war bald der Frustration gewichen, die aus den täglichen ermüdenden Kleinkriegen resultierte.

Inzwischen fand er sie nicht einmal mehr attraktiv, bemerkte die kleinste Abweichung von jenen Mustern, die man den Konsumenten wie Gußbeton ins Bewußtsein spritzt. Ihre sogenannten dicken Beine, ihre Fettzellenparanoia, ihr Orangenhautdebakel war da nur der Höhepunkt (dabei keine Spur von Zellulitis, in Wirklichkeit hatte sie ausgesprochen schlanke Beine). Übrigens verfügte sie über ein ausgeprägtes emanzipatorisches Bewußtsein, welches zwar nützlich war, was den politischen und philosophischen Diskurs betraf (und tatsächlich war sie so gut darin, daß sich Männer in ihrer Gegenwart gerne in eine traditionelle Unsachlichkeit flüchteten), aber wenig hilfreich angesichts makelloser Designerbeine, Bilder, die aus Hochglanzmagazinen auf das Leben der Untermenschen spuckten oder wie Reißzwecken in den Hirnen beider Geschlechter steckenblieben.

Nach dem siebenten Läuten fluchte Ranulph Field und hob den Hörer ab. Sein »Ja« war böse und endgültig – okay, wenn sie es unbedingt wollte, dann würde er ihr sagen, daß sie tatsächlich dicke Beine habe oder vielleicht auch nur zu kurze, zumindest wenn sie flache Schuhe anhatte, egal, er würde zugeben, daß er es unerträglich fand, wenn sie ewig in ihrem Essen herumstocherte, sie, die unter keiner einzigen Allergie litt, so, als würden vom Herumstochern die Beine dünner.

Aber die Stimme in der Leitung war nicht die von Barbara.

»Herr Field?«

Sein zweites »Ja« kam leer und erschöpft. Wahrscheinlich würde er nie wieder den Mumm besitzen auszusprechen, wie sehr ihm der Anblick ihrer Beine Übelkeit verursachte (worum es geht, das ist die Zellulitis in unseren Köpfen).

»Hören Sie mich?« fragte die Stimme.

»Ja, ich höre Sie. Was ist denn los? Wer sind Sie überhaupt?«

Er vernahm ein Lachen, das ihn verrückt anmutete. Ran stöhnte.

»Okay, gute Frau, wie Sie auch heißen mögen. Hier ist nicht die Telefonseelsorge. Genug gelacht für heute.«

Was immer ihn davon abhielt aufzulegen, es hielt ihn ab.

»Also, was wollen Sie?« fragte Ran.

»Ich will sehen, wie Ihnen die Angst den Hintern hochkriecht.«

»Oho.« Ran fühlte sich gleich viel besser, geradezu belustigt. Das war wohl so eine Art obszöner Anruf. Auf jeden Fall eine Inszenierung. Und weil niemand da war, der linksliberale Devotion einforderte, erlaubte er sich das Vergnügen und markierte den harten Mann. »Unbefriedigt, Kleine, was? Kannst ja vorbeikommen. Ich werde dir zeigen, wo Gott wohnt.«

»Und ob ich vorbeikommen werde. Immer wieder. Aber es wird anders sein, als du dir jetzt denkst.«

Sie hatte aufgelegt. Ran war unzufrieden. Er war kaum dazugekommen, den Tiger aus seinem Herzen zu lassen. Erneut überlegte er, wie das wäre, Barbara anzurufen und nach all den Jahren seine Verachtung herauszubrüllen, diesen ganzen Dicke-Beine-Salat, der in der alten Marinade wie Seetang trieb. Aber natürlich würde er das am nächsten Tag schrecklich bereuen, denn ganz gleich, ob sie sich wieder versöhnten oder endgültig trennten, sie arbeiteten am selben Institut, und er würde sich ewig anhören müssen, was für ein primitiver Kerl er sei. Und jede verdammte Freundin Barbaras, jede sogenannte Freundin, würde ihn schneiden, nur um dieses unbedingte Solidaritätstheater aufrechtzuerhalten.

Nein, er mußte darauf warten, daß sie als erste ausfällig wurde. Es war wie das Spiel, bei dem der gewinnt, der dem anderen, ohne zu lachen, länger in die Augen sehen kann.

Bevor es dunkel wurde, ging er noch in einen nahegelegenen Park joggen (was ihm immer weniger Freude machte, dieses Den-eigenen-Körper-Spüren, denn was er da spürte, erinnerte ihn an faules Obst oder an diese Aufläufe, die in viel zuviel Sauce schwammen). Danach duschte er, schob eine halbe Pizza Richtung Verdauung und legte sich mit Zigaretten, Wein und Wertheimers *Experimentelle Studien über das Sehen von Bewegungen* aufs Bett. Sein Kater Batman (eitel, selbstherrlich, dominant und unwiderstehlich wie alle Katzen) hatte sich zwischen seine Beine gerollt.

Ran war eingeschlafen. Gegen zwei in der Nacht schrak er auf.

Aus dem Nebenzimmer, in dessen fensterabgewandten Teil er durch eine offene Flügeltür sah, kam ein kurzes, metallisches Geräusch. Ran war kein ängstlicher Mensch, sondern Naturwissenschaftler und folglich um Sachlichkeit bemüht. Wahrscheinlich stand im Nebenzimmer die Balkontür offen. Und wie zur Beweisführung spürte er jetzt einen leichten Windzug, der bei dieser Sommerhitze allerdings wenig Erleichterung bot.

Er nahm wieder den Wertheimer zur Hand und zündete sich eine Zigarette an. Auch Batman war erwacht und starrte gebannt ins Nebenzimmer. Seine Augen folgten einer Bewegung, vielleicht der einer Fliege. Allerdings wäre er einer Fliege sofort nachgesprungen. Statt dessen ging er hinter Rans Unterschenkel in Deckung und fauchte, was Batman selten tat. Sein schwarzer Körper zuckte.

Ran, der über seinen Brillenrand und über den Buchrand auf Batman sah, hielt dessen Verhalten für eine Instinktbewegung, für ein Kampfspiel mit einem imaginären Gegner, den Batman nur nahe genug an sich herankommen lassen wollte.

Kaum wahrnehmbar bemerkte Ran einen Lichtpunkt, der über Wände und Gegenstände des Nebenzimmers flog. Er sah das sozusagen mit der äußersten seiner Augenkameras und war nicht im geringsten gewillt, sich verrückt machen zu lassen und gleich mit beiden Augen ins Nebenzimmer zu sehen, um schließlich ja doch nur etwas völlig Simples und in keiner Weise Bedrohliches festzustellen. Daß er dann doch hinübersah, fand er inkonsequent, lächerlich und völlig normal – so sind Menschen nun mal, dachte er. Allerdings war da wirklich ein Lichtpunkt, mal rasend, mal nervös auf der Stelle tretend. Ein leichter Schauer durchlief Ran, angenehm kühl, ein kleiner Schrecken, eine kleine Unsicherheit, getragen von der Gewißheit, daß nur ein Mangel an Information Horror produzieren kann.

Und dann kam auch schon die Erkenntnis. Ran bewegte sein Buch, und mit diesem bewegte sich der Lichtpunkt. Ran besah sich den Buchdeckel, von dessen Rand ein kleines Stück Schutzfolie abstand, welches das Licht seiner Leselampe reflektierte. Ran führte das Buch wie ein Lenkrad und ließ den Lichtpunkt durch den Wohnungskosmos schießen. Dann sah er zu Batman, überzeugt davon, die Katze folge konzentriert den Bewegungen des Lichtpunkts. Doch Batman starrte auf den Fußboden des Nebenzimmers, wobei sein Körper angstvoll rückwärts wanderte und am anderen Unterschenkel Rans auflief.

Einen Moment dachte Ran, Batman sei eine wirklich blöde Katze, aber natürlich sind Katzen niemals blöd, ganz im Unterschied zu Menschen, deren angeblicher Scharfsinn nicht selten von einer übermächtigen Begriffsstutzigkeit neutralisiert wird, so übermächtig, daß manche Menschen darin einen Gottesbeweis sehen wollen.

Endlich kapierte Ran, daß Batman nicht die Muster des Rivalenkampfes durchging, sondern schlichtweg Angst verspürte. Ran richtete sich mit der Bewegung später, aber eindringlicher Erkenntnis auf.

»Was hast du denn, alter Junge?« Und damit meinte er nicht nur Batman. Er strich ihm über das Fell. Der Katzenkörper war so hart, als wäre er ausgestopft.

Ran folgte dem unverändert starren Blick des Tieres. Und da sah er den länglichen Schatten, der leider weder an eine Stehlampe noch an einen Gummibaum oder eine Vitrine erinnerte, sondern an eine von Giacomettis dürren Figuren. Da Ran zu seinem Bedauern aber keine derartige Skulptur besaß und auch sonst nichts, was einen solchen Schatten hätte werfen können, war der Schluß nicht ganz von der Hand zu weisen, daß eine Person sich im Nebenzimmer befand, in jenem Teil, den zu überblikken Ran aus dem Bett hätte steigen müssen.

Das Bett ist nun wahrlich der ungünstigste Ort, um einen Angriff abzuwehren, sei der Angreifer nun ein Mörder, die eigene Frau oder der liebe Tod persönlich. Und dennoch treibt die Angst den Menschen ins Bett und dort unter die Bettdecke, was seinen Handlungsspielraum gefährlich einschränkt. Aber er will ja gar nicht handeln, sondern sich verstecken, am liebsten alles vergessen, nichts wissen von den Scheußlichkeiten, die sich außerhalb dieses Bettes abspielen. Viele Menschen, die sich im Bett einen Film zur Steigerung des inneren Spannungszustands angesehen haben, trauen sich nach dessen Ende nicht mehr aus dem Bett heraus, gerade so, als würde ein potentieller Mörder (der durch den soeben gesehenen Film immens an Wahrscheinlichkeit gewonnen hat) seinen Opfern prinzipiell nur im Schrank, in der Küche, unter dem Klavier etc. auflauern, aber ausgerechnet vor der Intimität gebrauchter Bettwäsche zurückschrecken.

Auch Ran, der jetzt mindestens so steif wie seine Katze war, gingen derartige Gedanken durch den Kopf. Als jemand, der beruflich gezwungen war, sich mit der Verhaltensforschung auseinanderzusetzen, überlegte er, was all die Menschen davon abhielt, die durch nichts begründete Sicherheit des Bettes aufzugeben. Eine Frage, die ihn nun unglücklicherweise selbst betraf. Alles, was ihm dazu einfiel, war wenig hilfreich. Natürlich konnte man das Bett mit einem Nest, einer Höhle, dem mütterlichen Schoß, einem fliegenden Teppich assoziieren und mußte berücksichtigen, daß das immerhin der Ort war, von dem aus man die Realität hinter sich ließ (um freilich einer ebenso unerfreulichen zuzusteuern), aber erklärte das die völlig absurde Vogel-Strauß-Mentalität der meisten Bettbenutzer?

Diese Überlegungen führten leider nicht dazu, daß Ran seine Starre aufgab, um endlich nachzusehen, wer oder was diesen Schatten verursachte, oder um zumindest in Panik in die Küche zu rennen und nach dem größten Messer zu greifen. Dazu hätte Ran nicht einmal das Nebenzimmer betreten müssen, da von beiden Räumen eine Tür in den Vorraum ging, der zu Küche, Badezimmer und immerhin einer Ausgangstür führte, was ja auch eine Möglichkeit gewesen wäre. Diese Einsicht traf allerdings Batman, der vom Bett sprang und mit der ihm gegebenen Schnelligkeit und Umsicht durch die offene Tür in den Vorraum gelangte (darum bestehen Katzen auf offene Türen, während der in grotesken Sicherheitsüberlegungen gefangene Mensch sich hinter Stahlbalken und einer Unzahl von Schlössern verbarrikadiert, um dann in seiner eigenen Wohnungsfalle zu hocken). In der Küche waren nicht nur Messer zu finden, sondern auch Verstecke, die sich für ein Wesen von der Größe und Geschmeidigkeit Batmans ausgezeichnet eigneten. Er war kein Hund, er würde nicht als Held sterben.

Ran hingegen tat erwartungsgemäß das Unsinnigste und Dümmste und scheinbar seiner Spezies Entsprechende und kroch zur Gänze unter die Decke (was natürlich niemand erfahren würde, stünde es nicht hier).

Zwar hörte Ran die Schritte nicht, die auf ihn zukamen, aber er spürte sie, gerade so viel Instinkt besaß er noch. Er hielt sich die Hand vor den Mund, um den lauten Klang seines Keuchens abzudämpfen, und krampfte sich zusammen, um nur ja keine verräterische Bewegung aufkommen zu lassen. Und war zu blöde vor Angst, das Lächerliche seines Tuns zu erkennen.

Und er betete. Nicht zu Gott, der ohnedies nicht geholfen hätte, sondern wie eben Menschen beten, wenn die Todesangst ihnen ihre Selbstachtung raubt und sie zu jeder Vertragsunterzeichnung bereit wären, nur um noch ein weiteres Stück geräucherten Lebens anhängen zu dürfen. Dabei tötet ihnen die Langeweile des Daseins den Nerv – wird dieses aber endlich unterbrochen durch den Schlag eines an Drama, Tragödie und Lustspiel geschulten Schicksals, sehnen sie sich nach der Langeweile zurück, so wie sich karitative Organisationen nach Hungerkatastrophen sehnen oder die progressive Kunst nach dem bürgerlichen Unverständnis.

Ran spürte das Gewicht des Schattens auf seiner Bettdecke. Aber selbst in dem unerfreulichen Geisteszustand, in dem er sich befand, glaubte er nicht an überirdische

Zeitgenossen und war sich also sicher, daß so ein Schatten nicht ohne jemanden auskam, der ihn warf.

In Wirklichkeit führte der Schatten – ganz im Einklang mit den Naturgesetzen, schließlich war nun die Bettlampe die stärkste Lichtquelle – vom Bett weg. Was Ran spürte, das war ganz einfach das Gewicht einer menschlichen Hand. Aus dieser Hand brach ein einzelner Finger aus und drückte durch die Decke sanft auf Rans Nacken.

Der Schrei, der ihm aus dem Mund brach wie eine unerwartete Erbschaft, war heiß wie Hühnerbrühe und wie diese nur eine Bedrohung für den, der sich an ihr verbrennt. Er spuckte und hustete, aber er blieb in der Schweiß- und Angstkammer seiner Bettdeckenbehausung.

Als er sich endlich beruhigt hatte, hörte er ein Lachen aus dem Nebenzimmer, das sich hörbar auf den Balkon entfernte.

Mit dem Mut, den die Nacherzählung gebiert, riß er die Bettdecke zur Seite und richtete sich auf. Tränen der Wut stiegen ihm in die Augen. Seine Wohnung lag im Parterre, und der Balkon führte auf einen begrünten und radikal beblumten Innenhof, den eine Gruppe arbeitswütiger älterer Damen dazu benutzte, jede natürliche Regung der Natur mit den Mitteln militanter Kleingartenkultur zu unterbinden. Der Balkon lag keine dreißig Zentimeter oberhalb des Bodens.

Nun stand Ran auf ihm, zwischen Topfpflanzen und Sperrmüll, frierend trotz Hitze, und blickte auf die vom Mondlicht beschienene florale Kunstwelt.

Er hatte das Lachen wiedererkannt; es war dieselbe Frau gewesen, die ihn Stunden zuvor angerufen hatte. Was natürlich keinen Romanleser überrascht, sehr wohl aber Ran, der wie die meisten wirklichen Figuren unfähig war, sich andere Bedrohungen als die alltäglichen vorzustellen (während ein Romanleser, der ja als solcher wenig zu verlieren hat, leichten Herzens alles Fatale, Abartige und Bösartige begrüßt und auch verlangt).

Als Ran nun allein auf dem Balkon stand, im Rücken die Sicherheit einer hell erleuchteten Wohnung, vor sich den menschenleeren und von jeder Natur verlassenen Garten, kam er nicht umhin, darüber nachzudenken, wer einen Grund haben könnte, ihm einen derartigen Schrekken einzujagen. Wie in solchen Geschichten üblich, fiel ihm natürlich die eine oder andere Entgleisung ein, aber beim besten Willen nichts, was eine derartige Handlung gerechtfertigt hätte.

2

Natürlich waren alle gekommen. Jedes Jahr im August gab der Leiter des Instituts, der allseits beliebte Professor Edlinger – dank Television selbst jenen bekannt, die in der Gosse der Bildungsarmut schmorten –, eine Party, die keinem geringeren Anlaß diente, als die Beliebtheit Edlingers unter Beweis zu stellen.

Ganz zwanglos, meine Herrschaften, ganz zwanglos, betonte der Professor Jahr für Jahr, denn er sah sich gerne leger. Und tatsächlich trug er nie eine Krawatte, selbst wenn ihn der Bundespräsident empfing. Selbstverständlich empfing der Bundespräsident dann nicht irgendeinen dahergelaufenen tagespolitischen Furz, sondern einen großen Denker und Forscher. Und ab einer bestimmten Größe des Denkens und Forschens störte es nicht einmal mehr den Bundespräsidenten (dessen Pedanterie in Sachen äußere Form der untertänigen Erscheinung ja gefürchtet war), daß einer nicht nur ohne Krawatte erschien, sondern auch in einem Anzug, dessen meistbelastete Stellen an die Fettaugen in Rindsuppen erinnerten. Das Recht auf ein zwangloses Erscheinungsbild besaßen eben nur noch die wirklich großen Denker sowie Leute, die man nicht einmal mehr ins Arbeitsamt hineinließ.

Wer nun gezwungen ist, zwischen diesen Extremen irgendeine mediokre Identität zu suchen, hat zumeist einen guten Grund, seinen Hang zu bohemehafter oder gar gedankenloser Vernachlässigung der äußeren Form hintanzuhalten. Weshalb auf Edlingers Partys Edlinger selbst der einzige blieb, dessen Anblick höhere Zwanglosigkeit verriet. Und damit auch der einzige, der in einem optischen Widerspruch stand zum glanzvollen Rahmen der eigenen Veranstaltung.

Das, was Edlinger Jahr für Jahr hartnäckig als »meine kleine Party« bezeichnete, war ein Zweihundert-Personen-Fest im Garten seiner Hietzinger Villa. Wofür Edlinger natürlich in keiner Weise verantwortlich war – er war ja ein bekannter Gegner von Partys –, sondern seine Gattin, eine zur bürgerlichen Wissenschaft konvertierte Aristokratin, die einige materielle Werte und inszenatorische Vorlieben in die Ehe eingebracht hatte, welche Edlinger nun mit seiner berühmten Gleichgültigkeit ertrug.

Und da stand er also, der Professor, in seinem ältesten, speckigsten Anzug, selbstbewußt, brillant, brillant selbst noch als Zuhörer, aber nicht ohne einen leichten Zug von Verlegenheit angesichts der opulenten Übertreibungen dieser Feierlichkeit.

Neben ihm seine Gattin Florence in einem schwarzen Bustierkleid von Helmut Lang, eine noble Erscheinung, die den großen Denker sozusagen komplettiert. Soeben gratuliert ein Minister dem Professor Edlinger zum Geburtstag (der ja gar nicht gefeiert wird), zeigt sich untröstlich, leider gleich wieder zu einer Sitzung zu müssen, weil bla, bla ... Edlinger ist freundlich, freut sich über ein halbes Jahr verfrühte oder verspätete Geburtstagswünsche, hört aber schon nicht mehr zu, denn er weiß, daß dieser Minister keine zwei Tage mehr im Amt sein wird, was dieser Minister nicht weiß, allerdings ahnt, und deshalb nervös an seiner Krawatte herumfingert, während er Edlinger eine Projektförderung zusichert, die dieser sich bereits vom Nachfolger des Ministers hat zusichern lassen.

Ranulph Field stand mit einigen jüngeren Leuten etwas abseits, wenig interessiert an deren Gespräch über das Verhältnis von Epilepsie und Börsenkursen, und nippte an seinem Whisky. Trotz der schattigen Gartenanlage war die Hitze unerträglich. Die Krawatte zu lockern half da auch nichts. Das Hemd klebte am Rücken, und in den Schuhen spielten sich erste Verwesungsprozesse ab.

Als einer der Assistenten Edlingers hatte er natürlich Anwesenheitspflicht. Gegen Partys war nichts zu sagen, aber er vertrug die Hitze nicht und haßte es, bei dreißig Grad in einem Kultursack zu stecken; er war der typische Träger kurzer Hosen.

Ran hielt nach Barbara Ausschau. Die letzten Tage hatte er sich zu elend gefühlt. Sein nächtliches Erlebnis machte ihm zu schaffen. Natürlich würde er mit niemandem darüber reden, schon gar nicht mit Barbara, er war ja nicht verrückt. Zumindest noch nicht, dachte er wehleidig. Er sehnte sich nach Barbara, weil ihm nichts Besseres einfiel. Ihr dämlicher Beziehungskrieg würde ihn ablenken. Das war eben die Normalität, die er nun schmerzlich vermißte.

Jemand tippte ihm auf die Schulter. Er wandte sich um und sah in das breite, rotwangige Gesicht des australischen Botschafters H.P. Thomson, dieses fürchterlich gesunden Menschen, der sich unentwegt auf den Bergen herumtrieb, österreichisches Wildwasser bepaddelte und im Winter auf Langlaufskiern die verschneiten Weiten des Landes durchmaß. Dabei war er ein kleiner, eher dicklicher Mann, ein unmäßiger Trinker, dessen Bewegungen auf die Schwerfälligkeit aller Diplomaten hinwiesen, aber er war ein begeisterter Landschaftssportler, der dieses Land großartig fand, geradezu das Land für einen Freiluftmenschen. Die Diplomatie begeisterte ihn weniger, aber das verlangte auch niemand. Er war für seine deftige Ausdrucksweise bekannt, vor allem wenn er getrunken hatte, und er hatte immer getrunken, weshalb alle froh waren, vor allem sein Attaché, wenn er auf den Banketten nicht erschien. Hin und wieder versicherte er dem Bundespräsidenten – in einem vom Sekretär des BP vorgeschriebenen Wortlaut –, daß er, der BP, auch in Australien ein bekannter und beliebter Mann sei (was natürlich eine glatte Lüge war, denn warum ausgerechnet in Australien, aber der BP ... nun, sagen wir, er hatte den Bezug zur Realität verloren, und da war nun wirklich niemand, der daran etwas ändern konnte oder wollte).

»Hallo H.P.«, sagte Ran, der auch aus Australien stammte, aber bereits vor eineinhalb Jahrzehnten als Zwanzigjähriger nach Österreich gekommen war. Eigentlich nur für ein Studienjahr, aber dann war er – ohne einen ersichtlichen Grund – geblieben. Die deutsche Sprache bereitete ihm fast keine Probleme, und er empfand bis zum heutigen Tage eine Art Triumphgefühl, der Fürsorge seiner Eltern entkommen zu sein.

Ran und H.P. (den nur H.P. nennen durfte, wer wie er gerne kurze Hosen trug) hatten sich bei einer Bergwanderung in den Triebener Tauern kennengelernt und festgestellt, daß der eine ein Assistent, der andere ein Freund Edlingers war.

»Also wirklich, Ranulph, altes Stinktier«, sagte H.P. und grinste sein Gesicht zu einer phänomenalen Breite, »von der Gräfin solltest du lieber die Finger lassen. Sicher, ich verstehe dich, das ist ja wirklich ein zuckersüßes Frauchen, und es wäre ja auch ewig schade, wenn so ein Prachtweib im Verlies eines katholischen Treuegelübdes verkommen würde. Andererseits, wenn Edlinger das herausbekommt, dann gnade dir Gott.«

Ran sah H.P. verständnislos an. »Was ist los, H.P., hast du die Bar leer gesoffen, ich versteh' kein Wort.«

»Junge, ruhig Blut. Über meine Lippen kommt kein Wort. Auch wenn Edlinger mein Freund ist und ein Bundesgenosse im Alter, ich will nicht miterleben, wie er dir den Schädel spaltet. Also einmal ernstlich, Ranjunge: Daß du seine Alte vögelst, ehrlich, ich bin der erste, der das versteht, die Puritaner gehören ins Fegefeuer. Aber dann solltest du schon aufpassen, daß die Sache im Schließfach bleibt. Ich will dich nicht belehren, Junge, aber selbst wenn er darauf verzichtet, dich von irgendeinem Schlächter behandeln zu lassen, deinen Job verlierst du, und ich schwör' dir, keiner wird dich nehmen. Nicht weil sie Edlinger lieben, da liebt keiner den anderen, ganz im Gegenteil, für die wirst du ein toller Bursche sein, weil du es dem Alten gezeigt hast, bloß wird dich keiner mehr anstellen wollen. Das nennen sie gelebte Solidarität. Ja, mein Junge, die alte Welt. Solange sie sich politisch nicht fertigmachen können, halten sie zusammen.«

Ran schluckte. Und fuhr sich mit dem Handrücken über die Stirn.

Da war wieder die Unsicherheit, die er aus Kindertagen kannte, die natürlich jeder aus Kindertagen kennt, dazu ist man schließlich Kind, um sich mit den Ungerechtigkeiten, Verleumdungen und Schuldzuweisungen anzufreunden. Die Schuldzuweisung ist schließlich einer der zentralen Aspekte unserer Zivilisation, wobei die tatsächliche Schuld vollkommen bedeutungslos ist. Entscheidend ist die Bedeutung des Klägers; ist er bedeutender als der Beschuldigte, so geht es nur noch darum,

Haltung zu bewahren oder jemanden zu finden, der sich durch noch größere Bedeutungslosigkeit schuldig gemacht hat.

»Hör zu, H.P., ich versichere dir, daß ich nicht das geringste mit Edlingers Frau habe. Ich kenne sie ja kaum, die war doch nie am Institut. Und bei der alljährlichen Party mache ich meinen Knicks, und das war es dann auch schon. Überhaupt, wer verstreut einen solchen Unsinn?«

H.P. strich sich nachdenklich über seinen mächtigen Schnauzer.

Eine Schuhbürste, wie seine Frau abfällig behauptete, eine österreichische Schuhbürste, und tatsächlich war dieser Schnauzer eine Anpassung an das Erscheinungsbild des heimischen Naturmenschen; davon war H.P. überzeugt.

»Na ja, Ranjunge, das ist natürlich etwas verwirrend. Ich muß dir wohl glauben. In deiner Lage wäre Lügen sowieso sinnlos. Die Hyänen haben das Aas gerochen, ob natürlich oder synthetisch, ist denen egal.

Brusberg hat mir davon erzählt, dieser Deutsche, der Edlingers Bücher verlegt. Ein fürchterlicher Mensch, wenn du mich fragst – na ja, ich konnte die Deutschen nie leiden. Ist dir das schon aufgefallen, sie reden andauernd von ihren Autos; triffst du einen Deutschen, schon erzählt er dir irgendeine blöde Geschichte von seinem Auto. Auch die Deutschen, die Autos ablehnen, reden die ganze Zeit von ihrer Aversion gegen Autos, das sind überhaupt die Schlimmsten. Ein Autovolk ist das, ein schreckliches Autovolk, fanatische Autophobe oder fanatische Autophile.«

»H.P., bitte!«

»Verzeih, aber die regen mich nun einmal auf. Also, der Brusberg hat mir das zugeflüstert. Der hat mir tatsächlich ins Ohr gespuckt. Aber ich sag' dir, der Brusberg hat sich das nicht ausgedacht. Und mach bloß nicht den Versuch, den Brusberg danach zu fragen, woher er das hat. Du bist jetzt superheiße Kuhscheiße, mein Junge. Eine verdammte Menge Leute wird alles tun, um dir aus dem Weg zu gehen; keiner will sich verbrennen, keiner will in die dampfende Kacke steigen.«

»Und was ist mit dir? Du verbrennst dich nicht?«

H.P. lachte. »Hast schon recht. Ich sollte aufpassen, auf welche Kochplatte ich meine Pfoten da lege. Aber im Ernst, Ranjunge, als Diplomat darf ich mir das erlauben. Solange ich nicht wirklich Position beziehe. Und vor so einer Dummheit bewahre mich der heilige Doyen.«

In diesem Moment sah Ran Barbara. Sie trug ein schwarzes Seidentuch, das sie um Unterleib und Brust gewickelt hatte, und Ran kam nicht umhin, ihre Beine diesmal nicht als dick zu empfinden, was sie ja auch nie gewesen waren. Sie sah großartig aus, weshalb auch der Typ an ihrer Seite so gut dazu paßte. Ran kannte ihn nicht. Unsympathisch wie alle Kerle, die dreinschauen, als arbeiteten sie als Modepuppen für Herrn Calvin Klein.

Ran dachte, wie wenig er selbst zu Barbara paßte, jetzt einmal abgesehen von der ständigen Streiterei. Ran war eher der langweilige Typ, nicht hübsch, nicht häßlich, keine Verunstaltungen, aber auch sonst nichts, an dem ein Blick hängenblieb. Brillenträger ohne Sex-Appeal (also eher wie ein Brillenträger aus den Sechzigern), sportlich in Maßen, eben einer von den vielen, die sich an Sonntagen auf Tennisplätzen Zerrungen zuziehen oder sich nach Jahren im Fitneßstudio darüber wundern, daß sie zwar kaum abgenommen haben, aber dafür zu immer leichteren Gewichten greifen müssen. Nicht, daß Ran sich bisher viele Gedanken darüber gemacht hatte. Denn er bildete sich tatsächlich ein (eine Einbildung, die allerdings genau in diesem Moment ihr Ende nahm), daß er genug Charme, Esprit, Witz und was weiß der Teufel für schwammige Eigenschaften besaß, um die Mittelmäßigkeit seiner äußeren Erscheinung wettzumachen.

Nachdem Barbara ihren Schönling auf dem weißen Kies geparkt hatte, trat sie auf Ran zu. Sie sah umwerfend aus (schließlich hockte sie ja nicht zu Hause vor dem Fernseher oder dem Eiskasten, wo ein jeder Mensch, auch der sogenannte schöne Mensch, eingefallen, verhärmt, blaß und blöde wirkt, schlichtweg in seine tatsächliche Häßlichkeit zurückfällt) – ihre Augen groß, hart, blau und kriegerisch wie ein titanischer Traum, die Haut aus schneeweißem Polyester, mittendrin Lippen aus der Parfümerie, rot wie ein Goldmann-Krimi.

»Du kleines Häufchen Dreck.«

Genau das sagte sie und war auch schon wieder weg, bei ihrem Neuen, dessen Blick verriet, daß ihm unverständlich war, mit was für einer Billigware sich Barbara bisher abgegeben hatte.

H.P. zupfte an seinem Schnauzer, verzweifelt, weil ihm keine witzige Bemerkung einfiel. Nebenstehende sahen zu Ran, als wollten sie die kurze, aber präzise Angabe Barbaras überprüfen.

Ran wurde übel. Der viele Whisky war jetzt alles andere als ein guter Unterbau. Gerne hätte er sich an Ort und Stelle übergeben, was aber nach seinem Empfinden die Sache noch schlimmer gemacht hätte. Also bellte er seine Übelkeit zurück und ging eilig (notgedrungen eine Spur zu eilig) ins Haus, das wie alle Häuser reicher Leute vieles hatte, nur keine auffindbaren Toiletten. Weil er sich aber nicht mehr zurückhalten konnte, übergab er sich in dem von der Dame des Hauses liebevoll aufgezogenen Wintergarten; nicht so ein Wintergarten aus dem Versandkatalog, sondern eine prächtige, üppige Dschungelkulisse, wo man unter Umständen auch eine Leiche unterbringen konnte, ohne daß gleich sämtliche Kinder darüber stolperten. Und wo eine Leiche nicht aufgefallen wäre, richtete auch das bißchen Erbrochene keinen großen Schaden an.

Als er aus dem Wintergarten trat, bleich, aber wenigstens um eine Sorge leichter, lief er Frau Edlinger direkt in die Arme, die man natürlich Frau Professor zu nennen hatte, obwohl sie einen eigenen Doktortitel besaß, der aber im Sturm, den so ein ehemännlicher Professorentitel auslöst, untergegangen war.

Sie zeigte mit dem Finger auf Ran, genaugenommen auf die Stelle zwischen den Augen, also dort, wo eine professionell abgeschossene Kugel idealerweise in ihr Opfer eintritt. Der Finger lag gerade in der Luft, und bei oberflächlicher Betrachtung hätte man ihn auch für eine Messerklinge halten können.

»Sie!« sagte die Frau Professor, und es klang, als hätte sie endlich den Schuldigen für alles Schlechte in dieser Welt gefunden.

»Was bilden Sie sich eigentlich ein?« fuhr sie fort, ohne die Position ihres Fingers zu verändern. »Was ist es denn? Ist es Neid, Rachsucht, Eitelkeit? Sind Sie ein Psychopath? Oder werden Sie dafür bezahlt? Was bringt Sie dazu, ein derart ekelhaftes Gerücht zu verbreiten? Hat mein Mann Sie vielleicht einmal zu hart angefaßt, Ihren debilen Eifer zuwenig gelobt oder Ihnen zu selten über Ihre Gießkanne von einem Schädel gestreichelt? Und dann haben Sie wohl irre in sich hineingekichert und sich Ihren stupiden Racheplan zurechtgelegt.

Himmel, was bilden Sie sich ein. Sie wären der letzte, ich schwöre Ihnen, der allerletzte. Sie haben nichts, absolut nichts.

Man braucht Sie nur anzusehen und weiß sofort, daß Sie vollkommen hohl sind, nicht bloß dumm, sondern tatsächlich vollkommen hohl. Es gibt Leute, die bestehen zur Gänze aus Dreck.

Aber nicht einmal dazu haben Sie es gebracht. Sie stinken nicht einmal; Sie sind so charakterlos, daß Sie nicht einmal mehr Gestank verbreiten. Wahrscheinlich beneiden Sie meinen Mann nicht nur um seinen Erfolg, sondern ganz einfach auch darum, daß er ein Mensch ist, während Sie selbst nur noch aus der eigenen geruchslosen Ausdünstung bestehen. Ein Querulant an sich.

Wer Sie als Dreck, als Abfall bezeichnet, der überschätzt Sie bei weitem; und wer Sie überschätzt, der glaubt Ihnen vielleicht Ihre perfiden Lügen.

Hören Sie, Fielding, oder wie Sie heißen, ich lasse mir von keinem Menschen, aber erst recht nicht von einem Kretin wie Ihnen, meine Ehe zerstören.

Und ich werde nicht mit meinem Mann darüber sprechen, weil ich ihm eine derartige Aufregung ersparen möchte. (Was nur die halbe Wahrheit war.) Sie, Fielding, Sie werden diese Verleumdung zurücknehmen – stellen Sie es als dummen Scherz dar.

Schlimm genug, daß ja trotzdem etwas hängenbleibt, aber ich sage Ihnen: Nehmen Sie es zurück. Nehmen Sie Ihren Dreck zurück, und füllen Sie sich selbst damit an, vielleicht wird dann doch noch ein, wenn auch mickriges, aber immerhin ein Stück Mensch aus Ihnen.

Sie haben mich verstanden, denke ich doch. Sollten Sie aber nicht begreifen, sollten Sie Ihren Größenwahn nicht ablegen wollen, wäre ich gezwungen, jemanden zu engagieren, der darauf spezialisiert ist, Zauderern unter die Arme zu greifen.«

Sie zog den Finger und die ganze Hand und den ganzen Arm und schließlich den ganzen Körper zurück, schenkte ihm noch einen Blick, der ihre volle Entschlossenheit zum Ausdruck brachte, und stellte sich wieder in die Party, stellte sich wieder neben ihren Mann, lächelte und plauderte, wie man es von ihr erwartete, während der Professor immer mürrischer wurde und das neue Buch eines Kollegen durch den Kakao zog, was die Anwesenden ausgesprochen reizend fanden.

Ran verließ die Villa, setzte sich in ein Taxi, sank zurück, vollkommen desinteressiert an dem Umweg, den der Fahrer jetzt vorschlug.

»Machen Sie, was Sie wollen«, sagte Ran.

Die Frage, warum er nicht versucht hatte, seine Unschuld zu behaupten, stellte sich ihm nicht. Denn natürlich wäre das sinnlos gewesen. Die Art, wie der Finger auf ihn gerichtet gewesen war, hatte ihm von Anfang an klargemacht, daß er der letzte in diesem Spiel war, dem man ein Recht auf Unschuld zugestehen würde. Er mußte froh sein, daß man ihm die Chance gab, die Schweinerei zu beseitigen, die er nicht verursacht hatte (an der er aber schuld war).

Zu Hause legte er sich in die Badewanne. Sein Körper fühlte sich schlecht an, wie mißlungenes Kartoffelpüree, harte Stücke im Brei. In seinem Kopf konnten sich diverse Blasmusikkapellen und die Hardrocker von AC/DC auf keine gemeinsame Komposition einigen. Ran ging unter. Sein höchst eingeschränkter Lebenswille, sein alter, aber niemals eingestandener Wunsch, lieber den Toten als den Lebenden anzugehören, und nicht zuletzt die Auswirkungen mehrerer Gläser mittelmäßigen Whiskys führten dazu, daß Ran beinahe vergaß, wieder aufzutauchen.

Es war eigentlich ein Geräusch aus seinem Magen (der – wie bei Mägen häufig der Fall – die allgemeine Selbstaufgabe nicht mitbekommen hatte), welches Ran daran erinnerte, wieder aufzutauchen. Er ließ das erkaltete Wasser aus, blieb aber in der Wanne, duschte, damit das Kartoffelpüree in seinem Körper wieder eine erträgliche Temperatur annahm. Er hatte den Duschkopf zwischen seine Oberschenkel gepreßt und sah sich auf der silbergrauen Plastikoberfläche wie in einem Spiegel. Sein Schädel war durch die Form und Wölbung des Duschkopfs ein wenig in die Länge gezogen, ohne unnatürlich zu wirken.

»Hallo Ranulph«, sprach er sein Duschkopfgesicht an, »was ist bloß schiefgegangen. So schlecht fand ich das Leben bisher gar nicht. Manchmal sogar großartig.«

Das Gesicht auf dem Duschkopf bewegte die Lippen naturgemäß synchron mit denen Rans, aber der Blick verriet, daß es sich beim besten Willen an nichts erinnern konnte, was die Bezeichnung »großartig« verdiente.

Wesentlich erschreckender als dieser spöttische Zug in Rans Spiegelbild war der Umstand, daß nun hinter seinem Spiegelbildgesicht, etwas kleiner, weil weiter hinten im Raum, das Gesicht einer Frau auftauchte. Sie lachte tonlos, aber ein Ton war auch gar nicht nötig, damit Ran dieses noch nie gesehene, aber bereits zweimal gehörte Lachen wiedererkannte.

Die Badewanne ist ein so gefährlicher Ort wie das Bett, weshalb es nicht verwundert, daß in Kriminalgeschichten wie auch im wirklichen Kriminalleben die Leute mit Vorliebe in Betten und Badewannen umgebracht werden, wo das Opfer hilflos ist (nicht selten durch Nacktheit), aber nicht ganz ohne Würde (wie etwa auf der Toilette, wo immer seltener Verbrechen verübt werden).

Das Kartoffelpüree kochte, wie man sich vorstellen kann. Nicht vor Wut, sondern vor Angst.

Ran hielt den Duschkopf etwas höher, um die Frau besser sehen zu können. Glücklicherweise vergaß er dabei, sich selbst zu betrachten; der Anblick der eigenen angstvollen Visage hätte ihm nicht gerade geholfen. Was er sah, das waren ihre langen braunen Haare, ein eher schmales Gesicht (was vielleicht nur auf den Duschkopf zurückzuführen war), stark geschminkte Augen, schwarz und klebrig. Aber vor allem nahm er ihr Lachen wahr, den nur leicht geöffneten Mund. Ihr Lachen war gewaltig auch ohne Ton und Grimasse. Er erkannte ihre Freude darüber, seine Hilflosigkeit zu betrachten – darum tauchte sie ja gerade dann auf, wenn er im Bett lag oder in der Badewanne, gerade einer Ohnmacht entkommen, müde, kraftlos, nackt, umfassend nackt.

Und sich dieser umfassenden Nacktheit schmerzlich bewußt, war er endlich bereit, auch einmal einen kleinen Beitrag zu leisten, ließ den Duschkopf fallen, schwang sich aus der Wanne und griff nach einem Handtuch, um sein Geschlecht zu bedecken. Mein Gott, er war ein Mann, fuhr es ihm durch den Schädel, kein Boxer oder Karatekämpfer, aber doch wohl kräftig genug, um so einem Weib den Arm zu verdrehen.

Den maßgebenden Teil seiner Nacktheit bedeckt, hatte er ein wenig an Sicherheit gewonnen, weshalb er sich rasch umwandte, um irgend etwas zu unternehmen.

Aber die Frau war bereits wieder verschwunden. Sie war ungewöhnlich schnell, schnell wie ein Alien, und

Ran überlegte, ob er vielleicht an Halluzinationen leide. Nun – wenigstens diese Sorge brauchte er sich nicht zu machen. Denn am Spiegel seines Badezimmerschrankes klebte ein Zettel, der auch bei Berührung ein solcher blieb. Das bewies immerhin die Existenz dieser Frau. Zudem sollte so ein Zettel die Geschichte ein Stückchen vorwärtstreiben. Tat er aber zunächst nicht, denn der Sinn der Nachricht blieb Ran völlig verborgen:

REMEMBER ST. KILDA

3

Das Telefon läutete. Seit dem einen Anruf, der die Vernichtung seiner Person eingeläutet hatte, wurde Ran unruhig, wenn das Telefon klingelte.

Es war Andreas X. Faux, Leiter einer interdisziplinären Kunst- und Künstlerfinanzierungsgesellschaft. Ran hatte ihm vor einiger Zeit als bezahlter Experte beigestanden, als es darum gegangen war, eine für Enten ideale Teichlandschaft in der Wiener Secession einzurichten. Seither hatte Ran noch an einigen Projekten teilgenommen, jedesmal überrascht, wie hoch die Budgets dieser Leute waren, solange die Show nur aufwendig genug war, ein internationales Niveau behauptet wurde, innovative Praktiken zur Anwendung kamen und sich jede Menge Kuratoren auf die Zehen traten. Die Frage nach dem Sinn dieser Projekte, also der Inszenierung eines zeitgemäßen Kunstgefühls, stellte sich Ran nicht, nicht nur, weil er nichts davon verstand – war er doch bloß das Werkzeug in den Händen eines Künstlers –, sondern weil er auch begriffen hatte (entgegen seiner eigenen romantischen Vorstellung von Kunst), daß das Projekt weit hinter die Projektfinanzierung zurückfiel und daß folgerichtig die gelungensten Projektfinanzierungen völlig ohne Projekt auskamen, da die Künstler ja gar keinen Hehl daraus machten, daß im Zuge der Verkapitalisierung aller Gesellschaftsbereiche nicht nur, sondern vor allem die sogenannte Avantgarde (die Marke Avantgarde) die vollkommene Unterwerfung praktiziert, ja im Grunde erst mittels dieser Unterwerfung den Anspruch, Kunst zu sein, erfüllt. Was natürlich gerade in der Kunst nichts Neues ist – neu ist, daß der Kontextkünstler (der alle, die sich dem Kontext bzw. der Kontextproduktion verweigern, für faschistoid hält) trotz seiner Habtachtstellung vor Industrie, Innovationssteuerung und Finanzierungsästhetik eine gewisse rebellische Körperhaltung zum besten gibt, und sei es nur, indem er schneller, undeutlicher und nichtssagender redet als die von der Avantgarde ungeküßt gebliebenen Menschen. Denn bei aller Bestrebung, die Kunst im allgemeinen aufzulösen und sie solcherart aus dem Betrachtungsanspruch des Kleinbürgers zu befreien, will der Künstler sich selbst natürlich nicht im allgemeinen auflösen, wie er ja auch sich selbst nicht aus dem Betrachtungsanspruch des Kleinbürgers befreien will, von dem er weiterhin, zumindest als Intellektueller, mißverstanden und gehaßt werden möchte. Indem jemand schneller, undeutlicher und nichtssagender redet als alle anderen, glaubt er, die Vorstellung des Kleinbürgers vom Intellektuellen als einem arroganten, vertrottelten und anmaßenden Menschen in geradezu idealer Weise zu erfüllen. Und liegt damit absolut richtig.

Fauxi kündigte Ran an, ihn in einer Viertelstunde abholen zu wollen. Ran hatte sie völlig vergessen, die Einladung nach Altneudörfl, wo die Kontextinitiative *Hausbau* ihre soeben fertiggestellte Skulptur vorstellte: einen Flughafen mit allem Drum und Dran, Landebahn, Tower, Duty-free-Shop, sogar einigen kleineren Passagiermaschinen. Natürlich hatte es Proteste gegeben – zunächst, da die Anrainer nicht einsehen wollten, warum gerade in ihrer gottverlassenen Gegend ein Flughafen von beträchtlicher Größe entstehen sollte. Also erklärte man den Leutchen, daß es sich bei diesem Flughafen nicht um einen wirklichen Flughafen handelte, in dem Sinn von Wirklichkeit, daß Flugzeuge starten und landen, sondern um eine sozusagen fotorealistische Skulptur, aber kein Ready-made, wozu ja ein gebrauchter Flughafen genügt hätte, und auch keine soziale Skulptur, da – entgegen letzten Trends, die sich eben auch schon überholten – die Benutzung der diversen Einrichtungen dieses künstlichen Flughafens durch wirkliche Menschen nicht vorgesehen war, ja, ganz im Gegenteil, verboten war, so wie es verboten war, auf einem Rembrandt herumzukratzen – d.h., der Kontext bezog sich weniger auf das Ereignis Flughafen als auf die zukünftige Konservierung von Kulturgut.

Nun, das Kunstunverständnis der einfachen Leutchen der Gegend war bei Hermann Nitsch steckengeblieben. Nitsch zog den Haß auf sich, weil man ihn verstand; für den österreichischen Kleinbürger war Hermann Nitsch der letzte hassenswerte Künstler und folglich der letzte Künstler überhaupt. Also konnten die Einheimischen nicht begreifen, wozu ein solcher Flughafen gut sein sollte, und wenn es kein Flughafen war, sondern ein Kunstwerk, worin die Kunst lag, denn ohne theoretischen Unterbau war für einen Laien bloß die Kunstfinanzierung verständlich. Und daß nun gerade in dieser Finanzierung die eigentliche Kunst bestand, war dem Kleinbürger nur im sprichwörtlichen Sinn einsichtig.

Fauxi fuhr einen neuen Mercedes, erstens, weil er den Mercedes schlichtweg für ein perfektes Auto hielt, und zweitens, weil Daimler-Benz sein Kunstprojekt *Ein Mercedes, eine Straßenbahn, mehrere Frauenstimmen und ein überholtes Pamphlet gegen den Welthunger* großzügig unterstützt hatte. Sich für seinen Mercedes zu genieren, hielt Fauxi für unerregend spießig. Aber in Europa existierte ohnehin niemand mehr, der den Besitz eines Mercedes für etwas Unanständiges hielt.

In der Flughafenhalle war die Blasmusikkapelle von Altneudörfl angetreten und spielte die Bürgermeisterpolka. Die Halle war so vollgepfercht mit Leuten – die meisten kamen aus Wien und wirkten in jeder Hinsicht transparent –, daß man sich auf einem wirklichen Flughafen glaubte (was ja der Intention eigentlich widersprach). Die Einheimischen schienen das Beste aus der ungeliebten Sache machen zu wollen; die Winzer warben für einen Tropfen, der so herb und so ehrlich und so körperlich war wie die herben, ehrlichen und sehr körperlichen Menschen dieser Region. Fette, rosige Kinder in Phantasietrachten überreichten Blumen (die aus Wien stammten, die Blumen), der Holzbildhauer von Altneudörfl stellte eine seiner Plastiken auf, etwas Biblisches (wogegen die Projektkünstler nichts hatten, da sie den Holzbildhauer wie auch seine Plastik als sozusagen architektonische Applikation verstanden), und der Bürgermeister bekniete den anwesenden Vizekanzler, den Flughafen hin und wieder als Mehrzweckhalle verwenden zu dürfen – wie gesagt, das waren nun mal einfache Leutchen, die, wenn man sie ließe, in eine goldene Fußschale aus der Tang-Zeit ihre nächtliche Notdurft verrichten und auf einem südpersischen Kelim ihre kotigen Stiefel abstellen würden, Daniel Burens Installationen mit Tapeten verwechselten und Kunstwerke mit der Aufschrift »Bitte berühren« auch wirklich berührten, andererseits aber unfähig waren, in die Interaktion einer Performance einzutreten oder das eigene jämmerliche Dasein als Ausdruck einer virtuellen Welt zu begreifen.

Wie üblich hielt irgendein sensibler Mensch eine Rede und sah wieder einmal die Freiheit der Kunst in Gefahr (geradezu ritterlich, wie der Mann die Kunst vor ein paar rechtskonservativen Essayisten in Schutz nahm, während selbige Kunst im Würgegriff von Feinkosthändlern steckte, die jeden Befreiungsversuch als traditionell und provinziell diffamierten; wer sich der Kunstweitsicht entzog, fand sich tags darauf mit katholischer Lyrik, sozialistischem Realismus und esoterischem Kunsthandwerk in eine Zelle gesperrt). Danach formierte man sich zu einer Podiumsdiskussion, in der überaus raffinierte Formulierungen fielen.

An diesem Nachmittag lernte Ran Markus Cheng kennen (der sich auch Markus Böhm nannte, nach seiner ersten Frau), einen Privatdetektiv, der einmal für Fauxi gearbeitet hatte, als es darum gegangen war, im Privatleben der Stammbesucher einer Galerie herumzuschnüffeln und das Herausgeschnüffelte in selbiger Galerie auszustellen, was nicht ohne Unverständnis auch unter Kunstliebhabern abgegangen war, zu diversen Prozessen, familiären Katastrophen und vielen häßlichen Szenen geführt hatte.

Chengs Eltern waren Anfang der sechziger Jahre von Wuhan nach Europa gezogen, ohne dafür politische Gründe angeben zu können. Eine Sache, die sich natürlich niemand vorstellen konnte und mochte. Markus war in Wien zur Welt gekommen, die weiteste Reise in seinem Leben hatte ihn nach Griechenland geführt, weder besaß er ein Chinalokal, noch spielte er Tischtennis, und so gut sein Deutsch war, so inexistent war sein Chinesisch, was bei in Österreich geborenen Menschen ja nicht unbedingt an ein Wunder grenzt. Seine Eltern – die inzwischen auf dem Zentralfriedhof lagen, was sich ebenfalls niemand vorstellen konnte und mochte – hatten keinen besonderen Wert darauf gelegt, ihm die Sprache und Eigenart einer Kultur nahezubringen, in der er sich nicht befand. Und wie die meisten Menschen, die in Kagran aufwuchsen, war ihm Asien eher gleichgültig. Dabei blieb es, allerdings betraute man ihn immer wieder mit Aufträgen, die eine speziell fernöstliche Färbung besaßen. Daß er kein Chinesisch sprach, wurde ihm zumeist als Tarnung ausgelegt. Sein Büro lief auf den Namen Böhm, um potentielle Kunden nicht gleich durch einen Namen abzuschrecken, mit dem viele Wiener die chinesische Mafia verbanden, rücksichtslosen Einsatz der Handkante und zu süßsaurem Schweinefleisch verarbeitete Kanalratten. Seine Frau, die Böhm, hatte sich vor fünf Jahren von ihm scheiden lassen. Sie hatte sich einen Chinesen einfach anders vorgestellt, chinesischer. Den Namen fürs Büro hatte sie ihm aber gelassen.

Erst Tage später, nach einem weiteren Telefonanruf, der einzig aus dem vertrauten Lachen bestanden hatte, war Ran auf die Idee gekommen, Cheng zu engagieren. Das kam ihm zwar ausgesprochen amerikanisch vor (und deshalb unwirklich), andererseits sinnvoller, als unter die Decke zu kriechen.

Cheng hatte sein Büro in der Lerchenfelder Straße, und natürlich war das auch seine Wohnung. Denn das Geschäft ging schlecht, sein Geschäft, während die großen Agenturen blühten. Für einen klassischen Detektiv war eigentlich kein Platz in dieser Stadt, in der ja auch kaum klassische Verbrechen begangen wurden. Beinahe alle konzentrierten ihre kriminelle Energie auf irgendeine Art von Wirtschaftsverbrechen, jeder wollte irgend jemand oder gleich einen ganzen Haufen von Leuten übers Ohr hauen, und die Detekteien sowie Anwälte, Steuerberater und die diversen Interessenvertretungen halfen dabei, ein Verbrechen zu begehen und zu vertuschen, ihm den Anschein fairer Geschäftspraxis zu verleihen oder die Kontrahenten ihrer Kunden schlichtweg der Unsportlichkeit zu überführen.

Darum ging es: Jeder in dieser verwunschenen Stadt war ein Wirtschaftsverbrecher, und die Frage war nur, welcher Apparat einem zur Verfügung stand, ob man schlußendlich als Ladendieb oder Versicherungsbetrüger dastand oder als Banker oder Versicherungsmakler ungestraft monetäre Blutbäder anrichtete. Als Basis hierfür dienten natürlich nicht die bürgerlichen Gesetze, sondern ihre kunstvolle Unterwanderung mittels der Maschinerie des freien Marktes. Das Legale war ein Bild, eine Komposition, sein Gelingen also eine Frage künstlerischen Geschicks (unter der Berücksichtigung rasch mutierender zeitgenössischer Spielregeln).

Cheng vertrat neuerdings einen völlig unwirtschaftlichen Ehrenkodex, etwas, auf das man selten traf, außer vielleicht in Romanen, wo Detektive selten über ihre Leasingraten und Stromrechnungen sprechen (und wenn, dann so, als könnte Lässigkeit die Eintreibung von Schulden verhindern). Weshalb es mit Aufträgen nicht so gut aussah. Genaugenommen war ihm soeben sein einziger entzogen worden. Für einen Hausbesitzer hatte er Nachforschungen über einen unliebsamen Mieter angestellt und war dabei auf das unspektakuläre Leben eines kleinen Angestellten gestoßen, eines bürgerlichen Asketen, dem nicht einmal sexuelle Verfehlungen nachzuweisen waren, ja dem überhaupt keine Sexualität nachzuweisen war, was verwunderte, aber nicht gegen ihn verwendet werden konnte. Der Auftraggeber schäumte, schließlich bezahlte er nicht für ein tadelloses Leumundszeugnis, sondern für ein Konzept, das die Kriminalisierung dieses Mieters ermöglichte. Der Sinn von Beweisen liegt ja nicht in ihrer Echtheit, sondern in ihrer Plausibilität (kein Mensch wird für eine Tat verurteilt, sondern dafür, daß ihm, wie keinem anderen, diese Tat zuzutrauen ist).

Cheng war nicht unglücklich, daß man ihm diesen Fall entzogen hatte, andererseits lagen seine Finanzen im argen. An einen Kredit kam er nicht, da die Banken diese so gut wie nie an einen einzelnen Chinesen vergaben (als den sie Markus nun einmal sahen), sondern immer nur an Familienclans, ominöse Finanzgruppen oder wenn Anweisungen aus Shanghai oder Hongkong vorlagen.

Ran trat in das kleine Büro. Kunstdrucke an der Wand, Dalí, Magritte, Defregger, ausgebleicht. Alte Möbel, Zigarettenqualm. Aber nicht unordentlich, keine vollen Aschenbecher, keine angebissenen Hamburger, ein sauberer Teppichboden. Cheng bot Ran einen Stuhl, eine Zigarette und eine Tasse Kaffee an.

»Nun, Ran, was kann ich für Sie tun?«

Im Prinzip erzählte Ran die Geschichte so, wie sie sich zugetragen hatte. Verzichtete bloß auf unnötige Details, die zur Klärung ohnehin nicht beitrugen, so z. B., wie er sich in seinem Bett vergraben hatte.

»Vielleicht ist das alles bloß ein dummer Scherz«, meinte Ran, »und ich glaube ja nicht wirklich, daß mein Leben in Gefahr ist, das wäre doch zu lächerlich. Andererseits – mein Job ist sehr wohl in Gefahr. Ich will einfach wissen, wer mir da ins Leben pfuscht. Ich will rechtzeitig dagegen etwas unternehmen, die Folgen sind schon jetzt unangenehm genug. Immerhin habe ich Barbara verloren. Gut – das wäre vielleicht ohnehin passiert. Aber vor allem die Sache mit Edlingers Frau bereitet mir

Kopfzerbrechen. Sie verstehen mich doch. Oder finden Sie, ich übertreibe?«

Cheng war sich nicht sicher, was er finden sollte. Auf jeden Fall brauchte er einen Auftrag, und Ranulph Field schien ihm nicht der schlechteste Auftraggeber zu sein. Großartig verdienen würde er an der Sache freilich kaum.

»Und Ihnen fällt niemand ein, der einen guten Grund hätte, Ihnen das Leben ungemütlich zu machen?«

»Ungemütlich?! Die Sache ist mehr als ungemütlich. Aber es fällt mir trotzdem niemand ein. Hören Sie, Cheng, ich bin ein stinknormaler Kerl, absoluter Durchschnitt, keine abenteuerlichen Spekulationen, keine kostspieligen Exzesse, keine Frauen, die ich schwanger zurückgelassen hätte.«

»Das kann man nicht wissen. Da soll es mitunter Überraschungen geben.«

»Nicht bei mir. Wahrscheinlich ist die ganze Sache ein Mißverständnis.«

»Soll es auch geben.«

»Ist das alles, was Sie dazu zu sagen haben?« So hatte sich Ran einen Detektiv nicht vorgestellt. Für sein Geld, von dem freilich noch nicht einmal die Rede gewesen war, wollte er etwas ... nun, etwas Hilfreiches. Keine Allgemeinplätze, die es schließlich überall umsonst gab. Cheng spürte das aufkeimende Mißtrauen, weshalb er guten Willen demonstrierte.

»Könnte ich den Zettel sehen, den Sie im Badezimmer gefunden haben?«

Ran zog das Papier aus der Brusttasche und reichte es Cheng, der es einige Zeit betrachtete, dann ins Nebenzimmer ging, um wieder mit einem großformatigen, roten Buch herauszukommen, bei dem es sich unverkennbar um den Österreichischen Atlas für Höhere Schulen aus den siebziger Jahren handelte, den noch heute die Wißbegierigen unter den Dreißig- bis Vierzigjährigen aufschlugen, um nach der Buchung ihres Urlaubs mal nachzusehen, wo denn eigentlich diese Balearen liegen.

Cheng blätterte herum, ziellos, was er zu verbergen suchte. Außerdem konnte ja auch irgendein Heiliger gemeint sein, oder es handelte sich überhaupt um eine Phantasiebezeichnung.

Er griff zum Telefon und rief Berti an. Berti war einer von diesen brillanten Sonderschulabgängern. Auf Sonderschulen wird noch immer die beste Allgemeinbildung vermittelt, ganz einfach weil in den Sonderschulen die besten Lehrer landen, Typen, die nicht so krank und abartig sind, daß sie ihre Frustration dadurch kompensieren, ihre Schüler wie Eier anzustechen, um ihnen das bißchen menschliche Intelligenz aus dem Schädel zu blasen.

Psychisch halbwegs intakte Lehrkörper haben natürlich in einer normalen Schule nichts verloren, genausowenig in einer von diesen Alternativschulen, die eine Elite formen, die darauf stolz ist, ihre Putzfrauen nicht in den Hintern zu treten (sondern sanft zu maßregeln – *ach, Radmilaschatz, Dummerchen, wie oft soll ich noch sagen, daß wir ausschließlich Diätmargarine verwenden)*.

Die gescheitesten Leute kommen aus den Sonderschulen. Die nicht sonderschulgebildete Intelligenz ist immer eine Intelligenz hirnloser und selbstredend rücksichtsloser Anpassung; um so angepaßter einer ist, als desto intelligenter wird er empfunden – selbst das radikalste Denken ist zumeist ein zutiefst angepaßtes, das radikale

Denken zählt zu den exklusiven Formen der Anpassung, der radikale Denker ist sozusagen ein Anpassungsdandy, der es sich in den vom System zur Verfügung gestellten radikalen Denknischen gemütlich gemacht hat und wie kein anderer im Rahmen der Vorgaben zu denken pflegt. Und so besteht der Sinn eines radikalen Denkens fast immer darin, irgendwann ästhetisch so unanfechtbar zu sein, um zumindest mit einem Staatspreis, einer Professur, irgendeinem blöden Ring oder zumindest mit einer schmerzlosen verbalen Attacke durch die Reaktion (der streng genommen Attackierender wie Attackierter angehören) belohnt zu werden.

Natürlich wurde Berti seinen Sonderschulstatus nicht los. Er hätte jeden primitiven Intellektuellen in die Tasche stecken können, aber die Leute hielten ihn eben für einen Idioten. Derzeit arbeitete er für einen Hungerlohn bei einem Gemüsehändler, natürlich nicht im Verkauf, weil man dies dem Sonderschüler Berti nicht zutraute, sondern als Packer und Verteiler (die Aufgabe des Verteilers war es, das alte Gemüse zwischen das frische zu verteilen). Hin und wieder arbeitete Berti für Cheng, da es Fälle gab, wo ein tatsächlich gebildeter und denkfähiger Mensch vonnöten war.

Berti war gerade dabei, eine Ladung zerquetschter Tomaten mit Hilfe einiger intakter Exemplare kunstvoll zu arrangieren, als der Gemüsehändler ihn zu sich rief und ihm das Handy mit einem Blick in die Hand drückte, der besagte, daß diesem lieben, zarten Handy nichts passieren dürfe.

»Hallo Berti, ganz kurze Frage. Was sagt dir *St. Kilda?*«

»Nicht viel. Spontan fällt mir da nur diese kleine Insel ein. Gehört zu den Hebriden. Die westlichste oder zumindest eine der westlichsten. Liegt ein ganzes verdammtes Stück Wasser zwischen St. Kilda und den Äußeren Hebriden. Sonst gibt es da eigentlich nichts drüber zu sagen, scheint nicht der Ort für einen Urlaub zu sein. Sonst noch was, wir haben nämlich gerade eine Ladung angefaulter Tomaten bekommen.«

»Okay, danke dir, Berti, ich werde mich bei dir melden, wenn ich einen Job habe.«

Cheng legte auf und dachte nach. Wo lagen bloß diese Hebriden? Er hatte in Anwesenheit von Ran nicht fragen wollen.

»Also Ran, St. Kilda ist eine Hebrideninsel. Können Sie damit etwas anfangen? Vielleicht einmal dort gewesen?«

Ran, schließlich ein Zoologe und kein Erdkundler, wußte auch nicht so genau, wo denn diese Hebriden lagen. Natürlich, als Australier kannte er die Neuen Hebriden, aber wo lagen die Äußeren, wahrscheinlich britisch oder ehemals britisch, aber das konnte ja überall sein. Mit der Zeit vergißt man die einfachsten Dinge. Und wer sieht sich schon Landkarten an, wenn er selten auf Urlaub fährt.

»Bin nie dort gewesen«, sagte Ran.

»Haben Sie vielleicht in Ihrer Funktion als Wissenschaftler damit zu tun gehabt? Ich weiß ja nicht, was dort für Viecher kreuchen und fleuchen.«

Nun, was für Viecher kreuchen und fleuchen auf den Hebriden?

Das fragte sich Ran auch.

»Mein Gott, natürlich: Westküste von Schottland.« Ran hatte es beinahe hinausgeschrien und sich dabei mit der Hand an die Stirn gegriffen, wie ein Schüler, dem endlich die Antwort eingefallen war und der sich nun beeilte, dem Lehrer zuvorzukommen, der ja die Antwort kannte, und ein jeder Lehrer stellt Fragen ja nur in der Hoffnung, die zuvor nachgelesenen Antworten selbst zu geben.

Aber auch Cheng war heilfroh. Westküste von Schottland, aber sicher, daran hatte er nie gezweifelt. Er schlug die Karte *Britische Inseln* auf, und da lagen überdeutlich die Hebriden und nicht ganz so deutlich der winzige Ring, der St. Kilda darstellen sollte, tatsächlich mit einer Menge Atlantischer Ozean rundherum.

»Ich habe nie mit den Hebriden zu tun gehabt«, bekräftigte Ran, »meine Spezialität sind Verhaltensstörungen bei Haustieren, fette, dämliche Kläffer mit Depressionen und Wutanfällen, Übergewicht, Eßstörungen, Haarausfall. Durchgehend echte Mitteleuropäer.«

»Na gut. Vielleicht soll es auch etwas völlig anderes bedeuten. Da kommen wir schon noch drauf. Wenn Sie überhaupt wollen, daß ich draufkommen soll.«

»Was soll das heißen?«

»Ob Sie mir den Fall übertragen. Das ist ja noch nicht heraus. Tausend pro Tag. Dafür tue ich auch nichts anderes, als mich um Ihre Probleme zu kümmern. Spesen extra, ich meine nicht Zigaretten und Verfolgungsjagden im Taxi, sondern falls es nötig sein sollte, nach St. Kilda zu fliegen oder zu rudern oder was weiß ich.«

»Na, das wird hoffentlich nicht der Fall sein. Also gut, Cheng, ich finde das zwar ziemlich überzogen, weder haben Sie einen besonderen Ruf, noch werden zu meinem Schutz Männer aus Stahl aufmarschieren, und wahrscheinlich sind Sie mit keinem einzigen Staatspolizisten befreundet und lassen Ihre Filme im Supermarkt entwickeln. Sei's drum – ich gebe Ihnen einen Monat, und dann will ich die Sache erledigt wissen. Ich greife in den

Sparstrumpf, damit ich meinen Frieden zurückbekomme. Ich will meinen Job behalten und in die Badewanne steigen können, ohne mich vorher verbarrikadieren zu müssen. Das ist es mir wert.«

Cheng ließ sich noch einige Namen und Adressen geben und befragte Ran nach seinen biographischen Daten. Sie verrauchten zusammen ein Päckchen Odyssee. Dann gaben sie sich die Hand, und Ran verließ das Büro. Ran war guter Stimmung, denn immerhin hatte er etwas unternommen, um diesem Spuk ein Ende zu bereiten.

4

Es war der zweite Schneefall in diesem Jahr, aber um vieles heftiger als jener im November. Auf den Straßen herrschte das übliche Chaos. Die Wiener Autofahrer, vornehmlich die großen Buben, wollten sich – wie jedes Jahr – von dem bißchen Winter nicht unterkriegen lassen. Und in die öffentlichen Verkehrsmittel umzusteigen empfanden sie als schlichtweg defätistisch, kleinkariert, weibisch; schließlich waren sie dank Film und Fernsehen mit der rallyemäßigen Beherrschung eines Automobils vertraut und konnten sich beim besten Willen nicht vorstellen, was denn so schwierig daran sein sollte, bei Eis und Schnee seinen vierrädrigen Liebling unter Kontrolle zu halten. Und wie jedes Jahr schlitterten sie durch die Gegend, steckten in Staus, Schneewächten oder Leitplanken und schimpften auf all die Unfähigen in dieser Stadt, denen sie ihr Schicksal verdankten. Natürlich gab man sich wie jedes Jahr redlich Mühe, Gottes weiser Entscheidung, Wien mit all seinem Gesindel unter Schneemassen zu ersticken, entgegenzuwirken. Aber jedes Jahr brach zumindest für einige Stunden das ganze System zusammen. Und man bekam eine Ahnung, wie schön das Leben sein konnte. Etwa die Postausträger, die, anstatt die Post zuzustellen, in das nächstgelegene Wirtshaus flüchteten und solcherart verhinderten, daß all die Rechnungen, Mahnungen, Drohungen, zynischen Urlaubsgrüße, zynischen Weihnachtsgrüße, die nervtötenden bis perversen Liebesbekundungen, die Geschmacklosigkeiten der Versandhäuser, die Bettelbriefe der Caritas, die Versprechungen und das dämonische Lächeln des Wiener Bürgermeisters und seiner nicht minder erschreckenden Kontrahenten, dazu die den Geist zersetzenden Zeitungen und Bücher, diese ganze frankierte Menschenbelästigung ihre Empfänger erreichte. Ein Tag ohne Post konnte so manchen Verlorengeglaubten retten. Einige hörten dann sogar mit dem Trinken auf. Manche fanden zu Gott.

Arbeitnehmer waren in ihren Autos oder in Straßenbahnen eingesperrt und folglich außerstande, ihre Arbeit anzutreten, nahmen sich also vielleicht endlich einmal Zeit, darüber nachzudenken, warum sie das eigentlich taten, tagtäglich etwas im Grunde vollkommen Sinnloses tun, von dem sie sich tagtäglich einredeten, wie viel Freude es ihnen bereite oder daß es zumindest ihren Wohlstand sichere. Ein Wohlstand, der freilich nichts daran änderte, daß sie jeden Sonntag, wenn die Freizeit ein unerträgliches Ausmaß annahm, an Selbstmord dachten. Und der nichts daran änderte, daß sie vor sich selbst Angst hatten, vor ihrem Irrsinn, den sie in Arbeit ertränkten, von dem sie aber hin und wieder wußten (eben dann, wenn der Schnee sie zum Denken zwang), daß er genau in dieser Arbeit seinen Ursprung besaß. Daß sie längst keine Menschen mehr waren, vielleicht Schwämme, etwas in der Art, und daß es eigentlich gar nicht mehr um Lohn, Arbeitszeit und die politischen Implikationen ging, sondern darum, daß diese Arbeit einen normalen Menschen gar nicht zuließ. Sie hatten Angst vor den Bildern in ihren Köpfen, auf denen sie in Supermärkten Blutbäder anrichteten, sich auf unaussprechliche Weise an Kindern vergingen, Tiere quälten und dem verhaßten Nachbarn mit bloßen Händen den

Kopf abrissen. Und in diesen Momenten, da sie unweigerlich in ein schmerzhaftes Nachdenken verfielen, begriffen sie, wie sehr diese schrecklichen Bilder in ihrem Kopf in ihrer absurden Arbeitnehmerexistenz begründet waren (und daß sie auf die eine oder andere Weise einmal wahr würden).

Auf Grund des enormen Schneefalls blieben auch die Autos vieler Entscheidungsträger stecken, und so zeigte sich, leider nur für kurze Zeit (und nur dort, wo man auf die Entscheidungsträger nicht warten konnte oder wollte), wie übersichtlich, wie frei von Umwegen das Leben sein konnte.

In diesen Stunden saßen die Radiosprecher in ihren gemütlichen, warmen Studios und taten sich schwer, zwischen Werbung und Durchhalteparolen ihre Freude ob des Zusammenbruchs nicht nur des Verkehrs, sondern eigentlich der ganzen Wiener Ordnung zu unterdrücken.

Auch Markus Cheng hockte in seinem Büro, zog an seiner leichten Odyssee und sah aus dem Fenster auf die Lerchenfelder Straße, von der nicht mehr viel zu erkennen war.

Cheng fühlte sich wohl. Seine Füße steckten in roten Bergsteigersocken und lagerten auf dem Allesbrenner, der neben Koks auch gerade die Unterlagen verbrannte, die Cheng für Frau Hammerschmid zusammengetragen hatte. Die vierzigjährige Geschäftsfrau hatte ihn beauftragt, ihren um sechzehn Jahre jüngeren Freund zu beschatten. Im Grunde einer von diesen unappetitlichen Aufträgen, die er nie wieder hatte annehmen wollen. Aber er hatte ihn bitter nötig gehabt. Auch wenn der Lerchenfelder Straße gerade unter all dem Schnee die Luft ausging, blieben hier die Mieten doch recht hoch. Zum Glück für alle Beteiligten erwies sich, daß der Vierundzwanzigjährige vollauf damit zufrieden war, mit einer reifen Frau das Bett zu teilen, die ihm auch noch ermöglichte, sich ganz seinen brotlosen Leidenschaften zu widmen, wie etwa der Untersuchung der spatialen Poesie auf ihre sozialkritischen Aspekte hin. Keine Verführungskünste trickreicher Altersgenossinnen waren da imstande, den jungen Mann zu bewegen, sein Glück zu gefährden.

Davon konnte Cheng die Geschäftsfrau überzeugen, die ihm daraufhin einen Scheck überreichte, der großzügiger war als vereinbart, und die ihn bat, vollkommenes Stillschweigen zu wahren und das gesammelte Material, welches einzig die Harmlosigkeit des progressiven Poeten bewies, zu vernichten.

Und dieses Material wärmte nun seine Füße. Eine gesunde Wärme, eine moralisch gesunde Wärme, dachte Cheng, der viel von Treue hielt (was ihm ebenfalls als typisch chinesisch ausgelegt wurde).

Das Telefon läutete. Cheng sah es enttäuscht an. Er hatte gehofft, daß der Schnee auch die Telefonverbindungen lahmlegen würde. Niemand zwang ihn, den Hörer abzuheben. Und daß er es dennoch tat, ärgerte ihn.

»Detektei Böhm«, sagte er mit einer so gedehnten, undeutlichen und abwehrenden Stimme, als wäre er die Rathausinformation.

Der Anrufer fragte nach, ob er mit Herrn Böhm persönlich spreche. Cheng überlegte, wie er sich eine ganze Crew von Mitarbeitern vorzustellen habe, aber ihm gelang kein Bild. Er war nun mal ein Einzelkämpfer.

»Das tun Sie, mein Name ist Böhm.« Eigentlich hatte Cheng wenig Lust, schon wieder einen Auftrag anzunehmen. Aber vielleicht war dies ohnehin das lang ersehnte Ende der Welt, denn es hörte nicht zu schneien auf.

Cheng, der im Prinzip nicht an Gott glaubte, dachte daran, wie vornehm sich Gott verhielt, indem er diese Stadt nicht einfach ausdrückte oder zuspuckte, wie sie es eigentlich verdient hätte, sondern in einen weißen Traum verwandelte, in dem freilich früher oder später alles zugrunde gehen würde.

»Hier spricht Oberstleutnant Straka, Mordgruppe drei«, sagte die Stimme, deren Besitzer man sich voluminös vorstellte. Aber Straka hatte den Abend zuvor wieder einmal zuviel geraucht. Zwar rauchte er immer erst ab fünf Uhr nachmittags, aber dann wurden dennoch zwei bis drei Päckchen Finlandia daraus. In Wirklichkeit war er ein schlanker, sportlicher Mann, wenngleich seine Vorliebe für Fußball, Boxen und Tennis sich immer mehr auf den Fernsehapparat konzentrierte. Vor dem er freilich meistens einschlief. Seit ein paar Jahren brauchte er viel zuviel Schlaf, ohne daß sich dies durch eine Krankheit erklären ließ. Was ihm peinlich war, da er wie jeder Mensch im Klischee seines Berufes feststeckte; und aus irgendeinem butterweichen Grund galten Polizisten als Menschen, die nicht nur nie ins Bett kamen, sondern auch keinen Schlaf benötigten.

»Was kann ich für Sie tun, Herr Oberstleutnant?«

»Sie kennen einen Ranulph Field?«

»Ja, ich habe etwa vor einem halben Jahr für Herrn Field gearbeitet. Nur einen Monat lang. Keine aufregende Sache.«

»Herr Böhm, ich würde gerne bei Ihnen vorbeikommen, wenn sich das einrichten läßt.«

»Ich gehe sicher nicht außer Haus. Man muß schon verrückt sein, an so einem Tag sein Ofenplätzchen zu verlassen.«

»Nun, ich bin so verrückt.«

Etwa eine Stunde später stand Straka in der Tür. Er trug einen knallroten Skianorak mit der Aufschrift *Steirisches Kürbiskernöl* und eine Wollmütze der Österreichwerbung, entsprach also nicht gerade dem, was man sich unter einem Oberstleutnant der Kriminalpolizei vorstellt.

Straka fragte Cheng, der sich erhoben hatte, wo er Herrn Böhm finden könne.

»Das bin ich«, sagte Cheng.

Straka machte ein verdutztes Gesicht.

»Böhm heißt meine Geschiedene. Mein Name ist Cheng. Aber für das Geschäft ist es besser, wenn die Agentur unter dem Namen Böhm läuft.«

»Ihr Deutsch ist akzentfrei«, sagte Straka, der selbst sehr darauf bedacht war, nicht in jenen Dialekt zu verfallen, der Teil seiner Kindheit in Favoriten gewesen war.

»Ich bin geborener Österreicher.«

Nun, so etwas kommt hin und wieder vor, dachte sich Straka, der prinzipiell nichts dagegen einzuwenden hatte, daß Chinesen nicht nur in China auf die Welt kamen. Dennoch fiel es ihm nicht leicht, sich so jemanden als Landsmann zu denken. Denn er fragte Cheng, woher aus China er denn stamme.

»Aus Wien«, sagte Cheng und vermied es zu lächeln, nur um kein Vorurteil zu bestätigen.

»Oh, natürlich, ich meinte eigentlich Ihre Eltern.«

»Aus Wuhan. Aber sie sind schon vor einigen Jahren gestorben. Kurz hintereinander, wie Menschen das eben tun, die sich nicht loslassen können. Sie liegen jetzt auf dem Zentralfriedhof.«

Straka dachte nach, wie es wohl wäre, wenn seine Eltern einst in Wuhan begraben wären. Nun, es wäre wohl ziemlich gleichgültig.

Cheng bot Straka einen Sessel an und fragte, ob er Kaffee wolle.

»Eigentlich lieber Tee, wegen dem Magen.«

Aber Cheng hatte keinen Tee, was Straka nun doch irgendwie komisch fand.

Cheng bot Straka eine Zigarette an.

»Erst ab fünf Uhr.«

»Sehr vernünftig.«

»Aber wenn ich schon auf den Kaffee verzichte, dann nehme ich vielleicht doch eine Zigarette.«

»Auch vernünftig«, sagte Cheng und fragte sich, ob das nicht viel zu ausgleichend chinesisch klang.

»Nun, Herr Cheng, warum ich zu Ihnen gekommen bin ...«

»Es geht um meinen ehemaligen Auftraggeber, Ranulph Field?«

»Um was für eine Art von Auftrag hat es sich da gehandelt?«

»Keine große Sache. Aber Sie wissen doch, daß ich nicht einfach darüber reden kann.«

»Wenn der Auftraggeber tot ist, können Sie das sehr wohl.«

»Ran ist tot?«

»Waren Sie so gut befreundet, daß Sie ihn Ran nannten?«

»Wir sind hin und wieder etwas zusammen trinken gegangen. Und immer Herr Field zu sagen und Herr Cheng ist doch ziemlich umständlich. Aber von Freundschaft zu sprechen wäre eine Übertreibung. Ich habe ihn ja auch nach Beendigung des Auftrags nicht mehr wiedergesehen.«

»Also, worin bestand dieser Auftrag?«

»Ran hat sich verfolgt gefühlt. Das heißt, er hat tatsächlich einige Male nächtlichen Besuch von einer ihm unbekannten Frau erhalten. Da ist nichts passiert, aber es hat ihm einen verständlichen Schrecken eingejagt, wenn die Dame in seinem Badezimmer aufkreuzte und dann gleich wieder verschwand. Dazu Telefonanrufe mit eher unpräzisen Drohungen. Und er war überzeugt, daß selbige Person verleumderische Gerüchte über ihn in die Welt setzte. Er hätte deshalb fast seinen Job verloren. Das war eigentlich mein einziger Erfolg in dieser Sache, daß ich seinen Vorgesetzten, einen Professor Edlinger, dem das Gerücht zu Ohren gekommen war, Ran hätte eine Affäre mit seiner Frau, überzeugen konnte, daß seine Frau zwar tatsächlich fremdging, aber eben nicht mit Ranulph Field. Eigentlich sehr unangenehm, das war ja nicht mein Auftrag, Frau Edlingers eheliche Verfehlungen bloßzulegen. Glücklicherweise hat der Professor seiner Frau schließlich verziehen. Sie wissen schon, große Geste und so. Die beiden verstehen sich jetzt besser denn je. Es gibt Beziehungen, die benötigen so eine Art heilsamen Schock.«

»Und wer war das, der damals im Bett der Frau Professor gelegen ist?«

»Hat das mit Rans Tod zu tun?«

»Wahrscheinlich nicht. Aber ein ›Wahrscheinlich‹ kann ich mir nicht leisten. Also bitte, Herr Cheng, Sie wissen doch, wie das läuft.«

»Entschuldigen Sie, Herr Oberstleutnant. Aber ich möchte wirklich nicht darüber sprechen. Eine dumme Bettgeschichte, wie das eben vorkommt. Und Frau Edlinger ist mir auch noch dankbar, daß ich ihren kleinen Fauxpas aufgedeckt habe. Ihre Ehe könnte derzeit nicht besser laufen. Die Welt ist eben verrückt.«

»Mitunter ist sie das«, sagte Straka und bat um eine

weitere Zigarette, denn im Grunde ist es ja immer nach fünf Uhr.

»Vielleicht kommen wir weiter, Herr Oberstleutnant, wenn Sie mich ein wenig aufklären«, sagte Cheng und hielt Straka die Flamme hin, die sich aus einem Feuerzeug des ÖAAB zur Arbeiterkammerwahl quälte.

»Wir haben ihn gestern tot in seiner Wohnung aufgefunden. Er war seit drei Tagen nicht zur Arbeit gekommen. Eine gewisse Barbara Gregor hat uns benachrichtigt. Seine Verflossene, was Ihnen ja bekannt sein dürfte. Die Gregor hatte noch einen Schlüssel. Und unser Professor Edlinger hat sie in Fields Wohnung geschickt, um einmal nachzusehen, ob sein Assistent sich dem Suff ergeben habe. Nun, sein Assistent hatte ein Einschußloch zwischen den Augen und war seit drei Tagen tot. Gut, so was kommt eben vor. Ungewöhnlich war bloß, daß in diesem Einschußloch ein kleines Papierröllchen steckte. Sie kennen das ja – die meisten Mörder sind geradezu versessen darauf, Spuren, Hinweise und Rätsel zu hinterlassen. Ich weiß nicht, ob die Leute das aus dem Fernsehen haben. Auf jeden Fall hat das eindeutig zugenommen, etwa daß die Leute mit dem Blut ihrer Opfer irgend etwas an die Wand kritzeln. Vorletzte Woche haben wir so einen überführt, Legastheniker. Na gut, bei unserem aktuellen Fall dürfte es schwieriger werden. FORGET ST. KILDA stand auf dem Zettel. Können Sie damit etwas anfangen?«

»Bedingt. Nach einem Besuch dieser mysteriösen Frau hat Ran einen Zettel an seinem Badezimmerschrank entdeckt: REMEMBER ST. KILDA. Er selbst hat damit überhaupt nichts anfangen können. St. Kilda ist eine Insel, die zu den Äußeren Hebriden gehört, das ist es auch schon. Ran ist nie dort gewesen, hat ja nicht einmal den Namen gekannt. Und im Zuge meiner Untersuchungen bin ich auf niemanden gestoßen, der in irgendeiner Verbindung zu dieser Insel stand. Natürlich könnte St. Kilda etwas anderes bedeuten. Aber da habe ich nicht einmal den Schimmer einer Ahnung.«

»Ja, wir kommen in diesem Punkt momentan auch nicht weiter. Der Hinweis des Täters scheint nicht gerade hilfreich. Eher das Gegenteil. Wenn wir den Zettel nicht hätten, täten wir uns leichter. Zudem ist Field australischer Staatsbürger, das macht die Sache auch nicht einfacher.«

Straka wollte nun doch einen Kaffee. Der würde seinen Magen auch nicht umbringen. Während das Wasser durch den Filter sickerte und sich in eine recht schwächliche Interpretation von Kaffee verwandelte, wollte Straka wissen, ob Cheng etwas über die Person herausgefunden hatte, von der Field angeblich verfolgt worden war.

»Nicht das geringste. Nachdem ich den Auftrag angenommen hatte, ist sie noch zweimal bei Ran aufgekreuzt. Dann war der Spuk vorbei, ohne ersichtlichen Grund, so wie er auch begonnen hatte. Eigentlich habe ich mich bloß um die Affäre Edlinger gekümmert. Um ehrlich zu sein, ich hatte den Eindruck, Ran leide unter Verfolgungswahn. Die Verleumdung konnte genausogut von einem Kollegen stammen. Die geheimnisvolle Lady habe ich schlußendlich für ein Phantom gehalten.«

»Das Einschußloch ist auf jeden Fall echt. Ich hätte gerne, daß Sie sich die Leiche einmal ansehen. Am besten sofort, wenn das irgendwie möglich wäre.«

Cheng sah aus dem Fenster. Es schneite noch immer. Der Sturm aber hatte sich gelegt. Die Schneeflocken besaßen ein beträchtliches Format, ganze Wattepackungen schaukelten durch die Luft. Die Lerchenfelder Straße lag vollständig bedeckt unter einer Schneedecke. Der letzte 46er hatte sich auf der Thaliastraße seinem Schicksal ergeben. Der Schnee war wie ein Todesurteil über diese Stadt hereingebrochen. Und Cheng fand es lächerlich, das zu ignorieren und viel Aufhebens um eine Leiche zu machen.

»Können wir gehen?« fragte Straka und stand bereits wieder in der Tür. Sein Skianorak leuchtete wie das Gewand der *La Gravida* von Raffael und sah auch genauso plump aus.

Als sie nach einiger Mühe endlich auf der Straße standen (wie vieles wehrte sich die Haustür gegen das Fortbestehen des Alltäglichen), fand Straka seinen Wagen nicht gleich, da dieser trotz der kurzen Parkzeit vollständig von einem Schneemantel umhüllt war. Sie beschlossen, das Auto stehenzulassen. Denn zumindest auf der Lerchenfelder Straße hatte die MA 48 den ungleichen Kampf aufgegeben. Die Hausmeister waren die ersten gewesen, die die Sinnlosigkeit ihres ohnedies schwachbrüstigen Aufbegehrens eingesehen hatten, weshalb Straka und Cheng auf den Fußwegen nur langsam vorwärts kamen und bald auf die leere Fahrbahn wechselten, auf der sie aber ebenso einsanken. Cheng, eher ein unsportlicher Typ, der den Winter prinzipiell nicht im Freien verbrachte, hatte bloß Halbschuhe an, in die das Schneewasser wie ein fröhlich sprudelnder Quellbach eindrang. Er fluchte innerlich.

Was tat er auch hier draußen, mit diesem Oberstleutnant, der aussah, als wolle er den Nordpol erreichen (auch das Schuhwerk von King of Survivors und die Rolex Oyster Perpetual Explorer II bewiesen, wie gut Straka sich auf diesen Wintereinbruch vorbereitet hatte).

Als sie endlich das Gerichtsmedizinische Institut erreichten, fühlte sich Cheng so durchfroren und zerschlagen wie jene, die ihre Arbeitsferien in den Warteschlangen vor Skiliften verbringen.

»Die können mich gleich hierbehalten. Kommt aufs gleiche heraus. Den Rückweg würde ich nicht überleben.«

Straka lachte und meinte, es werde sicher bald aufhören zu schneien. (Er glaubte ja auch, daß es mit seinem Magen nicht so schlimm stand.)

Doktor Hantschk empfing sie. Er hielt ganz ungeniert ein Glas Wein in der Hand, genauer gesagt einen Grünen Veltliner, der nicht zum Schlechtesten gehörte, was die braven Menschen des Weinviertels zustande brachten. Wie alle Gerichtsmediziner war er ein schwerer Alkoholiker, aber schließlich sind alle Ärzte schwere Alkoholiker, wie eigentlich alle übrigen Österreicher. Auch die Nichttrinker. Denn der Alkoholismus ist eine infektiöse Angelegenheit. Selbst wenn die Leute Wasser saufen, macht es sie betrunken. Es heißt, würden alle Chinesen gleichzeitig von einem Stuhl springen, könnten sie die Erde aus ihrer Umlaufbahn bringen. Würden alle Österreicher gleichzeitig ausatmen, dann …

Bei den Gerichtsmedizinern hat sich freilich eine eindeutige Alkoholsuchtbegründung durchgesetzt. Wie auch bei den Totengräbern und anderen Berufen in der Nähe des Todes.

Ganz im Gegensatz zu diesem Vorurteil ließen den Doktor Hantschk seine Leichen völlig kalt, er trank, um der Langeweile seines Lebens Herr zu werden, und war solcherart eins mit der großen Masse seiner Mitbürger.

»Servus Oberst, schaust du aber kernig aus. Alpiner Look. Wirklich fesch. Nur weil es ein bisserl schneit da draußen.«

Straka stellte Cheng vor und bat Hantschk, den Australier aus der Tiefkühltruhe zu holen. Hantschk aber ging zu einem metallenen Beistelltischchen, auf dem unter einer Art Käseglocke ein halbes Hirn gelagert war. Daneben stand eine Doppelliterflasche Grüner Veltliner.

»Meine Herren, darf ich euch ein Glaserl anbieten?«

»Dein Wein ist immer eine Katastrophe«, sagte Straka.

»Du bist ein Snob, Oberst. Du sieht die Dopplerflasche und glaubst, da haben die Weinbauern reingebrunzt. Aber wenn auf so einer kleinen Flasche Chateau de Schaß draufsteht, bist gleich ganz selig.«

Ohne eine Reaktion abzuwarten, füllte der Arzt drei Gläser.

»Bedient euch, meine Herren.«

Die Männer prosteten sich zu.

»Ich bin einmal in China gewesen«, wandte sich der Doktor an Cheng, »der Wein dort war nicht die Erfüllung. Aber das Bier ist hervorragend. Ein Verdienst der Deutschen. Eines der wenigen allerdings.«

»Ich bin nie in China gewesen«, offerierte Cheng seinen Standardsatz.

»Aha. Ich dachte nur ...« Und dann dachte er, daß Cheng wahrscheinlich Taiwaner sei und es vernünftiger wäre, das Thema China fallenzulassen. Hantschk füllte sein und Chengs Glas nach. Straka hatte vorsichtshalber über seines die Hand gelegt.

»Na gut, meine Herren. Schauen wir uns halt den Australier an.«

Er schob die Leiche aus der Kühlbox, öffnete den Kunststoffsack. Nicht das Loch zwischen den Augen erschreckte Cheng, sondern die bleiche Nacktheit des Körpers. Field sah aus, als sei er zu lange im kalten Wasser gelegen. Der Doktor nippte ungerührt an seinem

Glas. Und Straka beobachtete Cheng. Nicht, daß er den Chinesen, der kein Chinese war, wirklich verdächtigte, aber schaden konnte es auch wieder nicht.

»Noch irgendwas gefunden, Doktor?«

Hantschk schüttelte seinen schweren, kantigen Medizinerschädel.

»Keine Spuren eines Kampfes. Der garstige Mensch, der das verschuldet hat, hat wohl nichts für Körperkontakt übrig gehabt.

Schad' für uns. Aber was soll man machen. Manche Mörder sind eben unfair.«

»Und Sie, Cheng, können Sie irgend etwas Auffallendes entdecken?«

»Nein. Was sollte ich auch entdecken? Das ist Ran, und er ist tot.«

»Na gut. Danke, Doktor.«

Hantschk schloß den Zippverschluß. Cheng fröstelte. Und selbst Straka wirkte verstört. Der Doktor mußte lächeln – so war es beinahe immer: Selbst übel zugerichtete Leichen schreckten die Leute nicht so sehr wie dieses Schließen der Plastikhülle. Die Verletzungen des Opfers, die Folgen später Auffindung, die Spuren einer Autopsie, das hatte doch irgend wie mit dem Leben zu tun, aber der geschlossene Sack, durch den der Körper wie unter einer grauen Eisdecke durchschimmerte, vermittelte den Eindruck eines Todes, der vollkommen trostlos schien in seiner puren, schmucklosen Zweckmäßigkeit (zumindest für Menschen, die tagtäglich die Farben einer bunten Warenwelt einatmeten und denen kein halbwegs erträgliches Bild vom Jenseits gelang, weil sie sich eine Welt ohne vollgestopfte Supermarktregale nur schwer vorstellen konnten).

Hantschk schob den Australier zurück in die Kühlbox. Ein Assistent mit oberschenkelhohen Fischerstiefeln, einem breiten Grinsen und von irgendeiner Droge geschwärzten Augen schob eine bedeckte Leiche in den Raum. Hantschk hob die Schutzdecke und warf einen vergnügten Blick auf seinen nächsten Kunden.

»Na habedieehre, an dem Schädel hat sich einer ordentlich ausgetobt. Manche kriegen einfach nicht genug. Befürchte, den wird nicht einmal die eigene Frau identifizieren können.«

»Es war seine Alte, die ihn so zugerichtet hat. Hat mit einem dreiarmigen Kerzenständer in seinem Gesicht herumgerührt. Eine couragierte Person, nicht wahr«, sagte der Assistent. Man konnte sehen, wie köstlich er diesen Umstand fand.

»Na ja, meine Herren. Da sieht man es wieder, zu welchen Grauslichkeiten Frauen fähig sind. Ich könnte Ihnen da Sachen erzählen.«

»Ein andermal, Doktor. Und danke für den Wein.«

In der Halle, in der auch andere Unentschlossene standen, die das unmenschliche Treiben der Natur fürchteten, stellten sich Straka und Cheng neben ein Rauchverbotsschild und rauchten.

»Was halten Sie von der Sache, Cheng?«

»Nun, was soll ich davon halten. Soweit ich das beurteilen kann, hatte Ran keine Feinde, ich meine, was sein offizielles Umfeld betraf. Frau Edlinger hat zwar gewisse Drohungen ausgesprochen. Aber die Sache hat sich ja sehr zu ihren Gunsten erledigt.«

»Und seine Freundin, die Gregor?«

»Mag sein, daß ihn das ein wenig geschmerzt hat. Die lebt jetzt mit einem anderen Mann zusammen, Paul irgendwas, so ein Designer. Eigentlich ein Tischler, aber die heißen jetzt Designer.

Doch die Sache war abgeschlossen, Ran hat das eingesehen. Ich kann mir nicht vorstellen, daß er sie bedrängt hat und sie ihm deshalb eine Kugel zwischen die Augen jagt. Auch ihr Freund nicht. Tischler schießen nicht, Tischler stechen oder ertränken – meine Berufserfahrung. Bleibt eigentlich nur die mysteriöse Unbekannte, aber außer Ran hat die ja niemand gesehen. Vielleicht ein Phantasiegebilde. Vielleicht ein Mißverständnis. Vielleicht eine Figur von früher, aus einer Vergangenheit, die er verdrängte.

Oder er hat mir einfach nicht die Wahrheit gesagt und sehr wohl gewußt, wer ihm die Freude an Bad und Bett verderben wollte. Da fällt mir übrigens ein, Ran hat doch eine Katze gehabt, einen schwarzen Kater, glaube ich. Wissen Sie, was aus dem Viech geworden ist?«

»Nun, wir haben das auch bemerkt, Katzendosen, Katzenkiste, die üblichen Haare in der Wohnung. Aber von dem Tier keine Spur.

Kann natürlich sein, daß die Katze während des Mordes bei einer offenen Tür hinaus ist. Von den Nachbarn hat sie keiner gesehen, aber was sehen die schon – vor lauter schwarzen Prospektverteilern keine schwarze Katze mehr. Die Katze wäre natürlich nicht unbedingt der Zeuge, auf den ich baue. Möglicherweise ist sie geflüchtet und hat sich verirrt, ist vielleicht längst überfahren worden. Andererseits – ungewöhnlich für eine Hauskatze. Die verstecken sich, und wenn alles ruhig ist, kehren sie wieder zurück. Wäre also nicht uninteressant, wo das Tier abgeblieben ist. Hat aber wohl nicht viel zu bedeuten.«

Ein Mann in einem steifen, grauen Arbeitsmantel trat auf sie zu. Die paar Haare, die ihm hinter den Ohren geblieben waren, hatte er als feuchte, glänzende Lappen über die Glatze gelegt. Seine Krawatte war so eng um den

Hals geschnürt, als wollte er durch das Bild der Strangulation seinen unbedingten Hang zu Disziplin und Ordnungstreue zum Ausdruck bringen. In sein auch nicht gerade abstinentes Gesicht hatte sich der Zorn gegraben, der Zorn, der den meisten Österreichern ihr unverwechselbares Aussehen verleiht. (Natürlich, überall auf der Welt gibt es zornige Menschen, aber im österreichischen Zorn hat sich Gott wiedergefunden. Dieser Zorn nährt sich selbst. Es ist der Zorn über die Erschaffung der Welt. Wenn dieser Zorn sich gegen etwas Alltägliches richtet, so ist dies eben bloß Ausdruck einer bestimmten Epoche. So ist der Österreicher nur bedingt als xenophob zu bezeichnen, er ist ein bedingungsloser Misanthrop, für den der Rassismus bloß eine spezielle – sozusagen staatlich verordnete – Form seiner Menschenverachtung darstellt. Und seine Menschenverachtung ist ja wiederum bloß ein Teilaspekt seines Zornes gegen die Schöpfung. Tatsächlich verachtet er den Grashalm, den Feldhasen und den Türken in demselben Maße, wie er sich selbst verachtet. Und kommt solcherart Gott näher als irgendein anderes Lebewesen.)

»Na endlich«, stöhnte der Mann, »wie stellst du dir das eigentlich vor, Chinamann. Zwei Uhr ist es jetzt.« Er deutete mit der geröteten Nase auf seine Armbanduhr. »Um zehn hab' ich das Menü für den Professor bestellt. Um zehn! Ich weiß ja nicht, was für ein Zeitgefühl die Chinesen haben, aber drei Stunden für so ein gezuckertes Schweinefleisch ist eine Frechheit. Und jetzt stehst du da mit deinem Freund, seelenruhig, und tust auch noch tschicken. Sag, habt ihr zwei Perlen in den Augen. Oder könnt ihr das Schild nicht lesen. Und wo, wenn ich einmal fragen darf, ist jetzt das Essen, du Mann aus dem Reich der Mitte und der Zwerge?«

»So geht das unentwegt«, sagte Cheng.

Straka zog seinen Dienstausweis, den er dem Hausmeister vor seine Karl-Malden-Nase hielt, und erklärte ihm, daß nicht jeder Chinese ein Chinese sei, nicht jeder Chinese automatisch Chinalokalbesitzer, daß bei diesem Wetter mit Sicherheit kein Essen nirgendwo hingeliefert werde und daß er sich jetzt entfernen dürfe. Auch wenn dem Hausmeister der Zorn wie ein Parasit im Leib hockte und ihn von innen her zu sprengen drohte und auch wenn an seiner Hausmeistermacht sich schon so mancher Chefarzt geschnitten hatte, gegen einen von der Mordkommission konnte er nicht ankommen. Gab man nicht acht, schleppten die einen mit, um endlich ihre ungelösten Fälle an den Mann zu bringen. Mit glühenden Wangen und zitternden Ohrläppchen zog er sich zurück. Aber seine Rache am subalternen Institutsvolk würde schrecklich sein.

Straka und Cheng machten sich auf den Rückweg. In der Zwischenzeit hatte wieder der Sturm eingesetzt, und die Schneeflocken schlugen ihnen wie Scherben ins Gesicht. Auf der Landesgerichtsstraße, einem üblicherweise stark befahrenen Verkehrsweg, stand ein einziges Fahrzeug der Schneeräumung – ein großes versteinertes Tier. Das orangefarbene Licht der Warnblinkanlage rotierte wie ein letztes Aufbegehren in der Dämmerung. Von den wackeren Männern in ihren Schutzanzügen war nichts mehr zu sehen. Einige von denen saßen im überfüllten Café Eiles, in das nun auch Straka und Cheng eintraten. Wiener Weltuntergangsstimmung: normalerweise ein eher ruhiges Kaffeehaus, in dem Josefstädter Bildungsbürger gelangweilt im Feuilleton herumblätterten, angehende Akademiker sich in der nasalierenden Überhöhung von Idiotien übten und leitende Rathausbeamte die Vormittage schwänzten, herrschte nun jene ausgelassene Heurigenstimmung, die beim Heurigen kaum noch bestand (wenn sie überhaupt je bestanden hatte). Die Vermischung der Klassen war in vollem Gange. Man kam sich sehr nahe, nicht nur weil es so voll war. Die Boutiquebesitzerin in ihrem Schlauch aus Jersey saß auf den Schenkeln des Mannes von der Schneeräumung. Im Grunde hatte sie seit jeher ein Faible für diese ungeschlachten, verschwitzten, nach Tabak und Schnaps riechenden Kerle gehabt, die stets einen stark behaarten Eindruck machten (auch wenn sie gar nicht stark behaart waren), die einen daran erinnerten, daß das wirkliche Leben aus Dreck und Arbeit bestand und nicht aus Cashmere und Bargeflüster. Sie hatte die abgeschleckten, parfümierten Gestalten in ihren Hugo-Boss-Anzügen und mit dieser Gummipuppenhaut satt, genauso die harten Lederjackentypen, an denen das Härteste ihr Haarfestiger war. Es machte ihr mächtig Spaß, auf diesen Schneeräumeroberschenkeln zu hokken, die sich soviel besser anfühlten als die Schenkel von durchtrainierten Hautcremefanatikern oder die von Schriftstellern und anderen Anhängern des Rollkragenpullovers.

Straka und Cheng stellten sich in eine Ecke und rauchten. Es würde ohnehin bald fünf Uhr sein.

»Warum sind Sie eigentlich Privatdetektiv geworden?« fragte Straka, der immer wieder gefragt wurde, warum er Polizist geworden war, und der froh darum war, auch einmal so eine dämliche Frage stellen zu können. Denn kein Mensch kommt auf die Idee, sich zu erkundigen, warum jemand für IBM oder Siemens arbeitet oder warum er sein bißchen Phantasie in einer Werbeagentur verschwendet.

Cheng zuckte mit den Schultern und erzählte, daß er eine Ausbildung zum Gartenarchitekten besitze, es jedoch nie zu einer Anstellung gebracht habe. Mag schon sein, daß er einfach nicht gut genug gewesen war, andererseits habe er das Gefühl gehabt, die Leute hätten Angst, daß einer, der doch irgendwie ein Chinese sei, zuwenig Gefühl für barockes Formverständnis aufbringen würde, ist doch die Wiener Gartenarchitektur eine reine Gartenerhaltungsarchitektur. Wie auch immer, er hatte Geld nötig gehabt und deshalb einen Job in einer Detektei angenommen, weil die einen Chinesen für verdeckte Ermittlungen benötigten. Und nach der Heirat mit der nicht ganz unvermögenden Böhm habe er sich dann selbständig gemacht. Was ein Fehler gewesen sei, den er aber nicht wirklich bereue. Es sei ja egal, wo man letztendlich lande.

Straka nickte. Cheng schien ihm ein vernünftiger Mann. Und wenn Cheng irgendeine Information zurückhielt, dann nicht, um einen Mörder zu decken, sondern um einem Unschuldigen peinliche Befragungen zu ersparen. Aber Cheng hielt nur wenig zurück. Viel eher war anzunehmen, daß Ranulph Field dem Detektiv einiges verschwiegen hatte.

Sie bestellten zwei Flaschen Bier und zwei Schnäpse, denn draußen wütete eine Art Blizzard, und es wäre selbstmörderisch gewesen, in die Dunkelheit zu treten. Während es an den Tischen hoch herging, hatten sich Straka und Cheng zu einigen wenigen Interessierten gesellt, die vor dem Fernseher standen. Mit einem theatralisch verbogenen Gesichtsausdruck meldete der Sprecher, daß soeben der Katastrophennotstand ausgerufen worden sei. Eine unbekannte Anzahl von Leuten war bereits ums Leben gekommen. Der Bundespräsident höchstpersönlich wandte sich nun an die Bevölkerung und bat mit fester Stimme, seine lieben Landsleute mögen doch ... nun, es war nicht zu verstehen, was er von seinen Landsleuten verlangte, denn irgend jemand im Raum schrie: »Draht's eahm o, de Laus!« Woraufhin einige Leute applaudierten. Der Rest blieb desinteressiert. Niemand jedoch protestierte gegen die unflätige Äußerung des Gastes.

Cheng fand dies in mehrfacher Hinsicht interessant. Denn er hielt das Café Eiles für einen Ort, an dem sich die Gäste üblicherweise solcher politischer Kommentare enthielten. Und die Forderung, den Bundespräsidenten – also sein Bild auf dem Fernsehschirm – abzudrehen, war durchaus politisch. So wie es politisch war, daß einige Leute diese Forderung bejahten, während die anderen sich in keiner Weise von ihrer eben erfolgten Entdeckung des Hedonismus ablenken ließen. Dies alles hatte gewissermaßen eine revolutionäre Qualität. Das mag nun mehr als übertrieben klingen, aber der Schneesturm, der die Menschen in die Lokale trieb, erschien Cheng wie ein Zeichen vom Ende der Demokratie.

Nachdem der Bundespräsident ungehört vom Bildschirm verschwand, tauchte dort der Wiener Bürgermeister auf, welcher völlig konsterniert wirkte. Mit bebendem Tonfall erklärte er, daß sein »lieber, geschätzter, von allen geliebter und geschätzter« Vorgänger und dessen Gattin auf dem Weg ins Fernsehstudio verschollen seien. Im Bewußtsein Chengs und vieler anderer war dieser Vorgänger nicht bloß ein ehemaliger Bürgermeister von Wien, sondern jener politische Grandseigneur, der wie kein anderer den Populismus zum erstrangigen Herrensport erhoben hatte. Er war wie ein Golfspieler, der die Dinge dort hinschlug, wo sie nach Meinung des

Publikums hingehörten. Er war weniger ein Verführer als jemand, der Löcher zustopfte. Begleitet wurde er von seiner Gattin, einer bekannten Sängerin.

Diese beiden volksnahen Persönlichkeiten waren also irgendwo in diesem gigantischen Schneegestöber, dieser Wiener Winterkatastrophe verlustig gegangen – und sollten nie wiederauftauchen, ein Fall, vielleicht ein Kriminalfall, der im 21. Jahrhundert einen ganzen Rattenschwanz von Schriftstellern, romantisch veranlagten Historikern, Filmemachern, Opern- und Operettenlibrettisten und gegen jede Wahrheit und Plausibilität gefeite Biographen beschäftigen sollte.

Der aktuelle Bürgermeister gab ebenfalls Durchhalteparolen zum besten (wenn man sich im Kaffeehaus umsah, hatte man den Eindruck, das Durchhalten sei eine Frage der Wein- und Bierreserven), verwahrte sich gegen die Angriffe des politischen Gegners, der behaupte, diese Naturkatastrophe sei ein Resultat sozialdemokratischer Stadtpolitik, und bemühte sich – nicht allzu deutlich und dennoch eindringlich –, die Einsatzmannschaft via Television davon zu überzeugen, wieder an ihre Einsatzplätze zurückzukehren. Daß die zumeist aus Gastarbeitern rekrutierten Schneeräumeinheiten keine Lust hatten, im Namen des Herrn und des Wiener Bürgermeisters zu erfrieren, war natürlich traurig, aber bei der bekannten Arbeitsmoral fremdländischer Charaktere kein Wunder; daß aber selbst die heimischen Helden von der Feuerwehr daheim bei ihren Lieben saßen oder sich in der freiwilligen Gefangenschaft eines Wirts befanden, das war doch ein eindeutiger Hinweis auf den Verfall einer von Verweiblichung, Autoritätsverlust und Körperuntüchtigkeit durchzogenen Gesellschaft. Allein auf das Bundesheer war noch Verlaß, wenngleich die Jungmänner nicht ohne Widerwillen von desorientierten Berufssoldaten durch den eisigen Sturm gehetzt wurden, völlig sinnlos im Schnee herumgruben und eine Ahnung davon bekamen, wie lustig das damals bei Stalingrad gewesen sein mußte.

Straka nahm sein Handy, wählte mehrere Nummern, bekam aber keine Verbindung.

»Sinnlos. Alles zusammengebrochen. Wir müssen warten, bleibt uns gar nichts anderes übrig.«

Die zwei Flaschen und der Schnaps wurden serviert. Der Kellner war trotz der Hektik überaus freundlich, wirkte geradezu ausgeglichen. Denn obgleich eine riesige Sauferei im Gange war, war niemand ungeduldig, niemand urgierte, niemand stänkerte. Der alte griesgrämige Oberkellner, der üblicherweise bereits angesichts von mehr als drei Stammgästen die Nerven wegwarf und ihm unbekannte Gäste prinzipiell ignorierte, tänzelte leichtfüßig durch die Menge, schneidig, elegant, ein Küßdiehandcharmeur der besten Art.

Zugegeben, die ganze Szenerie wirkte ziemlich anormal. Wie das Vorspiel zu einem brutalen und absurden Gemetzel. Soviel Freundlichkeit, während draußen die Stadt unterging. Oder war es ganz selbstverständlich bei einem Weltuntergang, daß die Leute, endlich von sich selbst befreit, erkannten, daß es neben ihrem Haß und einem umfassenden Vernichtungswillen noch andere Möglichkeiten der Lustbefriedigung gab?

»Hallo, Markus, daß ich dich wieder einmal treffe.«

Eine zierliche Frau schlang ihre Arme um Cheng. Der elegante Kostümtyp, der normalerweise alles unterläßt, was die Makellosigkeit eines Kostüms gefährden könnte, also auch eine Umarmung, dann schon eher das langhalsige, bloß angedeutete (weil lippenstiftschonende) Wangenküssen. Aber auf ihrem camelbeigen Kostüm leuchteten Rotweinflecken, und ein beträchtlicher Teil ihres Lippenstifts klebte auf den Gesichtern jüngster Bekanntschaften.

»Monika, darf ich dir Herrn Kriminal-Oberstleutnant Straka vorstellen.« Und zu Straka gewendet: »Ich habe zusammen mit Frau Riedler bei Trimmel gearbeitet, der Detektei.«

Monika verdrehte ihre Augen, die es Straka sogleich angetan hatten.

»Mein Gott, Kinder, seid doch nicht so formell«, sagte sie, »Herr Oberstleutnant, wie das klingt. Nichts gegen Ihre Verdienste, aber Sie haben doch sicher auch einen Vornamen.«

»Äh ... Richard.«

An und für sich kein Name, der zum Lachen anregt, aber wie er es gesagt hatte, mit einer Schüchternheit leise, zögernd, dazu ein Gesicht, als stehe er in Unterhosen vor der Dame, verursachte bei Frau Riedler eine Lachreizung, ein anfängliches Glucksen, das schnell in eine ungenierte Salve mündete. Auch Cheng mußte grinsen. Straka war beleidigt, was man ihm auch ansah. Daraufhin hängte sich die Riedler bei ihm ein und erklärte, daß sie es schrecklich süß finde, wenn so große, starke Männer Probleme hätten mit der Preisgabe ihrer Intimitäten, wie etwa einem Vornamen. Dann sah sie ihn mit verträumten Augen an (schließlich war sie kein Tschapperl und hatte sofort gemerkt, was der große, starke Mann an ihr besonders attraktiv fand) und bestand darauf, daß er und Cheng sich an den Tisch ihrer Freunde setzten.

Natürlich gab es keinen einzigen freien Platz mehr an dem Tisch. Monika bot dem großen, starken Mann ihren kleinen Sessel an und plazierte sich – wie es offensichtlich lobenswerte Unsitte an diesem Abend war – auf seinen Kriminalistenoberschenkeln.

»Wo setzen wir bloß den Markus hin?« fragte Monika, obgleich sie die Antwort bereits kannte.

Cheng erklärte, daß es ihn keineswegs störe zu stehen, er sei ja nicht der einzige. Aber Monikas Freundin Gerda, die selbst groß und stark war und deshalb ebensolche Männer nicht nötig hatte und die in diesem Moment eine unbändige Lust verspürte, einen zierlichen, hübschen Chinesen an sich zu pressen, meinte, das komme gar nicht in Frage, und befahl Cheng, sich auf ihren Schoß zu setzen. Cheng meinte, das sei nun wirklich nicht nötig, woraufhin ihn der verständnislose bis wütende Blick sämtlicher anwesender Männer traf, die sich beim besten Willen keine größere Erfüllung denken konnten, als in den Schoß dieser Frau zu sinken. Cheng war peinlich berührt, denn im Grunde teilte er das Staunen ob seiner Abwehr, aber die gewaltige körperliche und ästhetische (sehr fellinieske) Präsenz dieser Frau machten ihm angst, wobei es freilich Schlimmeres gab als eine solche Angst. Doch anstatt sich sofort der Gunst der Stunde zu überantworten, stotterte er herum, etwas von wegen er wolle ihren Rock nicht zerknautschen. Der Schweiß stand ihm auf der Stirn und brannte auf der vom Schneesturm aufgerissenen Haut. Ein trauriger Anblick, das wußte er selbst am besten. Die Verachtung beinahe aller war ihm sicher. Doch manchmal im Leben kann man sich gegen sein Glück einfach nicht wehren, so dämlich man sich auch anstellt. Anstatt diesen Idioten einfach links liegenzulassen (wie die Herren in dieser Runde gehofft hatten), schenkte ihm Gerda einen Blick, der in seiner aufreizenden Art doch auch etwas Mütterlich-Beruhigendes besaß. Das Blau ihrer Augen konnte den Betrachter an die methanhaltige Atmosphäre des Neptun erinnern, an den Himmel über Ayers Rock, an Cinemascope oder an David Hockneys Swimmingpoolbilder.

Woran sie Cheng auch immer erinnerten, er entwickelte bei ihrem Anblick ein durchaus angenehmes Hungergefühl, kein wirklich sexuelles. Es war schlichtweg sein Magen, der sich meldete.

Aber das konnte er natürlich nicht sagen.

»Sei nicht dumm«, sagte Gerda und streckte ihre Hand nach Cheng aus, und wie sie das sagte, das war einfach umwerfend (darüber bestand nicht nur unter den Männern absoluter Konsens); nicht etwa, daß sie es hauchte oder säuselte oder zwitscherte oder spargettelte, nein, sie sprach ohne jede Verzierung, und in einem solchen Moment war das eben umwerfend. Und da konnte Cheng seinem Glück nicht mehr widerstehen und nahm die Einladung an.

Nachdem das erledigt war, kam die alte Ausgelassenheit wieder auf, und das Interesse der Tischgesellschaft fiel von Cheng ab. Nicht aber das von Gerda, die Cheng ihre Vorliebe für die Kultur des alten China gestand und über Tontöpfe zu referieren begann, über Grabfiguren, Bildrollen, über die Atemübungen daoistischer Priester, über Hochzeitssänften, den Sohn des Himmels und die Kartographie der Dschou-Zeit, was Cheng höchst interessant fand, wovon er aber nicht die geringste Ahnung hatte (ihm war gerade mal der Name Konfuzius untergekommen, und er wußte, daß vernünftige Leute nicht mit Ming-Vasen um sich warfen).

Aber seine Unwissenheit störte nicht, er war der auserwählte Zuhörer, der an ihren Lippen hing. Und als sie ihm berichtete, wie das Himmelreich der Taiping von den englischen und französischen Tyrannen und den

Tyrannen der Mandschu-Regierung zerstört worden war, bemühte er sich um ein schwermütiges Gesicht (nicht speziell wegen der Taiping-Leute). Und um ihn zu trösten, drückte sie ihre Lippen auf die seinen, und das war wie ... nun, sagen wir, es war sicher besser, als den ganzen Tag Lottoscheine auszufüllen oder am Wochenende eine zweite Garage zu bauen oder Peter Alexander die Hand zu schütteln oder seine Kinder taufen zu lassen oder Unkraut zu jäten oder Zäune aufzustellen oder Weihnachten und Silvester nörgelnd vor dem Fernseher zu verbringen, also besser als alles, was einen österreichischen Menschen normalerweise glücklich macht.

Weder mündete dieser Abend in einer Orgie noch in einer Metzelei oder irgend etwas anderem Dramatischen. Es wurde gesoffen, gelacht, geknutscht, das war es auch schon, und das Verwunderliche war eben, daß die Sache nicht abglitt. Die Leute wurden einfach nach und nach müde, legten sich auf den Boden oder lehnten sich an ihre Nachbarn. Irgendwann ging das Licht aus (endlich hatte die Stromversorgung aufgegeben), aber niemand geriet in Panik. Die noch wach waren, wurden bloß ein wenig leiser.

Cheng versank in seiner großen, starken Frau. Von ihm aus hätte die Welt oder auch nur Wien jetzt wirklich untergehen können.

Aber so gut meinte es das Schicksal nun auch wieder nicht mit ihm, daß es ihn nach dieser wunderbaren Nacht aus dem Leben entlassen hätte.

Als die Leute am nächsten Morgen erwachten, hatte sich der Sturm gelegt. Der Platz vor dem Eiles sah aus wie eine modifizierte Fassung von Caspar David Friedrichs *Die verunglückte Hoffnung;* statt dem Schiffswrack ragten Autoteile aus dem Schnee. Aber die Sache war überstanden, und jeder würde so tun, als sei er froh darüber. Als erstes würden die Leute ihre Blechkisten ausbuddeln, der Kardinal würde Gott danken (wofür auch immer), die Boulevardpresse würde die Schuldigen entlarven, der Bürgermeister würde in Gegenwart der herangekarrten Fernsehleute höchstpersönlich die Aufräumarbeiten überwachen, jeder Mann mit zwei gesunden Händen und zwei gesunden Beinen würde … es war zu deprimierend.

Den meisten war peinlich, wie sehr sie sich in dieser Nacht hatten gehenlassen, daß sie den anderen, aber vor allem sich selbst so nahe gekommen waren, daß sie auf derart schamlose Weise die allgemeinen Spielregeln mißachtet hatten, etwa die Einhaltung demokratischer Klassengrenzen und milieuadäquaten Verhaltens.

Monika und Gerda flüchteten sich mit ihren Schminkutensilien auf die Toilette. Ihre Gesichter sahen aus wie die eingedrückten Deckflügel eines toten Käfers.

Cheng und Straka traten ins Freie. Die Sonne warf lange, scherenschnittartige Schatten über die gefrorene Stadt. Straka schüttelte den Kopf wie über einen merkwürdigen Traum. Die ersten Bulldozer pflügten Schneisen in die Schneelandschaft. Auf einem solchen Streifen bewegten sich die beiden auf die Lerchenfelder Straße zu.

Aus einer Schneewächte ragte ein Stück Mensch. Einige Männer von der Schneeräumung bildeten einen Halbkreis. Die Zigaretten standen wie waagrechte Eiszapfen von den Lippen weg. Der erfrorene Körper, auf den sie sahen, besaß eine schraubenförmige Gestalt. Auf dem Gesicht lag der tiefgekühlte Ausdruck ungläubigen Staunens. Niemand fühlte sich zuständig, auch Straka nicht, denn der Tote war ein junger Soldat, der in Ausübung von etwas gestorben war, das man Pflicht nannte. Ein Mann von der Schneeräumung nannte es Pech.

Cheng half dem Oberstleutnant, seinen Wagen auszubuddeln. Die Kälte fuhr wie eine stumpfe Rasierklinge über sein Gesicht. Und das Gefühl in seinen Händen erinnerte ihn an den Anblick von Fischleichen, die in Nordseevitrinen lagen. Sie bekamen den Wagen frei, aber der Motor wollte nicht anspringen und tat es auch nicht, nachdem Straka zu fluchen begonnen hatte (dabei fluchte er so gut wie nie). Über Funk forderte er einen Wagen an und gab durch, man solle seine Frau benachrichtigen, daß alles in Ordnung sei. Mit einem Mal hatte er sich wieder daran erinnert, verheiratet zu sein. Wie ein lästiger Termin war diese Frau in sein Bewußtsein zurückgekehrt.

Zwei Tage später ereilte ein Wärmeeinbruch die geprügelte Stadt. Dachlawinen, Überschwemmungen, Herzinfarkte und einige böse Überraschungen, die der schmelzende Schnee nun freigab. Die größte Aufregung verursachten natürlich der verschwundene Altbürgermeister und seine verschwundene Schauspielergattin. Trotz verordneter Trauer war die Schadenfreude der Politikerkollegen kaum zu überhören. Die paar Präsenzdiener, die gestorben waren, weil man sie in einen völlig sinnlosen Krieg gegen den Winter gehetzt hatte, fielen da nicht ins Gewicht. Hauptsache, die letzten Einkaufstage vor Weihnachten waren nicht gefährdet. Auf seiten der Wirtschaft gab es ernsthafte Überlegungen, das sogenannte Weihnachtsfest aus gegebenem Anlaß um einige Tage zu verschieben, aber selbst jener Bischof, der dem Verein Kirche und Industrie, Ökonomie der Wahrheit, Wahrheit der Ökonomie vorstand, zeigte zwar Verständnis für das Anliegen der Wirtschaft, sich nicht einfach von einer verrückt gewordenen, gottlosen Natur um drei, vier Einkaufstage betrügen zu lassen, verwahrte sich aber strikt gegen eine Unterhöhlung ausgerechnet dieses Termins; man könne gerne über die Verlegung der Mai-Feiertage in den weniger attraktiven Juli bzw. über ein Feiertagsverbot für nichtkatholische Arbeitnehmer diskutieren, aber das Christfest – das ja ohnehin wie kein anderes der Lobpreisung Christi als dem Verkünder einer besseren Warenwelt, also nichts weniger als der Erziehung des Menschen zu einem im Konsum zur Ruhe kommenden, kontemplativen Wesen dient – müsse aus Gründen einer (mag sein, überholten) Pietät an diesem einzig möglichen Termin stattfinden. Aber auch in den Reihen der Wirtschaft gab es einige, die meinten, es wäre viel zielführender, sich einmal über diese verdammten Sonntage zu unterhalten, die das Wirtschaftsjahr auseinanderrissen, durchlöcherten. So konnte Gott das unmöglich gemeint haben. Es sei am Ende des 20. Jahrhunderts einfach nicht mehr tragbar, einen ganzen Tag die Konsumbereitschaft der willigen Bürger dieses Landes zu unterbinden. Was die Vordenker einer Reformierung der Feiertage aber besonders vor den Kopf stieß (wenngleich es sich glücklicherweise um ein Randproblem handelte), war der Umstand, daß es engstirnige Querulanten gab, die hartnäckig darauf bestanden, sich der vorweihnachtlichen Kaufverpflichtung entziehen zu dürfen, also entweder verblendete Sektierer, die sich mit Gebeten vollstopften wie Hungernde mit Reis, oder Ignoranten, denen einfach gar nichts heilig war und die so taten, als existiere Weihnachten für sie schlichtweg nicht. Zu den letzteren zählte Cheng, der tatsächlich kein einziges Geschenk erstanden hatte und am

Weihnachtsabend in seinem Büro saß, die Füße am Ofen, und sich ein Video ansah – die üblichen Schießereien und Sprüche in einem wie üblich verrotteten Los Angeles.

Als er noch mit der Böhm verheiratet gewesen war, hatte er Weihnachten bei ihren Eltern verbringen müssen. Die Schwiegermutter, die die Entscheidung ihrer Tochter, einen offensichtlichen Chinesen zu ehelichen, als bedauerliche Entgleisung empfunden hatte, inszenierte Weihnachten im Sinn einer Beweisführung ihres guten Geschmacks. Leute, die sich einbilden, über einen guten Geschmack zu verfügen (was genaugenommen ein Widerspruch in sich ist, gut und Geschmack), haben einen entscheidenden Nachteil: Sie töten einem den Nerv. Zufällig verfügte Cheng im Notfall über das, was die weißen Barbaren unter Manieren verstehen, und zeigte sich jedesmal – unter Schmerzen – entzückt ob eines Weihnachtsbaums, der aussah wie ein Abendkleid von John Galliano, ob eines Essens, das aus mehr Gängen, Besteck und Gläsern als aus Eßbarem bestand, ob eines Adventkranzes, der mehr kostete, als Cheng in der Woche verdiente, ob eines Geschenks, von dem Cheng nicht so recht wußte, was es eigentlich darstellte (denn das Raffinement neuen Designs bestand ja darin, den Zweck einer Sache wie etwas Vulgäres zu vertuschen: Uhren, die keine Zeit angeben; Zigarettenetuis, die zu öffnen den einen oder anderen Finger kostet; Sessel, die einen Schlangenkörper voraussetzen; formschöne Küchengeräte, deren Anwendung Selbstmördern vorbehalten bleibt; technische Anlagen, die nirgends einzuschalten sind; Kunst, die hinter ihrem Konzept verschwindet; Kleidung, welche die anatomischen Verhältnisse ignoriert). Besonders anstrengend war, daß sich Cheng von seinem Schwiegervater jedesmal einen Vortrag über die Menschenrechtsverletzungen in China anhören mußte.

Wofür man Cheng natürlich nicht persönlich verantwortlich machen konnte, aber immerhin, es warf doch ein bestimmtes Bild auf seine Rasse. Denn wo der christliche Wertmaßstab fehle, fehle der Anstand. Der Mensch werde zum Tier. Was Herr Böhm, der sich als engagierter Pharmazeut um den uneingeschränkten Tierversuch verdient gemacht hatte, bestens beurteilen konnte.

Cheng war also recht zufrieden, daß er keine Weihnachtsbäume mehr bestaunen mußte und kein sadistischer Vivisektionschef ihn über die erschreckenden Eigenarten der chinesischen Rasse aufklärte. Von seiner Geschiedenen hatte er eine Karte bekommen. Sie war mit ihrem neuen Freund über Weihnachten in Florida, das sie ganz großartig fand. Was macht man in Florida? fragte sich Cheng. Aber das war natürlich keine richtige Frage.

Er öffnete eine Flasche Wein, die ihm Frau Hammerschmid geschickt hatte. Eine von den Flaschen, mit der man seine Steuerschuld hätte begleichen können. Nun, Cheng hatte von Wein keine Ahnung, aber er fand diesen greisen Bordeaux trotzdem ganz anständig. Er sah auf die Lerchenfelder Straße. Es hatte wieder zu schneien begonnen. Doch es war ein äußerst moderater Schneefall, der gerade ausreichte, um ein paar angeheiterte Hausmeister nach dem Verzehr ihrer Weihnachtsforelle noch auf die Straße zu zwingen.

Cheng schenkte sich gerade neu ein (es war übrigens bereits seine zweite Flasche, und er befand sich also in einem Zustand, der sich kaum für irgendwelche extremmotorischen Herausforderungen eignete), als er ein Geräusch aus dem Vorzimmer vernahm. Das Geräusch konnte vielerlei bedeuten, etwa daß eines der dort befindlichen Geräte – Eisschrank, Kaffeemaschine oder Kopierer – einen Seufzer von sich gegeben hatte, daß die gegen die Wand gelehnte Leiter sich von selbst verrückt hatte, daß der Boden grundlos knarrte, daß das Patricia-Highsmith-Poster sich von der Wand gelöst hatte, daß Mäuse oder harmlose Geister ihr Unwesen trieben oder es durch die Decke tropfte. Es konnte aber auch bedeuten, daß jemand die verschlossene Wohnungstür geöffnet hatte. Und genau dies entsprach Chengs Vermutung, und zwar vollkommen zu Recht. Nun war Cheng nicht so ein ängstlicher Typ, wie es Ran gewesen war, schon weil sein Berufsethos kaltes Blut vorschrieb, und er lag ja auch nicht im Bett und stand auch nicht unter der Dusche, er war bloß besoffen und fand es mit einem Mal viel zu warm da neben dem Ofen, weshalb er zunächst einmal seine Füße herunternahm und sein Glas vorsichtig auf den Tisch stellte. Die Leute in der Wohnung über ihm sangen *O Tannenbaum, wie treu sind deine Blätter*. Er hatte gedacht, es heiße *wie grün sind deine Blätter*. Auf jeden Fall sangen sie, als würden sie unter vorgehaltener Pistole dazu gezwungen werden. Was Cheng an seine eigene Waffe erinnerte, die er vorsichtig aus der Schublade zog. Dabei entdeckte er den Lottoschein, den er doch tatsächlich vergessen hatte aufzugeben, und für einen kurzen Moment bestand seine Hauptangst darin, sich in die Reihe jener Unglücklichen einzuordnen, die auf so schreckliche Weise für ihre Vergeßlichkeit büßen mußten. Und vor deren Schicksal zu warnen der Staat nicht müde wurde.

Ein weiteres Geräusch aus dem Vorzimmer erinnerte ihn daran, daß ein bösartiges Leben auch noch andere Probleme bereithielt als Lotto und schlechten Gesang. Da er eine recht gute Zielscheibe abgab (zudem war er ein schlechter Schütze, was durch seine Kurzsichtigkeit verstärkt und durch das Faktum, daß er keine Brille trug, nicht gerade wettgemacht wurde), ließ er sich zu Boden gleiten.

Die Waffe fühlte sich in seinen feuchten Händen an wie der ölige Griff einer Bratpfanne.

Jeder kennt das: Einmal will man leise sein – völlig unmöglich. Er kroch auf allen vieren durch den Raum, und unter ihm schrie der Boden, als reiße man ihm die Bretter aus dem Leib. Dennoch erreichte er die Tür zum Vorraum. Er preßte sein Ohr gegen das Holz und wartete. Wartende Menschen sind interessanterweise gerade dadurch aus der Fassung zu bringen, daß ihr Warten belohnt wird (indem das eintritt, worauf sie gewartet haben). Cheng schrie auf, denn er glaubte, daß genau dort, wo sein Ohr war, nun ein Elektrobohrer durchs Holz stoße, und sah den Bohrer schon in seinem Gehörgang. Tatsächlich war es nur ein Kratzen am Holz gewesen, glücklicherweise, denn in seinem Schrecken hatte Cheng zwar geschrien, sich aber keinen Millimeter bewegt. Endlich entschlossen, die Sache in die Hand zu nehmen, riß Cheng die Tür auf und zielte, die Waffe mit beiden Händen filmecht umklammernd, in den Vorraum. In dessen Mitte stand eine schwarze Katze, die vollkommen ruhig blieb. Wie die meisten Katzen hatte sie gelernt, sich an das neurotische Verhalten von Menschen und deren Hang zu verkrampften Körperhaltungen zu gewöhnen.

Der Kater Batman hatte Hunger, und da war nun niemand anderer in Sichtweite als dieser Kerl mit seinen geschlitzten Augen, der seine Waffe hielt, als besitze sie die Schlüpfrigkeit einer Salzgurke, und dessen knieweiche Körperhaltung seine Unsicherheit verriet. Batman hatte nicht im Sinn, jemanden zu verunsichern, weshalb er unter gurrenden Lauten auf Cheng zutrabte, um sich an dessen eigentümlich abgewinkelten Beinen zu reiben. Cheng hatte seine Schußposition deshalb beibehalten, weil er einfach nicht glauben konnte, daß die einzige Bedrohung in der Freßsucht dieser schwarzen Ausgabe einer Europäischen Kurzhaarkatze bestehen sollte. Aber nachdem er alle Nebenräume und die verschlossene Wohnungstür überprüft hatte – die Kette war nicht vorgelegt gewesen, und sein angebliches Sicherheitsschloß konnte von einem einschlägig gebildeten Menschen innerhalb von Sekunden geöffnet werden –, lockerte er seine angespannten Glieder, legte die glitschige Pistole in die Lade zurück, wechselte sein Hemd und zündete sich eine Zigarette an. Batman, dessen Hunger seine vernunftbedingte Trägheit überwog, blieb Cheng auf den Fersen.

Cheng läutete bei seiner linken Nachbarin, einer Pensionistin, die drei Katzen besaß und zudem die einzige Person im Haus war, die Cheng nicht im Verdacht hatte, für die chinesische Mafia zu arbeiten. Natürlich mußte er eintreten, um den Weihnachtsbaum zu bewundern, unter welchem drei Kartäuser-Katzen lagen, die aussahen, als wären sie aus der Körpermasse von sechs Hauskatzen geformt worden, bloß daß am Schluß kaum etwas übriggeblieben war, um ihnen auch noch Beine zu verpassen. Trotzdem wackelten sie sofort in die Küche, als Frau Kremser in die Lade mit den Dosen griff, um Cheng auszuhelfen. Die drei Kartäuser stimmten Klagelaute an, als seien ihr barockes Lebensgefühl und ihr Idealgewicht gefährdet. Frau Kremser drückte beide Augen zu, welche sie ja ohnehin den ganzen Tag nicht aufbekam, und servierte ihren beinlosen, graublauen Tonnen ein weiteres Weihnachtsmenü.

Cheng ging zurück in sein Büro, wo der Vorwurf in Person auf ihn wartete. Nachdem Batman eine halbe Dose verdrückt hatte, versah er seine Notdurft auf der Toilette (er gehörte zu jenen Katzen, die sich hin und wieder zu derartigen Showeinlagen herabließen, um solcherart Begeisterungsstürme zurückgebliebener Europäer zu evozieren; nun aber hatte er es bloß getan, weil die Erde in den Topfpflanzen einen ziemlich unappetitlichen Eindruck machte). Dann sah er sich nach einem bequemen Flecken um und entschied, daß unter der Schreibtischlampe, gebettet auf dem Papier von Tageszeitungen, er den Anstrengungen des Tages und einem gewissen Völlegefühl Tribut zollen werde.

Cheng, der wieder seine Füße auf den Ofen gelegt hatte, betrachtete das Tier. Das war Rans Katze, daran bestand kein Zweifel, und ihm gefiel die Vorstellung gar nicht, daß er jetzt für die lukullischen und sinnlichen Bedürfnisse dieses arroganten Stück Fells verantwortlich sein sollte. Aber natürlich war er es bereits – was er in diesem Zusammenhang wollte, zählte nicht. Und weil von Natur aus kein großer Kämpfer gegen das Schicksal, fuhr er Batman über den Kopf, als streiche er einen Kontoauszug glatt. Dabei entdeckte er, daß an dem Band, welches der Kater um den Hals trug, ein Papierröllchen klebte. Was ihn an den Zettel erinnerte, der in Rans Einschußloch gesteckt hatte. Völlig zu Recht, wie sich sogleich herausstellte:

WOLLEN SIE DEN GRUND FÜR RANULPH FIELDS TOD ERFAHREN? DANN SEIEN SIE IN DER SILVESTERNACHT IN DER DISKOTHEK DEATH-TRAIN IN SCHLAGHOLZL. LASSEN SIE STRAKA AUS DEM SPIEL. DER GEHÖRT NICHT ZUR FAMILIE.

Cheng hätte gerne gewußt, zu welcher Familie er gehörte und Straka nicht. Und er hätte gerne gewußt, wo eigentlich Schlagholzl liegt. Nun, das konnte man herausfinden. Andererseits sah er nicht wirklich ein, warum er sich ein derartiges Abenteuer zumuten sollte. Was hatte er eigentlich mit dieser Geschichte zu schaffen? Er überlegte, ob es nicht geschickter wäre, Straka davon zu informieren, daß er, Straka, nicht zur Familie gehöre, zu welcher auch immer. Der Familie der Versager, dachte Cheng bitter, überprüfte nochmals die Kette vor der Eingangstür und legte sich schlafen.

Und stolperte in einen merkwürdigen Traum hinein: Er sitzt in einem U-Bahn-Zug, New Yorker U-Bahn, wie man sie aus dem Fernsehen kennt. Vor sich auf den Knien eine Aktentasche – also ein Mensch, der aus dem Büro kommt, müde, deprimiert, beinahe gedankenlos. Sein Kopf sinkt nach vorn, und zufällig trifft sein Blick auf ein kleines, in graues Packpapier gewickeltes Paket, fünf, sechs Meter von ihm entfernt, auf der gegenüberliegenden Sitzreihe. Rechts und links von dem Paket Jugendliche mit übergroßen Holzfällerhemden und Baseballkappen, die sich um dieses Paket nicht kümmern. Und in diesem Moment fällt Cheng alles wieder ein. All die abertausend Versuche. Vor Ewigkeiten war es das erste Mal gewesen, daß er in dieser U-Bahn gesessen hatte, die gleiche Tasche auf den Knien, genauso müde, genauso deprimiert, und als dann seine Station gekommen und er aufgestanden war, um sich zum vordersten Ausstieg zu begeben, war er an diesem Päckchen vorbeigekommen, das er bei diesem ersten Mal gar nicht bemerkt hatte und das genau in diesem Moment explodierte, so daß von ihm und einigen anderen nicht viel mehr übrigblieb als ein wenig verkohltes Fleisch. Als er dann das zweite Mal in dieser U-Bahn sitzt (sozusagen ein Leben später) und ihm vor Müdigkeit der Kopf nach vorn rutscht, sieht er das Paket, und er fühlt sich an etwas sehr Unangenehmes erinnert. Aber was es auch ist, es fällt ihm nicht ein, und da er an der nächsten Station aussteigen muß, steht er auf, geht auf den vorderen Ausstieg zu und – bums. Vielleicht beim fünften oder sechsten Mal ist er sich plötzlich ganz sicher, als ihm da der Kopf nach vorn rutscht und er dieses Päckchen sieht, ist sich ganz sicher, das schon einmal erlebt zu haben, schon einmal darüber nachgedacht zu haben, was es mit diesem Päckchen für eine Bewandtnis habe, aber da kommt seine Station, er steht auf, geht nach vorn und – dito. Vielleicht beim fünfzehnten Mal ist er ziemlich sicher, daß dieses Déjà-vu seinen Tod einleitet, und beim sechzehnten Mal ist er sich endlich ganz sicher. Erst irgendwann im dritten Dutzend kommt es dazu, daß Cheng von Anfang an weiß, daß es sich bei dem Päckchen um eine Bombe handelt, die ihm schon einige Male das Leben gekostet hat, ein Leben, das ja schließlich stets von vorn begonnen und Detail für Detail noch einmal gelebt werden muß, Schule, heiraten, Haus bauen, täglich fernsehen, auf die Waage stellen, die Haare am Kopf zählen, der ganze Trott immer wieder (was ihm freilich erst bewußt wird, da er das Paket beziehungsweise die Bombe erblickt). Er rennt also auf das Päckchen zu, um ... nun, wahrscheinlich, um es aus dem fahrenden Zug zu werfen oder wie er sich das denkt (er denkt ja wohl nicht an Entschärfen). Und als er gerade das Päckchen greifen will, heißt es wieder einmal: Zurück zum Start.

Aus unerfindlichen Gründen kommt Cheng die nächsten zigtausend Mal nicht auf die Idee, vor der Bombe davonzulaufen, sondern rennt immer wieder auf das Paket zu, jedesmal um den winzigen Bruchteil einer Sekunde schneller als im letzten Leben, so daß die Bombe irgendwann in seinen Händen explodiert, was in gewisser Hinsicht ein Erfolg ist, ein sportlicher, aber nicht wirklich eine Lösung des Problems. Daß er irgendwann so schnell sein wird, die Bombe zu packen, ein Fenster zu öffnen und sie hinauszuwerfen, bevor sie explodiert (er ist nicht einmal sicher, daß New Yorker U-Bahn-Fenster überhaupt zu öffnen sind), ist freilich ein Ding der Unmöglichkeit. Und als er nun dasitzt, zum abertausendsten Mal, und ihm das alles wieder einfällt und er gerade aufspringen will, um wieder einmal auf die Bombe zuzurennen, bemerkt er, daß sein rechtes Schuhband offen ist. Es geht ihm gar nicht darum, den Schuh zuzubinden, denn dafür hat er ja nun wirklich keine Zeit, andererseits stellt er sich die Frage, warum ihm ausgerechnet diesmal sein offenes Schuhband auffällt oder ob er sich bloß nicht mehr daran erinnern kann, wie er Mal für Mal über sein offenes Schuhband gestaunt hat und in der Folge über sein Staunen staunte. Und natürlich überlegt er, inwieweit dieses offene Schuhband seine Bemühungen maßgeblich beeinträchtigen könnte. Dieses Nachdenken führt ihn geradewegs in eine bisher unmögliche Zukunft. Denn wie jedes Nachdenken dauert es viel zu lange. Und als er genau das konstatiert und also endlich aufspringen will, detoniert die Bombe und zerreißt wie üblich die Jugendlichen. Cheng aber ist diesmal viel zu weit entfernt von der Explosion, zudem geschützt durch die Leute, die neben ihm sitzen, so daß er vollkommen unverletzt bleibt. Er sitzt da und hat plötzlich eine riesige Angst vor dem, was jetzt kommen wird.

Was Cheng aus seinem Traum riß, das war die Stimme, die aus seinem Bett kam. Anfangs war ihm das nicht klar, denn obwohl bereits wach, hatte er das Gefühl, noch immer in dieser New Yorker U-Bahn zu sitzen und Angst zu haben vor einem Leben, das nach einer kleinen Ewigkeit aus beinahe völlig identischen Wiederholungen nun den Weg ins Ungewisse angetreten hatte. Natürlich war die U-Bahn voll von Stimmen, immerhin war gerade eine Bombe explodiert und die Aufregung groß, um so mehr, als bereits Rettungsmannschaften eingetroffen waren, also auch jede Menge Wichtigtuer, die mit Funksprechgeräten herumspielten und die jenen Leuten, die wußten, was sie zu tun hatten, sagten, was sie zu tun hatten.

In diesem Stimmengewirr aus Panik und Bedeutsamkeit drang eine Stimme stärker als die anderen an Chengs Ohr, und während die anderen in den Traum zurückfielen, war Cheng plötzlich allein mit dieser Stimme, die ihm vollkommen unbekannt war. Weniger unbekannt war das Gesagte, nämlich ein unentwegtes *Remember St. Kilda*. Nun hatte der Schrecken also auch Cheng an einem so ungünstigen Ort wie dem Bett ereilt. Denn in dem Moment, da klar war, daß diese Stimme nicht aus seinem Traum, sondern aus demselben Bett kam, in dem er nun aufrecht saß, war ihm die Erkenntnis wie ein sich schnell ausbreitender Schaum in alle Körperöffnungen getreten, was zu erheblichen Atemproblemen führte und zu einem Schweißausbruch, wie ihn Gregory Peck in *Die 27. Etage* angesichts einer Pistole an seiner Schläfe erleidet.

Anstatt erst einmal aus dem Bett zu springen, suchte Cheng verzweifelt den Schalter der Bettlampe. Ein recht merkwürdiges, eigentlich unerklärliches Verhalten, da dieses Bett nie eine Bettlampe besessen hatte (weil es ausschließlich dem Schlaf diente).

Was Cheng nun auch wieder einfiel, weshalb er also doch aus dem Bett sprang, auf den kalten Parkettboden. Chengs Schlafzimmer war stets ungeheizt. Und als er nackten Fußes, bloß mit einem überlangen T-Shirt mit der Aufschrift *Escada For Suicides* bekleidet, auf dem tatsächlich eiskalten Parkettboden stand und verwirrt und unschlüssig durch die ziemlich vollkommene Schwärze des Zimmers taumelte und noch immer die Stimme vernahm, da meinte er den Hauch des Todes zu spüren, und wie ja auch so oft behauptet wird, war dieser Hauch eher eisig. Aber das war eben auf die Zimmertemperatur zurückzuführen, in einem geheizten Zimmer wäre dieser Hauch ein warmer gewesen, so einfach war das. Was die Sache eher schwierig machte, war der Umstand, daß Cheng – hochgradig nervös und halb erfroren – den Lichtschalter nicht fand. Als er nun an der Wand sich vortastend auf die andere Seite des Zimmers gelangte, da fiel ihm die Digitalanzeige auf, deren rotes Licht im Dunkel, dort wo das Bett stand, schwebte. Und in diesem Moment noch vager Erleichterung schlug seine zittrige Hand zufällig auf den Schalter, und das Dekkenlicht erhellte das Ungewisse. Auf dem Bett lag ein winziges Sony-Diktiergerät mit einer angeschlossenen Box mit Digitalanzeige. Das Ding sah aus wie ein Zeitzünder, aber die Anzeige war schon vor einiger Zeit stehengeblieben, exakt um drei Uhr fünf und hatte nichts anderes ausgelöst, als daß die Mikrokassette sich in Bewegung gesetzt hatte und seither aus dem Lautsprecher die Stimme einer Frau drang, die offensichtlich einige Befriedigung daraus zog, die Belastbarkeit männlicher Nervenkostüme auszureizen.

Cheng drückte auf die Stoptaste. Und genau in dem Moment, in dem er das tat, mußte er an die Bombe denken, auf die er so oft zugestrebt war, anstatt sich von ihr zu entfernen. Aber eine Explosion blieb aus – und das war doch ein gewisser Trost, daß sich diese Situation und also dieses ganze Leben nicht wiederholen würde. Wie im Traum kam jedoch gleichzeitig die Angst vor dem, was nun noch folgte.

Cheng war nicht mehr ins Bett gegangen und hatte bei aufgedrehter Schreibtischlampe (sehr zur Freude Batmans) und klassischer Musik die Nacht auf seinem Bürosessel verbracht.

Nun saß er in seiner winzigen Küche und sah mit Schlagringen unter den Augen dem Toaster beim Toasten zu. Was der Toaster zustande brachte, erinnerte an eine düstere Materialcollage von Joseph Beuys. Aber Cheng hatte sowieso keinen Hunger, schlürfte seinen Kaffee und sah auf Batman, mit dessen Appetit es zum besten stand und der sich den zweiten Teil der Dose mit einer Rasanz einverleibte, als lauerten die beinlosen Kartäuser um die Ecke.

Cheng spekulierte, wie trotz vorgelegter Kette jemand hatte eindringen können, um ihm das Diktiergerät unter die Decke zu schieben. Oder war es dort schon viel länger gelegen, und er hatte es bloß übersehen, als er schlafen gegangen war? Und warum sollte er sich an St. Kilda erinnern? Oder bedeutete das bloß, daß er – indem er den Auftrag Rans übernommen hatte – nun für immer mit dieser Angelegenheit verbunden war, ein Mitglied der Familie?

Er beschloß, daß es unklug wäre, nach Schlagholzl zu fahren. Und wenn das schon unbedingt sein mußte, daß es unklug wäre, niemand Kompetenten davon zu informieren. Man kennt das ja, man sitzt dann in irgendeiner unmöglichen Situation und wäre sofort bereit, ein Jahresabonnement der Zeitschrift *Der Wachbeamte* zu bestellen, nur um solcherart einen Bullen herbeizuzaubern. Also rief er bei der Mordgruppe an. Aber Straka war natürlich nicht anwesend, schließlich schrieb man den 25. Dezember, und Straka hatte Familie, so wie man Pech hat oder Karies oder dreckige Ohren. Der Beamte versicherte, er werde den Oberstleutnant benachrichtigen.

Cheng füllte Koks in den Ofen, dabei spürte er einen Schmerz im Rücken, und das erinnerte ihn an all die bedauernswerten Figuren, die bis zur Brust in den Thermalbecken dieses Landes standen und unter der zynischen Anleitung von jungen, gesunden Menschen ihre Glieder verbogen. Dieser Rückenschmerz kam jetzt immer öfter – sein Arzt zuckte dazu mit den Schultern und meinte, mein Gott, wenn man auf die Vierzig zugehe, früher seien die Menschen in so einem Alter gestorben, dieser ganze unsinnige Gesundheitszirkus ändere ja nichts daran, daß man älter werde und körperlich absakke, daß man verblöde, daß man seiner Umwelt auf die Nerven gehe, daran werde auch die Wissenschaft nichts ändern, die ja, entgegen ihrer angeblichen Intention, den Menschen in eine immer größere Verzweiflung treibe. Der Mensch sei ja nicht gesünder, geschweige denn glücklicher geworden, sondern bloß das Produkt einer lächerlichen Sterbeverweigerung.

Cheng döste den Vormittag dahin. Batman lag neben dem Ofen und arbeitete daran, die in der Fachliteratur angegebenen zwei Drittel seines Lebens zu verschlafen. Dabei lag er schon ziemlich weit im Plus (und hoffte, daß nun endlich wieder Lebensumstände eingetreten waren, welche diesen Vorsprung nicht gefährdeten). Zu Mittag wärmte sich Cheng eine Bohnensuppe, die andere Leute zuvor in eine Dose getan hatten. Eigentlich haßte er das Zeug, fühlte sich aber zu deprimiert, um in die lebensbejahende Region kulinarischer Anstrengungen vorzudringen. Nachdem er die Bohnensuppe einige Zeit angesehen und dann ins Klo geschüttet hatte, zog er sich etwas winterfester als üblich an und verließ die Wohnung für einen Spaziergang. Verrückt, dachte er, jetzt auch noch mit dem Spazierengehen anzufangen.

Es hatte wieder stärker zu schneien begonnen, aber alles sah sehr normal aus. Die Schneeräumgeräte kamen zügig vorwärts, am Burgring fuhren Straßenbahnen. Cheng bewegte sich über den Heldenplatz. Hunde schossen mehr oder weniger elegant über die weiche, weiße Fläche, während ihre Besitzer wie Dörrpflaumen im Schnee standen. Auch Cheng stand da, die Hände tief in die Jackentaschen geschoben, eine Dörrpflaume ohne Hund. Zwei Frauen näherten sich ihm. Sie wirkten verloren, wie sie da aneinanderklebten, zusammengehalten durch einen Stadtplan, mit dem sie gemeinsam im Schneesturm flatterten. Unter ihren gewaltigen, russisch anmutenden Pelzkappen sah Cheng zwei Augenpaare, in die eine plötzliche Hoffnung eingekehrt war.

Eine von den beiden chinesischen Touristinnen sprach ihn in ihrer Landessprache an, in welchem Chinesisch auch immer. Cheng machte ein hilfloses Gesicht und fragte auf englisch, was für ein Problem sie hätten. »Hietzing«, sagte die eine, und die andere bestätigte »Yes, Hietzing«. Auf ihrem Plan zeigte er ihnen den Weg zum Karlsplatz, von wo sie mit der U4 direkt nach Hietzing fahren konnten. Sie lachten ihn an, dankten auf chinesisch und gingen in die falsche Richtung davon. Er hatte nicht den Mumm, sie davon abzuhalten. Mit einem

Mal fühlte er sich sehr unwohl in dieser Schneewüste, in der ihm nun all die Dackel, Schäfer und Dörrpflaumen deplaziert erschienen.

Als er nach Hause kam, strich Batman um seine Füße und hatte diesen Gesichtsausdruck aufgesetzt, der besagte, es wäre an der Zeit, seine Hungersnot zu beenden. Cheng preßte Luft durch die geschlossenen Lippen und blickte zur Decke, als sitze dort tatsächlich der Schöpfer der Welt, der sich ja auch bei der Erschaffung der Hauskatze etwas gedacht haben mußte. Mußte er wirklich?

Eine halbe Stunde später, Batman hatte zwischenzeitlich wieder seiner Müdigkeit nachgegeben, läutete das Telefon, und Cheng, der in seinem Bürosessel eingenickt war, fuhr wie von einem Aufwärtshaken getrieben in die Höhe.

»Ja«, sagte Cheng, aber es klang irgendwie nach Nein.

»Hier Straka, wie geht es Ihnen? Man hat mir gesagt, Sie wollten mich sprechen.«

»Könnten Sie bei mir vorbeischauen?«

»Liegt schon wieder eine Menge Schnee. Aber ich versuche es. Bis später.«

Es war bereits knapp vor Mitternacht, als Straka kam und erklärte, er sei noch zu einem Mordfall gerufen worden. Immerhin, die Sachlage sei diesmal klar, wenngleich der Täter sich auf der Flucht befinde.

»Der Sohn bringt seine Mutter um«, erklärte Straka, »nachdem die gute Frau ihren Buben dreißig Jahre gefangenhielt, um ihn vor der Sünde zu bewahren. Daß so einer einmal durchdreht, das Tranchiermesser aus der Lade holt und seine Mutter in einem Zustand zurückläßt, daß selbst unserem lieben Doktor Hantschk der Appetit vergeht, so etwas ist voraussehbar, wenn auch nicht zu verhindern. Auf jeden Fall fehlt es den meisten

Verbrechen gänzlich an etwas Geheimnisvollem. Was mich nicht stört. Mir reicht die Literatur. Das Leben ist nun mal eine trockene Semmel.

Außerdem haben wir ja noch immer unseren Fall Ranulph Field. Ich nehme an, daß Sie mich deshalb sprechen wollten.«

Cheng zeigte auf den schwarzen Klumpen unter der Schreibtischlampe, erzählte, wie er zu diesem anmaßenden Katzentier gekommen war, beschrieb den Schrecken, der ihn im Bett ereilt hatte, und reichte Straka die Nachricht, die er auf Batmans Halsband gefunden hatte.

»Die Dame scheint sich mit dem Erreichten nicht zufriedenzugeben«, sagte Straka, »und das eröffnet uns einige Möglichkeiten. Vorausgesetzt, Sie sind wirklich bereit, nach Schlagholzl zu fahren. Wir wären natürlich mit von der Partie. Glauben Sie mir, wir sind keine Komikertruppe. Natürlich haben wir unsere Pfuscher, wer hat die nicht, aber für solche Einsätze verfüge ich über ein paar Leute, die täglich ihre Milch trinken. Ich selbst würde mich im Hintergrund halten, offensichtlich kennt mich die Dame. Vielleicht auch nur vom Namen her. Auf jeden Fall gehöre ich nicht zur Familie. Wir werden kein Risiko eingehen. Und schließlich sind Sie ja selbst ein Profi. Ist also nicht nötig, Sie da sonderlich zu präparieren. Sie fahren alleine nach Schlagholzl. Keine Abmachungen, Abmachungen verunsichern. Meine Männer werden Sie observieren, so, daß Sie es selbst nicht merken. Je weniger Sie von unserem Einsatzplan wissen, um so besser für Sie. Und seien Sie ruhig nervös. Wirkt natürlich.«

5

Cheng saß am Steuer seines Fiat und fuhr über die Autobahn. Es war später Nachmittag, und die Dunkelheit war ohne großes poetisches Getue über die Landschaft gekommen. Im Radio brachten sie gerade den politischen Jahresrückblick, und Cheng fiel auf, wie gleichgültig ihm das war, wer da wem wie heftig, wie geschickt oder wie plump in die ideologischen Eier getreten hatte.

Abgesehen davon, daß diese Leute alle einen aus derselben Produktion stammenden Hodenschutz trugen. Als dann auch noch ein Bischof zu Wort kam und die Begriffe Wahrheit und Dogma verwechselte, legte Cheng eine Kassette ein. Scarlatti. Horowitz gab sein Bestes, und sein Bestes war gar nicht so schlecht. Wenngleich es wenig mit Scarlatti zu tun hatte, sondern eigentlich nur mit Horowitz. Horowitz spielt Horowitz, so wie ja auch jeder andere weltbekannte Klavierturner stets immer nur sich selbst spielt und kaum Chopin oder Skrjabin oder wen auch immer. Und so geschickt ein Fingerkünstler wie Horowitz auch sein mag, Scarlatti hat die besseren Klavierstücke geschrieben, und es ist nicht gerade vornehm, daß Horowitz sein eigenes Zeug aufmotzt, indem er die Trademark Scarlatti verwendet. Wer wirklich Scarlatti hören möchte, muß sich das von einem Amateur vorspielen lassen, von irgend so einem angeblich minderbegabten Kerl, dem sein jungfräuliches Pianistenhirn noch nicht zwischen den Handflächen Abertausender begeisterter Freunde der Klavierakrobatik zu Brei geschlagen wurde.

Cheng sah in den Rückspiegel – Lichtflecken, in denen der Schnee aufzuckte. Irgendwo da hinten waren Strakas Leute, vielleicht fuhr auch ein Wagen vor ihm, schließlich wußten sie ja, wohin es ging. Die Anwesenheit der Mannschaft beruhigte ihn. Viel konnte da nicht schiefgehen (zumindest wollte sich Cheng nicht vorstellen, was alles wie schiefgehen konnte).

Kurz nach acht kam er in Schlagholzl an, ein typischer Wintersportort. Jedes zweite Haus gehörte der Familie eines ehemaligen Abfahrtsweltmeisters, ohne den in dieser Gegend gar nichts ging. Die wenigen Aufmüpfigen hatte man längst aus der Region gejagt oder Schlimmeres. (Es ist erstaunlich, mit welch angstvollem Blick der durchschnittliche Österreicher die auf Sizilien und überhaupt in Süditalien vorherrschenden mafiosen Strukturen sieht und wie wenig ihn das typisch österreichische Machtkonglomerat aus Skisportlern und Bürgermeistern zu erschrecken vermag. Sich gegen den Herrschaftsanspruch eines ehemaligen Skiweltmeisters zu stellen ist selbstmörderisch. Solchen Leuten bleibt dann nur noch die Flucht in die Anonymität einer Großstadt – wenn sie Glück haben, aber solchen Leuten ist in der Regel jegliches Glück abhanden gekommen.)

Für einen Besuch im Death-Trap war es noch zu früh, weshalb Cheng ins Restaurant Biarritz ging. Es sah teuer aus, aber in dieser Gegend würde er ohnehin kein billiges Wirtshaus finden. Eine Kellnerin, die lächelte, als würde sie für Singapore Airlines arbeiten, brachte Cheng zu einem Tisch, der mehr ein Tischchen war, aber dennoch eine beträchtliche Anzahl von Geschirr aufwies. Was die handgeschriebene Speisekarte beherbergte, konnte Cheng nicht sagen, da ihm sein Schulfranzösisch im Laufe der Erwachsenenjahre abhanden gekommen war. Wenigstens reichte es, um irgend etwas zu bestellen. Die Kellnerin schenkte ihm einen Blick, der besagte, daß sie es unheimlich süß finde: sein Französisch mit diesem chinesischen Akzent. Den Rotwein bestellte er auf deutsch, was sie nicht ganz so süß fand.

Aber auch im Angesicht dessen, was er bestellt hatte, konnte er nicht sagen, was es war oder woraus es bestand (von der verkümmerten Olive einmal abgesehen), aber er konnte sagen, daß es sehr verloren aussah in der hellblauen Öde dieses Tellers (der frisch aus dem Geschirrspüler kam, daran war nicht zu zweifeln). Der Rotwein hingegen war eindeutig als solcher zu erkennen. Jetzt lächelte auch Cheng, froh darüber, daß es noch Dinge gab, auf die man sich verlassen konnte. Was er dann aß, irgend etwas in Teig Geschweißtes, schmeckte gar nicht so schlecht (im Vergleich etwa mit Dosenravioli), war aber ungeeignet, das zu befriedigen, was jener Mensch, den kein noch so raffiniertes Arrangement sättigt, schlichtweg als Hunger bezeichnet (im Vergleich etwa mit Dosenravioli, die schon so manchen Hunger gestillt haben).

Cheng sah sich um; eigentlich mußten Strakas Leute hier auffallen. Er selbst mußte auffallen. Doch bei genauer Betrachtung sahen alle Gäste ziemlich hungrig aus. Cheng zündete sich eine Zigarette an. Die freundliche Kellnerin erschien sogleich mit einem Aschenbecher und stellte ihn sehr umständlich zwischen all die Gläser, so als sei das normalerweise eigentlich nicht Usus, sich den Gaumen zu nikotieren. Cheng bestellte ein weiteres Glas Rotwein.

Als die Kellnerin es servierte, erklärte sie (mit leiser, geradezu zerkochter Stimme), ein Herr Cheng werde am Telefon verlangt. Sie wartete verlegen lächelnd. (Wenn solche Menschen sterben oder sich auch nur aufs Klo setzen, fällt ihnen ihr Lächeln wie eine schwarze Bananenschale von den Lippen.) Cheng nahm einen Schluck Wein, stand sehr langsam auf, um Strakas Leuten eine Chance zu geben, auf ihn aufmerksam zu werden, und ließ sich von der Kellnerin zum Telefon geleiten, welches sich in der Lounge des angeschlossenen Hotels befand.

»Was soll das, Cheng«, vernahm er die Stimme jener Frau, die ihn per Diktiergerät ermahnt hatte, sich an St. Kilda zu erinnern. »Ich habe Ihnen doch gesagt, das ist eine Familienangelegenheit. Und was muß ich feststellen: Sie haben Leute bei sich, die ich nicht eingeladen habe.«

»Das bilden Sie sich ein. Ich bin alleine hier. Oder wollen Sie sagen, Sie hätten Straka gesehen.«

»Hören Sie auf. Ich weiß ganz gut, daß Straka im schönen Wahnegg sitzt und seine Leute von dort aus kommandiert. Es wird Zeit, damit aufzuhören, mich für dämlich zu halten. Sie haben sich nicht an unsere Abmachung gehalten. Das war sehr unklug.«

»Moment, gute Frau, ich weiß wirklich nichts von einer Abmachung.« Cheng sah sich verzweifelt um. Wo waren die verdammten Straka-Leute?

»Ich bin sicher nicht Ihre gute Frau, das werden Sie noch begreifen.«

»Nicht böse sein, aber einen Scheiß werde ich.« Und damit legte Cheng den Hörer auf. Na gut, man konnte die Sache also abblasen. Mein Gott, und das waren also Strakas Undercover-Methoden. Er sah sich um. Um eine Art Lagerfeuerkamin saßen Leute mit hochroten Gesichtern, schwitzten in ihren Norwegerpullovern, schielten in ihre Drinks und fühlten sich verpflichtet, das alles unheimlich gemütlich zu finden. Vielleicht saß einer von Strakas Männern darunter und glaubte noch immer, er döse hier inkognito vor sich hin. Oder der Kerl in der allzu engen Skihose, der an der Portiersloge stand und auffällig wie eine Agentenkarikatur in einem Magazin blätterte. Cheng zuckte mit den Schultern und ging zurück zum Restaurant. Dabei mußte er durch einen schmalen, holzgetäfelten Verbindungsgang. Gedämpftes rötliches Licht brach aus den Preßglasappliken, dazwischen blasse Landschaftsaquarelle. Vor einer Tür, die kaum als solche erkennbar war (weil getäfelt wie die Wand) und die ein winziges Messingschild verschämt als Herrentoilette auswies, blieb Cheng stehen, denn das Signal aus seiner Harnblase war unmißverständlich. Aber eine Unsicherheit hielt ihn zurück. Er war allein im Gang, aber sowohl von der Hotelhalle als auch vom Restaurant aus zu sehen. Und nach diesem Telefonat war es ihm lieber denn je, wenn Strakas Leute ihn sehen konnten. Was auf der Toilette nicht mehr der Fall sein würde.

Während Cheng nach Strakas Leuten Ausschau hielt, öffnete sich unmerklich die zur Toilette führende Tür, und aus dem Spalt fuhr ein Lederhandschuh. Der Lederhandschuh war schwarz und glatt und glänzend und reichte zum muskulösen Oberarm seiner Trägerin. Sie packte Cheng mit einer Kraft, die dem solcherart Überraschten überirdisch erschien, und zog ihn durch die nun weit geöffnete Tür in den Toilettenraum. Und zwar mit einer derartigen Rasanz, daß Cheng bloß einen sehr kurzen, sehr dünnen Pfiff auszustoßen vermochte, der sich als Alarm kaum eignete. Und auch in den nächsten drei, vier Sekunden brachte er nichts anderes heraus, als nach Luft zu ringen, die nicht kam. Dann erlöste ihn ein Schlag, und er fiel in ein Dunkel, das ihn umgab wie ein sich schließendes Kuvert.

Nicht, daß Strakas Leute nicht auf der Hut waren. Sowohl von der Hotelhalle als auch vom Restaurant aus hatten sie ihren Chinesen im Visier. Hätte Cheng in aller Ruhe die Toilette betreten, wäre ihm der Mann, der ihm in die Lounge gefolgt war, mit derselben Ruhe auch dorthin nachgegangen, schon um zu erfahren, was es mit dem Telefonat auf sich hatte. Als nun aber Cheng verschwand – und zwar derart plötzlich, daß man an Major Bellows in *Bezaubernde Jeannie* denken mußte –, trat eine Verwirrung ein, die die Beschatter kurzfristig lähmte und der als erster der Mann in der Lounge begegnete, indem er in den Verbindungsgang lief. Als er und drei seiner Kollegen die Toilette betraten, war diese leer. Eine weitere Tür, die aufgebrochen war, führte in einen Hinterhof. Die Männer stürmten hinaus, aber das war schon das hilflose Stürmen derer, die sich noch im Moment der Niederlage arbeitsam gebärden.

Oberstleutnant Straka saß in einem Extrazimmer des Kurhotels Olympia im fünf Kilometer entfernten Wahnegg. Er war etwas beunruhigt gewesen, als Boeckel durchgegeben hatte, Cheng sei zum Telefon gerufen worden. Und als derselbe Boeckel nun mit einer etwas bröseligen Stimme meldete, man habe Cheng verloren, mit ziemlicher Sicherheit sei er entführt worden, da schlug Straka – ganz entgegen seiner Art – mit einer solchen Wucht auf den Tisch, daß jenes auf diesem Tisch plazierte, mit soviel Liebe gefertigte biedermeierliche Blumengebinde der Olympiawirtin in eine irreparable Unordnung geriet.

6

In der Regel stellt das Erwachen eine Befreiung dar. Wer hat heutzutage schon erfreuliche Träume, wo uns doch die Psychoanalyse geradezu zwingt, alles Häßliche, Monströse, Perverse, das wir nicht schon ausgelebt oder bloß in Ansätzen ausgelebt haben, in unsere Träume zu pakken. Andererseits bedeutet dieses Erwachen, daß wieder ein neuer Tag beginnt, in dessen zähen Verlauf man mit dem Holzhammer den Anschein von Sinnhaftigkeit hineinzuklopfen versucht. Aber wie gesagt: Alpträume sind nicht unbedingt der Zuckerguß in unserem Leben.

Das mit dem bösen Erwachen hingegen ist ja zumeist sprichwörtlich gemeint. Doch als nun Cheng aus seiner Ohnmacht, die in Form einer medikamentösen Betäubung verlängert worden war, erwachte, da war das allerdings tatsächlich ein böses Erwachen. Was ihm nicht sogleich klar war, weil er es nicht glauben konnte.

Cheng war kein Wintermensch und schon gar kein Wintersportler und am allerwenigsten ein Klettersportler, weshalb ihm dieser Anblick einer vereisten Steilwand, an deren Rändern Felsblöcke wie Haifischzähne herausstanden, sehr, sehr fremd war, genaugenommen allein aus dem Fernsehen bekannt. Was nun den Eindruck des Ungewöhnlichen, eigentlich völlig Unmöglichen noch verstärkte, das war der Blickwinkel, den Cheng auf diese Steilwand hatte und der sich daraus ergab, daß Cheng, mit den Füßen an ein Seil gebunden, kopfüber in den Abgrund hinunterblinzelte. Und als er das nun endlich realisierte, wurde er nicht nervös oder gar panisch, sondern ganz im Gegenteil ziemlich locker (im Kopf), weil er sich sagte, er sei zwar aufgewacht, aber bloß in einem weiteren Traum, einem Alptraum, gar keine Frage, aber schließlich auch nur ein Traum, aus dem man aufwache, ja sich sogar zwingen könne aufzuwachen. Nun war das aber leider kein Alptraum. Und wie man sich vorstellen kann, wurde es Cheng recht bald bewußt (der eisige Wind tat das Seine dazu), daß seine mißliche Lage durch kein neuerliches Erwachen aus der Welt zu schaffen war. Zwar gab es für Cheng – das Erwachen betreffend – eine noch schlimmere Vorstellung, nämlich in einem verschlossenen Sarg zu erwachen, aber er dachte in diesem Moment einfach nicht daran, was noch schlimmer sein könnte als die Situation, in der er sich befand.

Das Seil, an dem er hing beziehungsweise im Sturm schaukelte, war über einen Vorsprung gespannt, so daß einige Meter zwischen ihm und der Felswand lagen. Mag sein, daß ein geübter Sportler es trotz der widrigen Umstände geschafft hätte, seinen Körper zur Wand zu pendeln oder sich aufzurollen und dann allein mit den Händen sich am Seil hinaufzuziehen. Mag sein, daß Cheng vielleicht eine Sekunde daran dachte, so etwas zu versuchen. Mag sein, daß irgendwo auf der Welt ein Medium die Angst und das Flehen Chengs im Kreuzbein spürte. Mag sein, daß Lichtjahre entfernt oder in mehreren Dutzend Paralleluniversen jemand ganz anderer sich in der haargenau gleichen Situation befand. Das alles änderte nichts daran, daß Cheng vollkommen hilflos war. Und genau in dem Moment, da er daran dachte, daß vielleicht Straka und seine Männer auf dem Weg waren, um ihn zu befreien, und er jetzt zu dem Felsen hinaufsah, über den das Seil lief, sah er, wie sich eine Frau über den Vorsprung beugte (es hätte genausogut ein Mann sein können, da der Schädel in einer pelzumrandeten Kapuze steckte und sich eine Skibrille über die Augen spannte – aber er ahnte bereits, daß das nicht die Bergrettung war). Die Frau rief ihm etwas zu, das er wegen des Sturmgeheuls nicht verstehen konnte. Aber obwohl sie fünf, sechs Meter entfernt war und zwischen ihnen das Schneetreiben lag, glaubte er, ihre Lippen lesen zu können. Überdeutlich, wie ihm schien, und ob das nun stimmte oder bloß Intuition war oder eine naheliegende Einbildung, Cheng hatte bedauerlicherweise recht, sie rief ihm zu: »Forget St. Kilda.« Und da spürte er, daß etwas zwischen seinen Pobacken klemmte, und er konnte sich gut vorstellen, was es war. Wenn er tot war, würde Straka das Papierröllchen aus seinem Hintern ziehen. Eigentlich hatte Cheng damit gerechnet, daß die Frau ihn einfach hängen lassen würde. Er wollte damit rechnen, denn dann hatte er immerhin die Chance, daß ihn Straka rechtzeitig fand. Aber nun sah er, wie die Frau ein Messer aus ihrem Rucksack zog, um das Seil zu durchtrennen. Für einen Moment war Cheng vollkommen ruhig (und er hatte auch den Eindruck, die Welt um ihn sei vollkommen ruhig), dann riß das Seil und Cheng verlor einen Schrei, der ihm voraus in die Tiefe stürzte.

7

Der ehemalige Abfahrtsweltmeister sprach von einem Skandal, den er sich nicht bieten lassen werde. Sein Bruder, der Bürgermeister von Schlagholzl, assistierte. Der Leiter der örtlichen Gendarmerie stand betreten daneben. Seine Existenz war gänzlich vom Wohlwollen der beiden Ortskaiser abhängig, zudem war er mit einer Schwester der beiden verheiratet, die ihn ziemlich unter Kontrolle hatte. Andererseits war so ein Kriminal-Oberstleutnant einer Wiener Mordgruppe auch kein Schmarrn.

»Ihre Männer haben sich wie die sprichwörtlichen Elefanten im Porzellanladen aufgeführt. Wobei ich keinen Elefanten beleidigt haben möchte, indem ich ihn mit der Wiener Polizei in Verbindung bringe, wenn Sie verstehen, was ich meine.«

Die Beleidigungen des Weltmeisters kümmerten Straka nicht. Was ihn kümmerte, war Cheng, der sich auf ihn verlassen hatte und nun in die Fänge einer Person geraten war, die mit Vorliebe Papierröllchen in Einschußlöcher steckte.

Der Hinterhof, in den Strakas Männer gelangt waren, nachdem sie das Faktum einer leeren Toilette hatten hinnehmen müssen, war von einer Mauer und den Gebäuden der Hotelanlage umgeben. Eine Tür führte in die Küche des Restaurants, eine andere in einen hinter der Portiersloge gelegenen Büroraum. Auf die Straße konnte Cheng von hier aus also nicht gelangt sein.

Boeckel hatte einen Mann zurück auf die Toilette geschickt, um nach etwaigen Spuren zu suchen, Mader und Pichler sollten sich in der Küche umsehen, er selbst und Wallinger versuchten es bei der anderen Tür. Im Rahmen dieser Aktion wurden Angestellte und Hotelgäste befragt. Und es zeigte sich wieder, wie unbeliebt speziell Polizisten aus der Bundeshauptstadt waren, die allgemein als Proleten galten. Man zeigte sich empört über die Störung. Der Hotelmanager war erschienen, ein aalglatter Franzose, der sprach, als jongliere er Rosinen auf der Zunge, und der sich sehr empört zeigte über den mangelnden Takt der amtshandelnden Beamten.

Unter den Gästen befanden sich ein bekannter deutscher Industrieller, ein Schweizer Kantonsrat, auch der Leiter eines renommierten Sinfonieorchesters, ebenfalls Schweizer, überhaupt sei die vornehme Schweiz dieses Jahr außergewöhnlich präsent und wolle verständlicherweise in Ruhe gelassen werden, die vornehme Schweiz, warum er nicht zulassen könne, daß ... Der Manager informierte seinen Chef, den Skiweltmeister, und Boeckel informierte seinen Chef, den Oberstleutnant.

Und diese standen sich nun gegenüber. Der Skiweltmeister erblödete sich zu der Frage, ob bekannt sei, was er für dieses Land geleistet habe. Straka, der fürs Skifahren wenig übrig hatte, dachte, daß viel eher das Land etwas für diesen Mann geleistet habe, erklärte aber, daß ihm die Bedeutung des Skiweltmeisters sehr wohl bewußt sei, er wisse aber nicht, was dies mit der Amtshandlung zu tun habe, die, nebenbei bemerkt, mit der nötigen Kontenance vonstatten gegangen sei.

»Das finden Sie!« ereiferte sich der Weltmeister, dessen vergoldete Gesichtshaut sich auf dem polierten

Metall unzähliger Pokale spiegelte. »Ich bin gespannt, wie das Ihr Polizeipräsident sieht, der – und das sei hier nebenbei bemerkt – nächste Woche unser Gast sein wird. Übrigens ein exzellenter Skifahrer.«

Straka zuckte mit den Schultern. Diese Spielereien waren ihm nicht neu. Aber er hatte jetzt andere Probleme. Weshalb er den Gendarmen auf die Seite zog, um die weitere Vorgehensweise abzusprechen. Schüttengruber war nicht begeistert. Er wand sich geradezu. Es sei Silvester, und seine Männer hätten genug damit zu tun, die besoffene Jugend in Schach zu halten.

»Die werden schon keinen von Ihren noblen Gästen grillen.«

»Ich muß doch bitten«, sagte Schüttengruber mit gespielter Entrüstung. In der Tiefe seiner kleinen schwachen Seele war ihm die Vorstellung eines gegrillten Touristen gar nicht so widerwärtig.

»Also, Kollege. Vergessen Sie einmal Ihren Skiweltmeister. Wenn wir nicht bald etwas unternehmen, finden wir vielleicht morgen eine Leiche. Das wäre doch auch nicht hübsch. Und dem Image ganz und gar unzuträglich. Nicht wahr.«

Schüttengruber verstand. Zudem würde er Silvester nicht mit seiner Frau verbringen können, weshalb beinah so etwas wie Übermut in seine kleine schwache Seele einzog.

Die benachbarten Gendarmerieposten wurden verständigt und die Beamten der ohnehin eingerichteten Verkehrskontrollen angewiesen, nach einer Person chinesischer Abstammung Ausschau zu halten. Aber Straka vermutete, daß sich Cheng noch immer in Schlagholzl oder zumindest der näheren Umgebung befand.

Am nächsten Morgen saßen Straka und Schüttengruber am Stammtisch des Wirtshauses »Zum Günstling«, auch hier Vitrinen vollgestopft mit Pokalen. Sie rührten in ihrem Kaffee, der so dünn war, als wäre man mitten in Deutschland. Die über die gesamte Silvesternacht ausgedehnte Fahndung hatte nichts eingebracht.

Schüttengruber fühlte sich noch immer unbehaglich in Gegenwart des Oberstleutnants aus Wien, dessen Selbstbewußtsein und Zielstrebigkeit ihm auf die Nerven ging, allein wie dieser mit den Honoratioren sprach, sehr auf die äußere Form bedacht, aber mit diesem Unterton, der immer klang wie: mein Gott, ihr Bauerndeppen. Aber hier hatten diese Deppen das Sagen, und es waren überaus kleinliche und nachtragende Potentaten, die über Schlagholzl mit dem Totalitätsanspruch eines Imperators regierten. Und für Schüttengruber war Schlagholzl nun mal das Zentrum der Welt.

Boeckel und Wallinger traten ein. Sie hatten auch schon einmal mehr Spaß an ihrer Arbeit gehabt.

»A Scheißkälten hot's in dem Nest«, bemerkte Wallinger, und Boeckel beschwerte sich über die Begriffsstutzigkeit der Gendarmen. Nachdem sie sich mit einem Schnaps den Mund gespült hatten, schickte Straka sie zurück nach Wien, wohin die anderen schon eine Stunde zuvor aufgebrochen waren. Straka selbst wollte erst am Abend nachkommen. Schüttengruber seufzte unmerklich und rang sich endlich dazu durch, Straka darauf aufmerksam zu machen, daß man ihn, Schüttengruber, eigentlich noch vor der Aktion hätte benachrichtigen müssen, dann wäre es auch nicht zu derart unerfreulichen Zwischenfällen gekommen.

Auch eine Wiener Mordgruppe habe sich an die Regeln zu halten.

»Sie haben recht«, sagte Straka mit einer Gelassenheit, die wie eine Stahltraverse auf Schüttengrubers kleines schwaches Aufbegehren niederfuhr.

Am späten Vormittag wurde die ortsansässige Bergrettung von der Abgängigkeit eines deutschen Pensionisten benachrichtigt, der Silvester auf der Predigerhütte gefeiert hatte, aber nach einem Streit mit einem Einheimischen (man war sich nicht einig gewesen, ob Ernst Röhm und General Schleicher als Verräter oder Märtyrer zu bewerten seien) die Hütte verlassen hatte, vielleicht um ins Tal hinunterzusteigen oder vielleicht auch nur um in den Schnee der verlustig gegangenen Ostmark eine Furche der Wut zu brunzen oder was auch immer. Auf jeden Fall war er weder in die Hütte zurückgekehrt noch in seinem Hotel in Schlagholzl angekommen. Weshalb die Bergrettung ausrückte, um das ehemalige Mitglied der SS-Standarte Germania und den Schlagholzler Ehrenbürger entlang jenes Gebirgspfades zu suchen, der trefflicherweise Deutschlandsteig hieß. Was sie aber fanden, war kein deutscher Altrecke, sondern ein Mann, den sie im ersten Moment für einen Eskimo hielten, um dann aber die Vermutung anzustellen, es handle sich um eine Art Chinesen oder Thailänder oder so. Es sei mitunter schon verrückt, was man so alles am Berg finde. Auf jeden Fall fehlte dem Mann ein Unterarm (das Fleisch um den Oberarmknochen leuchtete verführerisch wie der Hut eines Fliegenpilzes). Auch sonst sah er nicht sehr gesund aus. Die Männer von der Bergrettung dachten schon, sie hätten leichtes Spiel, doch das Herz des Verunglückten schlug noch immer. Weshalb sie nicht umhinkamen, den Arm abzubinden (die Schlagader hatte sich mit ihren abgerissenen Ausläufern zusammengerollt; der abgetrennte Arm mutete nicht unappetitlicher an als das Fleisch, welches uns aus den Tiefkühlregalen unserer Supermärkte anlächelt). Cheng wurde in einen Sack gestopft, der bei weitem freundlicher aussah als Doktor Hantschks Gefrierbeutel, und auf einem Schlitten ins Tal gefahren.

Zwei Dinge gingen in diesem Winter für immer verloren, einmal der ehemalige SS-Mann (der wahrscheinlich wieder einmal in die falsche Richtung marschiert und in eine Gletscherspalte gestürzt war, was man nur sehr bedingt als Unglück bezeichnen kann) und zweitens der linke Unterarm von Markus Cheng, der ihm im Zuge seines Sturzes von einer Felskante abgetrennt worden war, so glatt und sauber, wie ein funktionierender Rasierer ein Barthaar guillotiniert. Daß nun Cheng den Hundertmetersturz überlebt hatte (dank gefinkelter physikalischer Umstände, denen er freilich auch seine Amputation verdankte, welche seine Flugbahn in minimalster, aber geradezu idealer Weise verändert hatte), weiter, daß er nicht verblutet war (dank bereits erwähnter Selbstverarztung der Schlagader und dank der tiefen Temperatur) und auch das unfreundliche Wetter gut überstanden hatte, das alles kam selbstredend einem Wunder gleich. Natürlich war einiges gebrochen, und zu seiner fehlenden Linken kam, daß er den Rest seines Lebens leicht hinken würde, aber seine Ärzte waren die fröhlichsten Menschen, die man sich denken kann, zudem alle hundertprozentig katholisch, weshalb sie die Sache mit dem Wunder so in Richtung lieber Gott zu biegen versuchten. Nicht offen heraus, man bemühte Gleichnisse (wenig harmoniert so gut wie Schulmedizin und katholischer Aberglaube). Cheng war sogar ins Fernsehen gekommen, *Das Wunder von der Predigerwand*, von Mordversuch freilich keine Rede. Die Leute fanden es herzig, daß ein Chinese nach Österreich Bergsteigen kam, wo so einer doch Tibet um die Ecke hatte. Sein perfektes Deutsch nahmen sie gelassen hin, weil sie fanden, bei einem Bergsteiger gehöre sich das.

Straka setzte sich auf den kleinen Stuhl, der neben dem Bett stand. Die Krankenschwester steckte die mitgebrachten Blumen in einen Glasbehälter, der nicht aussah, als sei er dafür geschaffen worden. Sie fächerte die Blumen auf, so wie man versucht, Haaren den Anschein von Fülle zu geben. Wie lächerlich, dachte Straka, aber seine Frau hatte ihn angewiesen, Blumen zu besorgen, das gehöre sich, in Blumen stecke Lebenskraft. Auch in ein paar verhungerten Tulpen? fragte sich der Kriminalist.

Doch die Krankenschwester zeigte sich entzückt. »Ach, sehen Sie doch, Herr Cheng, was für schöne Blumen uns der Herr Oberstleutnant mitgebracht hat. Da fühlen wir uns doch gleich viel besser, gell?«

Straka seufzte. Gerne hätte er die Schwester darauf hingewiesen, daß er die Blumen ausschließlich Herrn Cheng mitgebracht habe und zudem bezweifle, daß Patient und Krankenschwester sich gleichzeitig wohl fühlen konnten (sondern immer nur einer, auf Grund des Unwohlseins des anderen).

Die Krankenschwester schenkte den beiden Herren ein Lächeln, das geeignet war, Stahlplatten zu zersägen und Schädeldecken zu sprengen, und verließ beschwingten Schrittes den Raum.

Am Tag zuvor hatte Boeckel als erster Cheng vernommen. Einerseits, weil Straka seinem Vorgesetzten rapportieren mußte (und sich dabei eine Schelte holte, die er wie ein verdrecktes Hemd wegsteckte), andererseits, da er sich nicht sicher war, ob Cheng überhaupt mit ihm reden würde. Doch Cheng hatte sogar auf einem Besuch Strakas bestanden. Über Boeckel war Straka nun bereits informiert, was für eine absurde Geschichte da abgelaufen war.

»Tut mir leid, Cheng. Wir haben schrecklich versagt. Sie hätten den besten Grund, mich hier hinauszujagen.«

»Verdammt noch mal, wie denn«, grinste Cheng, »das einzige, was ich halbwegs bewegen kann, ist mein Arm.« Straka sah verwundert auf den Gips, der sich von den Fingerknöcheln bis zur Schulter hinaufzog.

»Nein«, sagte Cheng, »ich meine den, den ich verloren habe. Ich spüre ihn nämlich noch. Und er fühlt sich gar nicht schlecht an. Er fühlt sich besser an als alles andere.«

»Sie sind verbittert.«

»Gerade soviel, wie angebracht ist. Hören Sie, Straka, ich mache Ihnen keinen Vorwurf. Die Frau muß verdammt clever sein. Und verdammt kaltblütig. Und ganz schön verrückt. So was muß man sich ja erst mal ausdenken. Und wozu, frage ich Sie? Nur weil ich einmal kurz für Ranulph Field gearbeitet habe? Die Dame muß einen gewaltigen Schuß haben, ich meine in ihren Ganglien. Hoffentlich gibt sie sich überhaupt damit zufrieden, mir ein Krüppeldasein verschafft zu haben. Schließlich bin ich noch am Leben, ein bißchen lädiert zwar, aber sie könnte mir ja das Krankenbett unter dem Hintern anzünden. Apropos Hintern. Ich habe ein kleines Präsent für Sie. Wollte es nicht Boeckel geben. Wichtiges Beweismaterial sollte immer direkt an den Chef gehen.«

Zwischen zwei steifen Fingern hielt Cheng dem Kriminalisten ein kleines Papierröllchen hin. Straka nahm es. Cheng zwang ein paar Falten auf seine Stirn. »Im Fernsehen, da nehmen sie so etwas immer nur mit der Pinzette oder stülpen sich vorher Plastikhandschuhe über.«

»Im Fernsehen wissen sie zum Schluß auch immer, wer der Mörder ist.«

»Eben.«

Straka hielt das Röllchen in die Höhe, betrachtete es wie einen verschimmelten Weinkorken und fragte Cheng, welche Nachricht es beinhalte.

»Keine Ahnung. Schließlich ist das Röllchen für Sie bestimmt. Es war ja nicht geplant, daß ich überlebe. Riechen Sie mal.« Straka hielt das Papier unter seine Nase und meinte: »Säuerlich.«

»Die Lady hat es mir in den After gesteckt. Von Rechts wegen hätten Sie es dort herausziehen sollen. Aber ich wollte nicht warten, bis es zusammen … Sie verstehen. Die Krankenschwester war so nett.«

»Danke.« Straka rollte den Zettel auf, betrachtete ihn kurz und gab ihn Cheng, der amüsiert auf das Papier sah.

UND JETZT DIE PROMINENTEN

»Die gleiche Handschrift«, sagte Straka. »Übrigens haben wir die anderen Schriftstücke von einem Spezialisten deuten lassen. Der findet, die Schreibart lasse auf einen Menschen schließen, der im höchsten Maße als ausgeglichen zu bezeichnen ist und dem für die Verarbeitung möglicher traumatischer Erlebnisse ein adäquates Ventil zur Verfügung steht. Man stelle sich vor, adäquates Ventil. Und diesen sogenannten Experten zahlen wir auch noch Geld.«

»Ich frage mich, was für Prominente?«

»Vielleicht Familienoberhäupter.«

»Tja, Familien sind nun mal der Hort der Gewalt.«

»Wir werden sehen. Sie erhalten auf jeden Fall Polizeischutz, damit Ihnen niemand Ihr Bett unterm Hintern anzündet.«

»Großartig.«

8

Das Angebot einer Armprothese, einer erstklassigen, die sozusagen alle Stücke spielt, wie ihm versichert worden war, schlug er aus. Er wollte keine Unversehrtheit vortäuschen, was bei seinem hinkenden Gang ohnehin nicht möglich gewesen wäre.

Batman war in den zwei Monaten, die man gebraucht hatte, um Cheng wieder so halbwegs zusammenzuflikken, zuerst in die Obhut von Chengs Nachbarin geraten, wo aber drei fette, häßliche Kartäuser ihm das Leben vermiesten. Drei brutale Kaliber, denen sehr egal war, ob irgendwo auf der Welt irgendwelche Katzen verhungerten, und die es schlimm genug fanden, daß sie untereinander teilen mußten, nun aber eine verschworene Kampfgemeinschaft bildeten, um den schwarzfelligen Eindringling vom angestammten Boden zu jagen. Und auch wenn sie auf Grund ihrer Beinlosigkeit ziemlich unbeweglich waren, gelang es ihnen doch ganz gut, Batman in irgendeine Ecke zu treiben und ihn das Fürchten zu lehren.

Frau Kremser, der kein probates Mittel einfiel, ihre Kartäuser zur Nächstenliebe zu bekehren, verständigte Frau Böhm, welche zögerte, weil sie gerade ihre neue Wohnung mit Möbeln von Countermine International Interiors eingerichtet hatte – und wer Ledergarnituren von Countermine kennt, weiß, wie schlecht sich darauf Katzenhaare, verspritzter Urin, Nasenschleim, diverse Mageninhalte und die von Katzenkrallen fabrizierten

Löcher machen. Jetzt einmal ganz abgesehen von der Gefährdung der Corbusier-Liege in weißem Leder. Aber Frau Böhm fühlte sich ihrem Geschiedenen verpflichtet, vor allem jetzt, da das Schicksal ihn mit einem Schlag getroffen hatte, der so ziemlich das Gegenteil von einem sauberen Schlag gewesen war. Also rettete sie Batman vor dem Vernichtungswillen aufgeblähter, beinloser Aristokraten, und er dankte es ihr, indem er die Corbusier-Liege ausschließlich in ihrer Funktion als Liege verwendete und sich am Backhausenstoff eines Hoffmannstuhls seine Krallen schärfte.

Wie das oft im Leben von Menschen und Katzen ist, stellen sie sehr bald fest, daß ihr Zusammensein sich wesentlich angenehmer, friedfertiger und amüsanter gestaltet als jenes im Kreis der eigenen Artgenossen, an denen sie folgerichtig das Interesse verlieren. Für Batman war das keine neue Erkenntnis. Für Irene Böhm hingegen ein wenig verwirrend. Sie mußte sich erst daran gewöhnen, daß sie ihre Abende viel lieber allein mit Batman verbrachte als mit Freunden oder dem Mann, der sich momentan einbildete, sie glücklich zu machen. Sie hatte durchaus weiterhin Lust, ab und zu mit ihm ins Bett zu gehen, aber sie hatte die Lust verloren, sich mit ihm zu langweilen (und jeder Streit ist ja bloß eine Art Explosion der Langeweile).

Als nun Cheng das Krankenhaus verlassen durfte, also endlich all den bibelfesten Schulmedizinern und dem zwiespältigen Aufopferungswillen des Pflegepersonals entkommen war, da bot er der Ordnung halber an, Batman wieder zurückzunehmen. Irene wehrte ab, Batman bleibe bei ihr, man könne ein Tier nicht einfach so herumschicken. Ein vernünftiges Argument, fand Cheng.

Und so kann über Batman gesagt werden, daß zumindest er aus dieser ganzen unerfreulichen Geschichte mit einem Plus auf dem Konto ausgestiegen ist. (Batman sollte erst vierzehn Jahre später in einem bereits biblischen Alter sterben, ganz einfach weil die absolute Altersgrenze erreicht war. Er hatte zuletzt noch einen viel beachteten Snobismus entwickelt und brach folgerichtig über einer großzügigen Portion gebratenen jungen Steinbutts zusammen.)

Cheng blieb Detektiv. Ein einarmiger, hinkender Detektiv, dessen Kiefer und Nase so aussahen, als wäre der Gesichtschirurg alkoholisiert, mit seiner Steuererklärung beschäftigt oder ganz einfach ein Stümper gewesen. Aber das ist natürlich übertrieben. Kiefer und Nase fühlten sich großartig an. Beinahe so großartig wie der Arm, der nicht mehr da war, weil er im ewigen Eis der Predigerwand lag.

Nun, Verfolgungsjagden, Schlägereien, Fassadenkletterei, Langstreckentauchen und die Leidenschaft, einem soeben aufgestiegenen Hubschrauber nachzuhechten, um sich mit ein paar Fingern an den Landekufen festzukrallen, das war auch früher nicht Chengs Spezialität gewesen. Aber ein Großteil der potentiellen Klienten war ganz einfach nicht bereit, einen Mann zu beauftragen, der ihrer Meinung nach aussah wie ein zerstückelter und nur schleißig wieder zusammengeklebter Kung-Fu-Kämpfer.

Frau Hammerschmid allerdings war ihm treu geblieben, und wenn auch ihr eigenes Leben von einer derartigen Glückseligkeit erfüllt war, daß einem schwindelig werden konnte, so kannte sie Leute, die einen Detektiv nötig hatten (Beschattung der Ehepartner, Beschattung der Kinder, der Prokuristen, der Putzfrauen), und zwang diese Leute, Cheng zu engagieren, welcher seinen Ehrenkodex wieder abgelegt hatte, denn ein Krüppel, so fand er, stehe über der Ehre. Nun, Hammerschmid mußte ihre Freunde tatsächlich zwingen, da diese wenig begeistert waren angesichts eines behinderten Detektivs ganz offensichtlich chinesischer Abstammung, dessen Gesicht an Eddy Slivka in seiner letzten, seiner wirklich letzten Runde gegen Denny »Doom« Douglas erinnerte (und jeder, der sich erinnern kann, weiß, daß dieser Kampf nur deshalb bis in die fünfzehnte Runde ging, weil Denny, der Todesengel von St. Louis, kein Boxer, sondern ein scheußlicher Sadist war, dem es Lust bereitete, seine Opfer peu à peu zu erledigen).

Trotz der Mühe, die sich Frau Hammerschmid gab, hatte Cheng nun eine Unmenge Zeit. Genaugenommen war das ja auch schon vorher der Fall gewesen. Aber aus Gründen, die allgemein als psychologisch bezeichnet werden, empfand Cheng den Umstand, nur selten engagiert zu werden, nun schlimmer als zuvor. Auch fühlte er sich einsamer, dabei hatte er mehr Besuch denn je. Und zu seiner Überraschung ging ihm Batman ab. Weshalb er beschloß, sich ein Tier zu nehmen. Er fand, daß zu einem Detektiv ein Hund besser passe, zudem hatte der Arzt empfohlen, ausreichend Spaziergänge zu unternehmen. Meinen Sie Behindertensport? hatte Cheng den Arzt gefragt, welcher daraufhin bloß die Augen verdrehte, weil ihm der Standardzynismus der Invaliden gehörig auf die Nerven ging.

Er nannte ihn Lauscher.

Lauscher war wohl aus dem Liebesglück eines Schäfers mit einem Dackel hervorgegangen, wobei der Schäfer offensichtlich nur seine Ohren hatte durchsetzen können, die nun auf dem kleinen Hund wie aufgesteckt und sehr voluminös wirkten. Was andererseits nichts daran änderte, daß Lauscher ziemlich taub war. Was wiederum zu dem Eindruck führte, er wäre ein ziemlich dummer Hund, weil er partout nicht auf jene Befehle hören wollte, die Menschen sich ausdenken, um die relative Intelligenz von Hunden zu testen (freilich sagen Art und Gestaltung von Befehlen vor allem etwas über die Beschränktheit des Befehlenden aus).

Cheng gab es bald auf, irgendein primitives Geschrei hinter Lauscher herzuschicken, um so mehr als Lauscher sehr gut begriff, daß Autos dazu da waren, alles Nichtmotorisierte platt zu fahren, und daß es vernünftiger war, den kleinen raffinierten Sadisten, die hier Kinder hießen, aus dem Weg zu gehen. Die Welt der Menschen war ja nicht nur laut, sondern auch leicht durchschaubar, zumindest für Hunde.

Lauscher besaß einen Blick, den viele als depressiv bezeichneten, was Cheng ein wenig peinlich war. Dabei war Lauscher sehr zufrieden mit seiner Situation, was nach dem Tierschutzhaus und der Geschichte, die ihn dort hingeführt hatte, auch kein Wunder war. Aber an seinem Blick war sowenig zu rütteln wie am sogenannten Lächeln der Delphine.

Der Weg, den Cheng und Lauscher gingen, war täglich der gleiche, was Lauscher mit seinem Hang zur Routine sehr schätzte. Er blieb sozusagen im Bezirk. Pötzleinsdorf etwa mochte eine wunderschöne, für Hunde ideale Gegend sein, aber Lauschers Zufriedenheit (die aus einer sehr praxisbezogenen Bescheidenheit resultierte) war so vollkommen, daß ihm der sportive und romantische Aspekt, den Pötzleinsdorf möglicherweise bot, gleichgültig war.

Mag sein, daß der Hundebereich im Schönbornpark nichts anderes war als mit Unrat planierte Erde und daß die dort versammelten Köter so degeneriert waren wie ihre in Josefstädter Großbürgerplatitüde erstarrten Besitzer, mag sein, daß seine Vorfahren lieber krepiert wären, als die Beschwernisse, aber auch Schönheiten der Wildnis gegen ein Leben in urbaner Versklavung einzutauschen, mag sein, daß es Aufregenderes gab, als an der Seite eines einarmigen, hinkenden, ziemlich beschäftigungslosen Privatdetektivs in die Auslage der Buchhandlung Gottschalk zu glotzen beziehungsweise auf den bodennahen Teil der Fassade, mag sein, daß man länger lebte, wenn man hinüber in den ersten Bezirk ging, um zwischen Windhunden und Deutschem Kurzhaar über jenen Platz zu jagen, an dem die Wiener so gerne an sie gerichtete Flammenreden vernahmen, mag sein, daß alles damit begonnen hatte, daß vor Urzeiten irgendein Wolf, der nicht ganz richtig im Kopf gewesen war, beschlossen hatte, Menschen nicht mehr zu reißen, sondern als seinesgleichen zu empfinden, wie auch immer, Lauscher war froh über ein Leben, in welchem etwa der Josef-Weinheber-Platz bereits zum weit entfernten Ausland zählte und die einzigen wirklichen Aufregungen im Fernsehen stattfanden.

Seit Chengs Silvestererlebnis war über ein halbes Jahr vergangen. Ein ungewöhnlich heißer Spätsommer drückte die Stadt an sich, so wie man Kinder und Haustiere an sich drückt und heiße, feuchte Küsse in ihre widerwilligen Gesichter quetscht. Die Nachmittagssonne warf Schatten von erträglicher Schönheit. Im Schönbornpark herrschte eine Ruhe, die sicher nicht heilig war, aber beträchtlich. Der glühende Beton des Basketballplatzes glühte alleine, denn die Kids standen in den Schwimmbädern vor darmartig gewundenen Rutschen Schlange. Und wenn es nach den Hundebesitzern gegangen wäre, hätten sie in den Darmverschlingungen steckenbleiben und verrecken können.

Die Hundebesitzer saßen in kurzen Hosen und weiten Röcken auf den Bänken und diskutierten darüber, wie im September eine derartige Hitze überhaupt möglich war. Wenn es ihnen auch an gewissen meteorologischen Termini mangelte, so waren ihre diversen Erklärungen des Hitzephänomens ein Spiegelbild wissenschaftlichen Denkens, welches niemals auf Erkenntnis beruht, sondern auf einer beschränkten Weltsicht (beschränkt im Sinne von eingeengt; eingeengt durch Gehirn- und Gemütserkrankungen wie Religion, Aufklärung, Standesbewußtsein, Schulbesuche, Sprachzwang etc.). Was nützt da das angenommene Faktum eines sogenannten Ozonlochs, wenn sowohl die Wissenschaftler als auch die Besucher der Hundezone des Schönbornparks dieses Loch einzig über ihre beschränkte Weltsicht interpretieren können und jede neue Erkenntnis das Loch betreffend sich einzig dafür eignet, jede Art von Vorurteil zu beweisen. Wobei die Beweiskraft einzig vom Geschick der Beweisinszenierung abhängt (worunter nicht nur Beweisrhetorik, Beweisinstallierung und Beweismarketing zu verstehen sind, sondern auch die Verwandlung der Wirklichkeit in einen beweisadäquaten Zustand).

Und natürlich kamen die Hundebesitzer im Laufe der Ozonlochdebatte auf den österreichischen Journalismus zu sprechen, eines ihrer Lieblingsthemen. Nichts taten sie so gerne, als sich über all die redaktionellen Schreiberlinge zu empören, über deren Uninformiertheit und Anmaßung. Dabei waren die Hundebesitzer elitär genug, sich gegen jegliche Art von Pressearbeit auszusprechen. Die einen Publizisten empfanden sie als latente Nestbeschmutzer, die anderen als gefährliche Hetzer, welche bloß den Philistern ins Maul sahen. Und die, welche dazwischen lagen, wurden nicht einmal mehr als Journalisten bezeichnet, sondern nur noch als »Wörteraneinanderreiher«. Die Aufgabe des Journalismus schien allein darin zu bestehen, den Hundebesitzern zu einer Erregung zu verhelfen, zu einer hochdramatischen Erhitzung ihrer Gemüter. War das nicht ohnehin der schönste Ausdruck des Wiener Wesens: das erhitzte Gemüt, dieser willentlich heraufbeschworene Bluthochdruck?

Ein adäquates Bild für diese Hypertonie des Geistes gab gerade Herr Max Reiser ab, seines Zeichens Besitzer eines nervösen Foxterriers. Der »schöne Max«, wie ihn alle nannten, saß mit hochrotem Schädel auf einer Bank, flankiert von zwei aufmerksam zuhörenden Damen, und beklagte sich über den Verriß eines Theaterstücks. Er selbst hatte die Inszenierung noch nicht gesehen. Aber darauf kam es schließlich nicht an, dafür gab es ja Zeitungen, um eben nicht in jedes Stück selbst laufen zu müssen. Um von der Parkbank aus sich eine Meinung über die Welt zu bilden. Beziehungsweise über den Journalismus.

Der »schöne Max« fühlte sich bemüßigt, eine Schauspielerin, die in dieser Kritik attackiert wurde, zu verteidigen, auch wenn er wenig bis nichts von dieser Bühnenkünstlerin hielt. Aber der Umstand, daß irgendein dahergelaufener Theaterkritiker eine Dame in den Schmutz zog, verführte Reiser zu der Anschauung, daß man diesem Kerl »sämtliche Finger brechen sollte«.

»Bildlich gesprochen«, ergänzte er lächelnd und schloß seine Erregung mit einem seiner Lieblingszitate ab, mit einer Äußerung Oscar Wildes: »In früheren Zeiten hatten wir die Folter. Jetzt haben wir die Presse.«

Als Cheng nun in die Parkanlage trat, begrüßte er die anwesenden Hundebesitzer. Und diese grüßten Lauscher. Sie taten stets begeistert, wenn sie den kleinen Hund mit den großen Ohren sahen, diese befremdliche Promenadenmischung. Bei ihren eigenen Hunden handelte es sich zumeist um oberklassige Pudel und Schäferhunde und Neufundländer. Aber indem sie Lauscher »süß«, zumindest originell fanden, meinten sie, eine Art von Liberalität zu praktizieren. Dadurch, daß sie ihm über seinen Kopf strichen oder einen bewundernden Kommentar über die äußere Erscheinung seines Hörorgans ablieferten, meinten sie, auch gegenüber dem fremdländischen Cheng ihre Schuldigkeit getan zu haben.

Denn die Hundebesitzer im Schönbornpark hielten sich für tolerante Menschen, welche den dumpfen Fremdenhaß der Proleten ablehnten (eigentlich lehnten sie daran bloß die Proleten ab). Doch sich mit Cheng zu unterhalten, wagten sie nicht. Schließlich wußte man nicht einmal, welcher Sprache dieser Mann mächtig war. Also kommunizierte man statt dessen mit dem sprachlosen Lauscher. Daß dieser Hund taub war, konnten sie nicht wissen und sich angesichts seiner gewaltigen Ohren auch gar nicht vorstellen. Dazu kam, daß Lauscher ihnen hin und wieder einen von diesen Blicken schenkte, wie Menschen glauben, daß Hunde dreinschauen, wenn sie Menschen verstehen.

War der Pflichtbesuch im Schönbornpark erledigt (aus irgendeinem Grund empfand es Cheng als Pflicht), ging er oft noch in die Bücherei in der Skodagasse. Früher hatte er diesen Ort gemieden, aber seit er meinte, über soviel mehr Zeit zu verfügen, spazierte er gerne durch die Bibliothek, nicht zuletzt um sich Bücher auszuleihen, zumeist wissenschaftliche, die er jedoch immer nur anlas.

Es war nicht uninteressant, etwas über die Geschichte der Schweizer Armeeuniform, über das Gottesbild der Spätgotik oder die Justiz in alter Zeit zu erfahren, aber ganze Bücher darüber wollte er nun doch nicht verdauen.

In der Zwischenzeit machte es sich Lauscher draußen in der Ecke neben den Fahrradständern bequem. Es war nicht nötig, ihn anzubinden. Niemand würde einen solchen Hund stehlen. Und Lauscher selbst kannte keinen einzigen weltlichen Grund, auf die Straße und unter ein Auto zu laufen.

Die Luft in den Bibliotheksräumen war nie sonderlich gut, aber an diesem Tag stand die Hitze zwischen den Regalen, grau, schleimig, übergewichtig und bewegungslos. Nur ein paar ältere Damen (wie das ganze Jahr über in dunkle Mäntel gepackt, ängstlich besorgt, nur keinen Windzug zu erwischen) suchten nach Schicksalen, über denen die Leidenschaft so schwer hing wie die Hitze über dieser Stadt.

Die Bibliothekare saßen müde und verschwitzt hinter ihren Tischen und träumten vom Freiluftleben der Bademeister. Cheng überfiel eine Müdigkeit, die so übermächtig war, daß er darüber den Ekel vergaß, den ihm seine schweißnasse Wäsche bereitete. Er setzte sich auf einen niedrigen Stuhl unterhalb der Zeitgeschichte und döste vor sich. Er dachte an Männer, die durch eine endlose Eiswüste marschierten und denen die Zehen und die Finger abstarben und Eiszapfen aus den Nasenlöchern wuchsen und die Augenflüssigkeit gefror und die nicht einmal mehr wußten, ob sie sich auf dem Weg zum Nordpol oder bereits auf einem hoffnungslosen Rückmarsch befanden. Sie waren am Ende ihrer Kräfte. Aber viel schlimmer war der Umstand, daß sie nun an einem Supermarkt vorbeikamen, einem riesigen, häßlichen

Ding, das frech und selbstherrlich in der ansonsten leeren Landschaft protzte. Auch mit Sonderangeboten protzte, mit einer Spielhalle und einer medizinischen Station, wo man eine ganze Reihe von Kreditkarten akzeptierte. Die Männer, die, wenn schon nicht den Tod, dann immerhin die Todesnähe gesucht hatten, fühlten sich gedemütigt. Natürlich hätten sie einfach daran vorbeimarschieren können, aber wer tut das schon. Dabei war es sicher nicht die medizinische Station – wo man ihnen gegen gutes Geld die Zehen fachgerecht amputieren würde –, die sie auf eine deprimierende Weise anzog, sondern die Möglichkeit, sich mit sechs Dosen Carlsberg-Bier zum Preis von vier um den Verstand zu saufen.

»*St. Kilda?* Also, ich weiß nicht recht.«

Cheng schrak auf. Obwohl der junge Bibliothekar weit entfernt saß, war seine Stimme mit der Präzision eines Laserskalpells in sein Ohr gedrungen. Cheng beugte sich vor.

»Wie, sagten Sie doch gleich, soll der Autor heißen?«

»Chaloupka, Erwin Chaloupka, ch und ou«, erklärte ein älterer Mann, der vor dem Schalter stand. Einer von diesen Grandseigneurs, die auch bei der ärgsten Hitze eine Weste unter der Jacke trugen, die nie ohne Krawatte aus dem Haus gingen und dabei auch noch aussahen, als genössen sie diese Temperaturen. Mit beiden Händen hielt er einen Spazierstock umfaßt, auf den er sich aber nicht stützte, sondern mit dessen Spitze er kleine, sehr geordnete Figuren in die Luft kratzte.

Der Bibliothekar, der im Windkanal seines Ventilators wie feuchte Bettwäsche flatterte, beugte sich über den Computer und erfüllte seine Pflicht.

»Und Sie sind sicher, daß es auf deutsch erschienen ist?«

»So wurde mir gesagt.«

Der Bibliothekar tippte noch eine Weile über seine Tastatur, als kontrolliere er den Inhalt einer Bonbonniere, dann lehnte er sich zurück und schüttelte den Kopf.

»Tut mir wirklich leid. Der Titel ist unauffindbar. Und ein Autor mit diesem Namen ... also in unserem Verzeichnis existiert er nicht. Ist der Mann Österreicher?«

»Ja, allerdings lebt er schon lange in den Staaten.«

»Hat er außer diesem *St. Kilda* noch etwas publiziert? Oder kennen Sie vielleicht den Verlag?«

»Tut mir leid. Wie schon gesagt, meine Information ist ausgesprochen dürftig. Ich habe Herrn Chaloupka zufällig kennengelernt. Er redete viel von seiner Schriftstellerei.«

Der Bibliothekar lächelte verächtlich (wie alle Bibliothekare verfaßte er entweder selbst unverkäufliche Literatur, oder er war voller Haß gegen die verkäufliche Literatur, oder beides).

»Kommt vor, daß manche über die paar Zeilen, die sie zustande gebracht haben, derart schwärmen, daß man meint, sie reden über ein tatsächliches Buch. Versuchen Sie es in der Nationalbibliothek, aber machen Sie sich keine großen Hoffnungen. Ich befürchte, Ihr Herr Chaloupka ist ein Hochstapler.«

»Nun, das wäre bedauerlich. Auf jeden Fall danke ich Ihnen für Ihre Mühe.« Der alte Mann unterstrich seinen Dank mit einer großzügigen Bewegung seines Spazierstocks und verließ die Bücherei.

Cheng hatte sich während des Gesprächs dem Schalter genähert und folgte dem Mann nun nach draußen. Dieser besaß den schnellen, beschwingten Gang jener Senioren, die sich für unverwundbar halten. Cheng hinkte eilig hinterher, pfiff nach Lauscher, der den Pfiff natürlich nicht hörte, aber instinktiv oder warum auch immer erwachte, die ungewöhnlich hektische Bewegung seines sogenannten Herrchens registrierte, also einen Bruch in der Routine, und deshalb Böses ahnte, zumindest Beschwerliches.

Gar keine Frage, das war ganz einfach nicht der Tag, um sich dem verrückten Tempo eines selbstverliebten Junggebliebenen anzupassen, den die Hitze nicht zu stören schien. Diese tatsächlich vernünftige Erkenntnis traf Lauscher auf der Höhe des Burgtors mit einer Wucht, die ihn zu bedingungsloser Verweigerung veranlaßte, welche ganz typisch ist für kleine Hunde mit großen Ohren (man sieht das immer wieder: diese kleinen Hunde, die sich auf ihre kleinen Hintern setzen und denen die kindischen Drohungen ihrer Besitzer bei den großen Ohren hinein- und hinausgehen).

Cheng schrie nicht, so dumm war er nicht, aber er versuchte es mit einem flehenden Blick, so dumm war er schon. Lauscher machte mehr einen gelangweilten als einen müden Eindruck (und wenn irgend etwas seine Hundeseele bewegte, dann der Ärger über die eigene Blödheit, sich erst beim Burgtor verweigert zu haben – vielleicht angesichts einer Architektur, die einen Hund daran erinnerte, was von den Handlungen der Menschen zu halten war).

Im Grunde hätte Cheng seinen Hund einfach stehenlassen können, um ihn Stunden später wieder abzuholen (einmal allein gelassen, verfiel Lauscher in eine Art meditativen Zustand), aber der Ort war zu exponiert, die Gefahr zu groß, daß Lauscher engagierten Bürgern in die Hände fiel, welche Hunde ohne Menschen für etwas schlichtweg Unmögliches hielten und die Polizei alarmieren würden.

Also blieb Cheng nichts anderes übrig, als Lauscher, der inzwischen die Haltung einer hölzernen Buddhastatue angenommen hatte, unter den Arm zu nehmen. Und als er da über den Heldenplatz humpelte, einarmig, keuchend, etwas unter die Achsel geklemmt, das aussah wie eine ausgestopfte Riesenfledermaus, und er jetzt bemerkte, daß die Leute die Köpfe schüttelten und die Kinder sich mit den Fingern dort antippten, wo bei ihnen eine Zeitbombe aus Videospielen steckte, da dachte Cheng kurz, er sei wohl verrückt geworden, sich derart aufzuführen. Was ihn aber nicht daran hinderte, weiterhin jenen rasch dahinschreitenden Mann zu verfolgen, der das Flair eines Salonlöwen besaß.

Am Kohlmarkt und am Graben sah der Salonlöwe hin und wieder in eine Auslage, betrat auch mehrere Buchhandlungen, setzte sich in eine Bar, wo er kurz mit einem Mädchen plauderte, welches in der Hauptsache mit einem Paar strumpfenger Stiefel aus Stretchsatin bekleidet war, erkundigte sich in einem Antiquitätenladen nach dem Preis einer Stehuhr und verhinderte mittels dieser kleinen Unterbrechungen, daß Chengs Herzmuskel an die letalen Grenzen seiner Leistungsfähigkeit geriet.

Wenngleich Cheng alles andere als unauffällig wirkte, so war er doch ein Meister der Beschattung. Er persiflierte die Beschattung zur Unkenntlichkeit. Und folgte dem Mann bis in die Bäckerstraße, wo dieser ein Haus betrat. Da Cheng das Gefühl hatte, sein rechter Arm sterbe langsam ab (während es dem linken ausgezeichnet ging), setzte er sich gegenüber dem Hauseingang in ein Lokal, das zur Straße hin offen war. Lauscher stellte er zu Boden, als habe er ihn soeben bei einer Kuriositätenauktion im Dorotheum ersteigert.

Das Serviermädchen war wenig begeistert über einen Gast, dessen Visage so wenig in das noble Ambiente paßte. Wie die meisten in diesem Metier hatte sie die Standesdünkel der Klasse übernommen, die sie bediente. In ihrem hübschen, wertlosen Gesicht spiegelte sich jene dumpfe Arroganz der Herrschaft, die sich so oft auf die Knechte überträgt. Allerdings hatte sie ein tiefgehendes Faible für kleine Hunde mit großen Ohren. Und als sie nun Lauscher entdeckte, verdampfte ihre Ablehnung, und ein Weichzeichner machte sich in ihrem Gesicht zu schaffen. Sie ging zusammen mit ihren eng geschnittenen Jeans in die Knie und legte ihre Hand unter Lauschers Schnauze und quatschte das übliche Zeug von wegen was für ein süßer, kleiner Hund er wäre und was für wunderschöne, große Ohren er besitze und wie er denn heiße. Und weil Lauscher, so süß er auch sein mochte, weder hören noch reden konnte (auch konnte er nicht von den Lippen lesen, denn er sah auch schon recht schlecht), schenkte das Mädchen Cheng einen fragenden Blick. Cheng hatte Skrupel, den richtigen Namen zu nennen, der ja tatsächlich etwas merkwürdig war, wenngleich naheliegend, auf jeden Fall sicher nicht süß, und sagte deshalb: Arthur. Ganz einfach, weil Cheng in diesem Moment Arthur Koestler eingefallen war, konkret ein Foto, das ihn mit Patricia Highsmith zeigt, auf dem, so scheint es, Koestler einige Mühe hat, seinen Arm um Patricias Schultern zu legen. Beide lächeln. Vielleicht weil sie glücklich sind, was man ja nicht völlig ausschließen kann. Cheng wußte nicht, warum ihm dieses Bild eingefallen war. Die einzige dürftige Parallele war eine gewisse körperliche Steifheit Arthur Koestlers auf diesem Foto, die man erkennen konnte, wenn man wollte, und die Lauscher soeben etwas lockerte.

»Ein hübscher Name«, sagte das Mädchen zu Lauscher gewandt, welcher prinzipiell nichts dagegen hatte, wenn man ihn zum richtigen Zeitpunkt kraulte. Und jetzt war der richtige Zeitpunkt.

Cheng war schon lange nicht mehr im ersten Bezirk gewesen, der ja bekanntermaßen einer der teuersten und mit Sicherheit der häßlichste Bezirk der Stadt ist und in dem folgerichtig auch die häßlichsten Menschen verkehren, zumindest ebenso häßliche Menschen wie jene, die in Hietzing, Währing und Döbling verkehren, die aber die Möglichkeit haben, ihre durch Betrug, Ausbeutung, Mord und grenzenlose Faulheit erwirtschafteten Villen zwischen sehr viel Grün einzubetten, manchmal regelrecht einzutunken, während die Architektur der Innenstadt in ihrer verräterischen Großmannssucht und Scheußlichkeit und in ihrer geradezu infantilen Anpassung an das internationale Architekturverbrechen vollkommen offen daliegt.

Cheng erinnerte sich, daß die Bäckerstraße vor nicht allzu langer Zeit in den Schlagzeilen gewesen war. Sämtliche honorige Mitglieder eines exklusiven Philatelistenclubs, ein ganzer ordenbehangener Haufen von pensionierten Korruptionisten, waren tot in ihren Vereinsräumen in der Bäckerstraße aufgefunden worden. Wobei unklar geblieben war, ob man sie ermordet oder die alten Herren sich den Spaß gegönnt hatten, ihren kollektiven Suizid dramatisch zu inszenieren. Cheng, der sich wenig um den Boulevard kümmerte, hatte die Details nicht mehr in Erinnerung. Er nahm sich vor, Straka danach zu fragen.

Die Kellnerin war aufgestanden, strich sich ihre Jeans zurecht und schenkte Lauscher einen Blick, der Wüsten erblühen ließ, Militärs zur Dichtung verführte und Dichter zum Handeln und selbst Zahnärzte zum Verstummen brachte, aber Lauscher ziemlich unberührt ließ.

Wer so einen süßen Hund besaß und ihn noch dazu Arthur nannte, konnte kein Unmensch sein, weshalb die Kellnerin Cheng die Chance gab, eine Bestellung aufzugeben. Er nützte sie und bat um ein großes Bier, das wie jedes Bier im ersten Bezirk warm, schal, ohne Schaum, in dreckigen Gläsern serviert und sauteuer sein würde.

Zunächst einmal bekam Lauscher eine Schüssel Wasser und etwas, das ganz offensichtlich eine Wurstplatte für den großen Appetit war. Lauscher war nicht unzufrieden. Irgendwie schien sich diese absurde Aktion also doch noch zu lohnen. Danach wurde Cheng sein Bier serviert, welches exakt so beschaffen war, wie oben beschrieben, nur etwas teurer.

Cheng zündete sich eine Odyssee Lights an. Er hatte zu schwitzen aufgehört, so wie es zu regnen aufhört.

Cheng benötigte drei lauwarme Biere, bis er auf die naheliegende Idee kam, die Kellnerin nach dem Salonlöwen zu fragen. Als sie Lauscher eine Portion Schlagobers brachte (daß er davon Durchfall bekam, war Lauscher sehr egal, nicht weil er unvernünftig war, sondern fand, daß es wirklich Schlimmeres gab als das bißchen Durchfall), da fragte Cheng nach dem älteren Herrn. Eine kurze Beschreibung genügte. Professor Geissler war in diesem Lokal bekannt als ein großzügiger, trinkfester Flaneur. Ehemals Primar und Universitätsprofessor, nun bereits über siebzig, schnipselte er hin und wieder an irgendwelchen betuchten Halbtoten herum, die auf den Geissler schworen wie die Sozialdemokraten auf den Kompromiß. Die Wohnung in der Bäckerstraße nannte er liebevoll seine Studentenbude, denn eigentlich residierte er in einer Hietzinger Villa, aber dort schimmelte auch seine gleichaltrige Gattin dahin, die unter Anfällen von Eifersucht litt, und zwar vollkommen zu Recht – wie die Kellnerin vorsichtig andeutete, während ihr gleichzeitig einfiel, daß sie sich mit Informationen über Stammgäste eigentlich zurückhalten sollte. Cheng bemerkte ihre Unsicherheit und erklärte, er habe bloß gefragt, weil ihm dieser Mann bekannt vorgekommen sei, aber das sei ein Irrtum gewesen. Und dann bestellte er ein letztes lauwarmes Bier, während Lauscher auf die Straße ging und etwas in den Rinnstein spie, das aussah wie Wurstsalat mit Joghurtdressing.

Zwei Tage später rief er bei Edlingers an. Die Frau Professor war in guter Stimmung, mit ihrer Ehe stünde es noch immer zum besten, manchmal denke sie, es sei wie im Traum, und so ein Traum müsse doch irgendwann einmal enden. (Nun, so unwahrscheinlich es klingen mag, kein kleinlicher Ehekrieg, sondern nur der Meister der Nacht war imstande, den Traum zu beenden, indem er ziemlich genau drei Jahre nach diesem Telefonat den Herrn und die Frau Professor eine Einladung zur traditionellen Weinverkostung der kanadischen Darwin-Gesellschaft in Montreal annehmen ließ und sie nicht davon abhielt, in ein Flugzeug zu steigen, das wegen irgendeiner technischen Lappalie – die Macht der Schraube –, statt in Montreal anzukommen, in der Luft explodierte. Einer Befreiungsbewegung kam der Absturz sehr gelegen, da es in ihrer Organisation einen Engpaß an Selbstmordattentätern gab. Das Bekennerschreiben wurde von allen Seiten mit Wohlwollen angenommen, schließlich war der Presse, dem Publikum, den von der Terrorangst profitierenden Regierungen und nicht zuletzt der Fluggesellschaft ein Attentat lieber als die banale Tatsache, daß die

Wartung der Flugzeuge mit derselben Sorgfalt erfolgte, mit der in den Spitälern dieser Welt todkranke Mindestrentner versorgt werden. Auch die Untersuchungskommission war mit sich zufrieden, weil sie es verstanden hatte, aus dem zerschmolzenen Kunststoffbumerang eines Urlaubers eindeutige Hinweise auf den berühmt-berüchtigten rumänischen Plastiksprengstoff herauszulesen – was täten wir ohne die Rumänen? Natürlich profitierten auch Private von diesem Flugzeugunglück. Insgesamt etwa zwanzig Millionen Dollar gingen an diverse Erben, von Lebensversicherungen, Immobilien und Zahlungen der Fluggesellschaft einmal abgesehen. Und ganz abgesehen von der Erleichterung so mancher Person, endlich den verhaßten Gatten, Chef, die verhaßten Enkelkinder oder wen auch immer los zu sein. Gar keine Frage, niemand kann ausschließen, daß es auch unglückliche Hinterbliebene gab, etwa jene, die Schulden geerbt hatten oder ein Vermögen, das an Bedingungen gebunden war, die einen an den Rand eines Nervenzusammenbruchs bringen konnten, oder jene Leute, die ein williges Opfer ihrer Unterdrückungsleidenschaft verloren hatten. Und natürlich gab es auch Spielcasinos, Massagesalons, Buchgemeinschaften, Steuerberater, Kirchen und Stammlokale, die um einen guten Kunden oder ein zahlendes Mitglied trauerten. Aber im großen und ganzen ist so eine Flugzeugkatastrophe – entgegen der allgemeinen Darstellung – eine Quelle des Glücks und der Zufriedenheit. Wie die Toten darüber denken, wenn sie denken – nun, wer kann das schon sagen, und vor allem: wer will das schon wissen.)

Cheng hatte gehofft, Edlingers würden den Doktor Geissler kennen, aber selbst in Hietzing kam es hin und wieder vor, daß eine Professorenfamilie eine andere Professorenfamilie nicht kannte. Oder zumindest so tat, da man einander viel zu gut kannte.

Am selben Tag rief ihn die Hammerschmid an. Auch ihr Liebesglück befand sich unglaublicherweise noch immer in einem Zustand, der klar und übersichtlich war wie ein japanisches Gewürzregal und dennoch von einer Leidenschaft getragen, die – völlig untypisch – ohne Erniedrigung, Handschellen und Tabletten auskam. Im Unterschied zu Edlingers würde es jedoch diesen beiden nicht vergönnt sein, glücklich vereint aus dem Leben zu scheiden. Fünf Jahre später wollte ein offenkundig bösartiges Schicksal, daß Frau Hammerschmid der Brief einer jungen Frau in die Hände fiel, die den in der Zwischenzeit nicht mehr ganz so jungen Poeten mit jenen heißen Küssen bedachte, die nichts bringen außer Ärger. Hätte zu dieser Zeit Cheng zur Verfügung gestanden, es wäre ihm nicht schwergefallen zu beweisen, daß die herausragendste Qualität der jungen Frau die war, besonders lästig zu sein, und daß der Poet nichts dafür konnte, solche Post zu erhalten. Nun, Cheng stand aber nicht zur Verfügung, und so kam es, daß in Frau Hammerschmids Schädel eine Wand umfiel, eine tragende Wand, die einen beträchtlichen Schaden anrichtete, indem sie ausgerechnet auf ihren Verstand fiel, der in keinem Kopf viel Platz einnimmt und trotzdem immer wieder unter einstürzenden Wänden begraben wird. Frau Hammerschmid holte eine Pistole aus ihrem Tresor, vergaß nicht, wie die meisten anderen, die Waffe auch zu laden, marschierte zu der an diesem Abend stattfindenden Lesung ihres Geliebten und knallte den soeben die Gedichte Vortragenden einfach ab – ohne Kommentar und mit der Beherrschtheit einer Frau, die den Verstand verloren hat. Wenn sie auch die Kugel nicht vergessen hatte, so doch ihre Brille. Denn unglücklicherweise (zumindest ungerechterweise oder zumindest strenggenommen ungerechterweise) handelte es sich bei dem Rezitator nicht um ihren Geliebten, sondern um einen in dieser Hinsicht völlig unschuldigen Burgtheaterschauspieler, der sich nach langem Bitten und Flehen dazu bereit gefunden hatte, auch einmal etwas für die experimentelle Literatur zu tun, die er eigentlich für ziemlich überflüssig hielt, eigentlich widerwärtig, andererseits: man hatte ihn wirklich sehr lieb gebeten, und mein Gott, hatte er gesagt, er habe zwei Burgtheaterdirektoren überlebt, da würde ihn das bißchen Avantgarde auch nicht umbringen. Daß dieser Ausspruch noch Jahre später auf den Stammtischen seiner Feinde und Neider einiges Vergnügen bereitete, kann man sich vorstellen.

Daß Frau Hammerschmid den Falschen erschossen hatte, wurde ihr leider nicht als Abschwächung ihres Delikts ausgelegt, sondern ganz im Gegenteil – denn es wurde deutlich, daß eine derartige Schlamperei nicht einfach hingenommen werden könne und eine hohe Strafe verdiene (der Staatsanwalt zeigte tiefste Verachtung für eine Person, die zwar an Mord dachte, nicht aber an die eigene Kurzsichtigkeit, und fand es überhaupt typisch, wenn eine Frau den Falschen erschoß).

Der nicht mehr ganz so junge Poet schrieb daraufhin nicht mehr ganz so experimentelle Gedichte, war natürlich recht unglücklich, andererseits aber auch recht erfolgreich, und gelangte schließlich wie die meisten Menschen zu der Ansicht, daß man nicht ewig in den alten Geschichten herumrühren könne, weil das ja nichts ändere undsoweiter.

Frau Hammerschmid berichtete also von ihrem ungetrübten Liebesglück und betonte wieder einmal, daß sie es im Grunde Cheng verdanke. Nachdem sie einige Zeit herumgezirpt und gesäuselt und geschmeichelt hatte, kam sie darauf zu sprechen, daß sie einen ihrer Angestellten verdächtige, wichtige Informationen an ein Konkurrenzunternehmen weitergegeben zu haben, was sie aber nicht wirklich beweisen könne.

Das war einer von diesen unguten Jobs. Einen kleinen Buchhalter beschatten, der mit seiner kränklichen, besitzergreifenden Mutter im Gemeindebau wohnt und davon träumt, die Alte ins Heim zu stecken, um dann endlich das Leben eines Erwachsenen zu führen. Aber nicht in dem stickigen, dunklen Büro, in dem bloß die Kalender wechseln und in dem er seit zehn Jahren sitzt und unbelohnt Bilanzen frisiert. Nein, das Leben eines Erwachsenen wollte er in Jamaika führen; allein wie das klingt: Montego Bay.

Einer von diesen Typen, die nicht mal Lotto spielen und seit ihrer Matura die gleichen Schuhe tragen und die es plötzlich wissen wollen und natürlich voll auf die Nase fallen (weil sich Verbrechen für sie nicht auszahlen darf, für solche Wohlstandsversager, für Leute, die im Supermarkt abgelaufene Ware kaufen, die Krawatten tragen, die andere nach Afrika schicken, für Leute, die nach Pitralon oder Tannennadeln riechen; wenn sich für solche Leute ihre kleinen Verbrechen lohnen würden, das wäre das Ende des Abendlandes).

Cheng nahm den Auftrag an, in der billigen Hoffnung, er würde wieder einmal jemandem seine Unschuld nachweisen können. Dann fiel ihm ein, daß auch die Hammerschmid vor kurzem nach Hietzing gezogen war, und er fragte sie, ob ihr der Primar Geissler und seine Frau ein

Begriff seien. Die Hammerschmid kannte die beiden noch nicht persönlich, war aber gerade eben erst von ihnen eingeladen worden. Die alte Geissler, die so verschimmelt nicht war, hatte sich vor den Abgründen ihrer berechtigten Eifersucht in die Bildhauerei geflüchtet, was ja wirklich nicht schaden kann. Einmal im Jahr gab sie eine Gartenparty, wo man zwischen polierter Bronze, wuchtigen Holzblöcken und gewaltigen nackten Heroinen aus Zement sich Miniaturbrötchen einverleibte (verständlich, daß sie sich wünschte, selbst so eine nackte Heroine zu sein, zwei Meter groß, mit Brüsten, mit denen allein man einen Mann erschlagen konnte; und ebenso verständlich, daß sich der alte Chirurg und berüchtigte Frauenheld in seiner Hietzinger Villa nicht gerade wohl fühlte, umgeben von Zementweibern, von denen er hin und wieder träumte, sie würden zum Leben erwachen, ihre schweren, kalten Leiber auf seinen hilflosen welken Körper setzen und ihm zeigen, wie man einem greisen Zwerg das Herz aus dem Leib reißt.

Die alte Geissler war die Präsidentin von einem dieser unseligen Charityclubs, wo sich gelangweilte Berufsgattinnen und nimmermüde Geschäftsfrauen den Kopf darüber zerbrechen, wie man sich des Elends bedienen und die eigene schmuckbehangene Person um den Charme verhungernder Kinder bereichern kann. (Das ist der Höhepunkt der Barbarei, nicht der Kolonialismus, nicht die Diktatur, sondern eine Gesellschaft, die ihre Opfer zwingt, sich von ihr beschenken zu lassen. Stellen wir uns doch einmal vor, das Rassenpolitische Amt der NSDAP oder eine von Ehefrauen prominenter SS-Führer gegründete Hilfsgemeinschaft hätte sich der Opfer der Rassenverfolgung angenommen, indem sie etwa Jausenkränzchen für die Hinterbliebenen jener veranstaltet hätte, die den diversen Säuberungen zum Opfer gefallen waren. Oder stellen wir uns vor, derselbe Heydrich, der für die Organisation der Reichskristallnacht verantwortlich war, hätte etwas später dazu aufgerufen, für jene jüdischen Mitbürger zu spenden, die im Zuge der spontanen Demonstrationen um ihre Existenz gebracht worden waren.)

Und natürlich war die Hammerschmid, die nur ein paar Villen von der Geissler entfernt wohnte, sofort diesem Charityclub beigetreten, beziehungsweise erfüllte sie die Kriterien, um aufgenommen zu werden. Sie war aber bisher nur mit der Vizepräsidentin bekannt geworden und sollte nun auf der Party die Geissler kennenlernen.

Cheng bat die Hammerschmid, ihn auf diese Party mitzunehmen, sie brauche sich keine Sorgen zu machen, für den Ernstfall habe er die nötigen Manieren parat und verstehe es auch, sich dem Anlaß entsprechend zu kleiden. Daß er ein Krüppel sei und sein Gesicht an die im Boxsport üblichen Deformationen erinnere, sei nun leider nicht zu ändern, aber ein Sommeranzug von Valentino und zeitgenössisches Sonnenbrillendesign würden dem Betrachter darüber hinweghelfen.

Die Hammerschmid war natürlich wenig angetan von der Idee, ausgerechnet bei ihrem Antrittsbesuch jemanden wie Cheng im Schlepptau zu führen, andererseits war das ja keine intime Familienveranstaltung, zudem versprach Cheng (mit einer Deutlichkeit, die ihr schon wieder peinlich war), wenn sie einmal an den Türstehern vorbei waren, ihr aus dem Weg zu gehen und nicht extra darauf hinzuweisen, daß er mit ihr, der Hammerschmid, gekommen sei.

Er werde sich als Kunsthändler mit einem höchst liquiden Kundenstamm in Übersee ausgeben, der von den

Skulpturen der Geissler gehört habe und, ja, er gebe es ja zu, ungeladenerweise erschienen sei, aber sein großes Interesse an dem Geisslerschen Werk, von dem er zufällig gehört habe und blabla. »Gerade Amateurkünstler sind krankhaft eitel, die Geissler wäre die letzte, die mich aus dem Haus jagt, wenn ich überhaupt in die Verlegenheit gerate, ihr meine Geschichte auftischen zu müssen. Es ist ihr Mann, der mich interessiert. Warum, kann ich Ihnen jetzt nicht sagen. Aber keine Sorge, ich werde da nicht ins Fettnäpfchen treten.«

»Also gut, Herr Cheng, aber bitte keinen Skandal.« Frau Hammerschmid war alles andere als glücklich mit ihrer Entscheidung, aber als sie kurz danach in die Arme ihres Poeten glitt, da war ihr klar, daß sie Cheng das ganz einfach schuldig war.

Frau Hammerschmid saß im Gasthof eines Heurigen und genoß ihren Weißen Spritzer und den Umstand, daß sie um diese Zeit, früher Nachmittag, der einzige Gast war. Sie hatte beinahe vergessen, wie angenehm das war, einmal nicht den Mund offen zu haben und einmal nicht so zu tun, als würde man zuhören.

Es war nicht mehr ganz so heiß wie an den Tagen zuvor, was kein Nachteil war, wenn man in einem engen Dinnerkleid steckte und einen Nachmittag mit Händeschütteln, Konversation und vielleicht Schlimmerem vor sich hatte. Ebensowenig ein Nachteil war, daß Erich, ihr Poet, zu irgendeinem Schriftstellerkongreß gefahren war. Sie wollte nicht, daß Erich mit Cheng bekannt wurde, seinem einstigen Beschatter.

Man traut es gewissen Menschen einfach nicht zu: daß sie genauso schwindelerregend schick und abgeschleckt wirken können wie die zornigen, jungen Opportunisten in den Hochglanzmagazinen. Weshalb die Hammerschmid nicht glauben konnte, was sie da auf sich zukommen sah. Cheng machte, gelinde gesagt, einen formidablen Eindruck in seinem silbergrauen Anzug, der seine schlanke Asiatenfigur besser betonte als die übergroßen Baumfällerhemden und verwaschenen Pyjamahosen, die er üblicherweise trug. Der aufgesteckte Ärmel – dort, wo ein Arm war, der keinen Ärmel mehr nötig hatte – verlieh Cheng eine heroische Note, so als hätte er diesen Arm im Kampf gegen einen Kommunismus verloren, dessen größtes Verbrechen minderwertiger Anzugstoff gewesen war. Die Sonnenbrille in seinem unregelmäßigen (nun auf eine interessante Weise unregelmäßigen) Gesicht erinnerte an die brutale Eleganz einer Serra-Plastik aus Corten-Stahlplatten. Überhaupt: Der ganze Cheng wirkte wie eine Skulptur Serras, kompakt, auf eine schlanke Weise wuchtig, auf eine simple Weise kompliziert, mondän, arrogant, elitär.

»Sie sehen ja großartig aus.«

»Ich sehe widerlich aus.«

Natürlich sah er widerlich aus, das war es ja, was ihn so attraktiv machte; das ist es ja immer, was uns an Menschen so attraktiv erscheint, das Widerliche ihrer Art und ihrer Kleidung, das Widerliche ihrer gekünstelten Bewegungen, ihrer B-Movie-Fratzen, ihr widerliches Selbstbewußtsein auf Kreditkarten- oder Kunsthallenniveau, ihr unentwegter Hinweis darauf, daß sie hier sind und daß es lange nicht so aufregend und amüsant wäre, wären sie nicht hier. Weil sie es sind, die der ganzen Veranstaltung erst Klasse verleihen.

Cheng fand sich indiskutabel, aber er fand auch, daß er überraschend gut aussah in diesem Anzug zwischen Gaunertum und Avantgarde.

»Sie sollten sich immer so kleiden«, fand die Hammerschmid, »Sie würden viel interessantere Fälle bekommen.«

»Interessantere als kleine Buchhalter beschatten?«

»Zum Beispiel.«

Am Eingang zur Geisslerschen Jugendstilvilla stand so ein neuzeitlicher Lakai, bat mit der Höflichkeit eines Scheckbetrügers um den Vorweis der Einladung und zeigte sich über das Eintreffen von Herrn und Frau Hammerschmid (wie es auf der Einladung stand) derart erfreut, als geschehe es zu seinem eigenen Vergnügen.

Im weitläufigen, von hohen Tannen flankierten Garten standen die mächtigen Zementheroinen, deren tatsächlich gewaltige Brüste den männlichen Betrachter zwischen bubenhafter Begeisterung und einem Gefühl der Bedrohung schwanken ließen. Die zupackenden Pranken und von blinder (wenngleich durchaus einsichtiger) Wut gezeichneten Gesichter der Heroinen ließen jedoch keinen Zweifel, für welche der beiden Gefühle der männliche Rezipient sich zu entscheiden habe.

Zwischen den Plastiken tummelten sich an die hundertfünfzig Besucher, darunter ein einst berüchtigter Innenminister, den nun keiner mehr kannte. Irgendein Witzbold bemerkte, daß ihm aufgefallen sei, daß Kampfflieger so gut wie nie über solchen Gesellschaften abstürzten.

Cheng trennte sich sogleich von der Hammerschmid, nahm mit der Nonchalance des geübten Gesellschaftsmenschen das hingehaltene Glas Sekt vom Tablett und besah sich mit interesselosem Wohlgefallen die Skulpturen.

Vor einer Heroine, die in ihrer Faust etwas zerquetschte, von dem nur mehr schwer zu erkennen war, was es gewesen war, bevor es zerquetscht wurde, worüber man sich also so seine Gedanken machen konnte, steckte sich Cheng eine Zigarette in den Mund (Muratti statt der üblichen leichten Odyssee). Ein Mann, dessen Leibesfülle recht gut mit den Skulpturen korrespondierte und der in seinem Smoking ungemein kompakt wirkte, trat an Cheng heran und hielt ihm die Flamme seines hühnereiartigen Feuerzeugs unter die Zigarette, um gleich danach auch jener Pfeife Feuer zu spenden, die wie ein Wurfpfeil in seinem schwammigen Gesicht steckte.

»Man kommt nicht umhin, sich so seine Gedanken über die Madame Geissler zu machen, wenn man sich ihre Weiber anschaut, nicht wahr«, sagte der Mann und betrachtete die Heroine mit einem Blick behaglichen Ekels.

Cheng erklärte, er kenne Frau Geissler nicht persönlich. Dies sei sein erster Wienbesuch. Aber als Kunsthändler habe er natürlich ein gewisses Interesse an diesen Arbeiten.

»Na ja, es gibt immer genug Verrückte. Nehmen Sie das bitte nicht persönlich. Ich meine, wenn Sie Kunsthandel betreiben, leben Sie ja von diesen Verrückten. Beziehungsweise von solchen armen Schweinen, wie ich eines bin. Meine liebe Gemahlin ist so ein pathologischer Fall. So viel kann ich gar nicht verdienen, daß sie es wieder für irgendwelchen Kunstschrott hinauswirft. Aber sogar mein eigener Vermögensberater hält ihr die Stange, behauptet, daß sie ein untrügliches Gespür besitze und daß man sein Geld gar nicht besser anlegen könne. Ich frage Sie, was soll ich da machen. Na gut, von Ihnen darf ich wohl kein Mitleid erwarten. Übrigens, mein Name ist Huber.«

»Freut mich, Sie kennenzulernen, Herr Huber. Cheng, Frank Cheng.«

Chengs Hand versank in jener Hubers, und nur die hin und wieder hilfreichen Konventionen unserer Gesellschaft verhinderten, daß es Chengs Hand so erging wie dem Etwas in der Pranke der Heroine.

»Also, das muß ich sagen, mein lieber Herr Cheng, Ihr Deutsch ist ja wirklich ausgezeichnet. Ich meine, wenn ich da an unseren Bundeskanzler denke, meine Güte.«

Cheng erklärte, daß er zwar in Hongkong lebe, aber des öfteren in Deutschland zu Besuch sei und eine starke Vorliebe für die deutsche Sprache und Kultur entwickelt habe, die den Chinesen viel eher liege als das Englische, das nun aber leider, leider unumgänglich sei.

Herrn Huber erfreute die Germanophilie seines Gesprächspartners, und er erklärte seinerseits, wie sehr es ihn als Bauunternehmer, der auch am internationalen Markt mitmische, mitmischen müsse, nerve, immer wieder in Englisch konferieren zu müssen, mit Leuten, deren eigenes Englisch eine Katastrophe sei, selbst wenn es sich um sogenannte »native speaker« handle. Na ja, sagte er und seufzte. Eine Frau, die aussah wie die Miss Marple der neunziger Jahre, klopfte ihm auf die Schulter und fragte, was es denn schon wieder zu seufzen gebe, und erklärte, an Cheng gewandt, daß er nichts glauben solle, was ihr Mann erzählt habe. Woraufhin Baumeister Huber nochmals seufzte. Cheng erklärte, daß er mit ihrem Gatten ein überaus sachliches Gespräch über Kunst geführt habe. Frau Huber machte ein ungläubiges Gesicht und meinte: »Na ja.«

Dennoch unterhielt man sich in der Folge sehr freundlich über wenig heikle Dinge wie die Bedeutung asiatischer Studenten für das Wiener Musikleben oder die richtige Zubereitung von Topfenpalatschinken, wofür sich brennend zu interessieren Cheng – als angeblicher Ausländer – verpflichtet fühlte. Andere Leute traten hinzu, und das Topfenpalatschinkenproblem gewann an Brisanz, ohne daß die gute Stimmung darunter gelitten hätte.

Ein Chinese in einer weißen Kellneruniform und mit zwei gesunden Händen, auf einer davon ein Tablett mit gefüllten Sektflöten balancierend, trat zu der Gruppe und bat die Gäste, sich zu bedienen.

Als sich Cheng ein Glas nahm, sah ihn der Tablettjongleur begeistert an. Cheng nickte freundlich und wünschte den Typen zum Teufel. Und zwar sehr zu Recht, denn der Kellner sprach ihn sogleich auf Kantonesisch an. Chengs Lächeln verhärtete sich, und auch sonst war er schon einmal entspannter gewesen. Der andere redete in einem fort, als habe er soeben die Sprache entdeckt, und als er auflachte, lachte Cheng mit ihm. Sonst lachte niemand, wie auch, aber die umstehenden Damen waren gerührt, die Herren eher gelangweilt.

In einer anderen Gruppe, die soeben die Möglichkeit eines Neuwahltermins diskutierte, spitzte Professor Rüdiger Frey seine Ohren, stellte sein Glas ab und gesellte sich zu der Gruppe um Cheng. Frey, seines Zeichens Sinologe, hatte offensichtlich eine sehr dezidierte Meinung zu dem, was der Kellner da behauptete, was es auch immer war. Also entspann sich eine heftige, aber keineswegs gehässige Diskussion zwischen Frey, dem Kellner und Cheng, wobei Chengs Beiträge in Nicken, Lachen, Grinsen und schwergewichtiger Nachdenklichkeit bestanden. Als die Sache endlich geklärt war und der Kellner sich wieder an seine Arbeit machte, meinte Professor Frey zu Cheng, glücklicherweise auf deutsch: »Wie man die Sache auch dreht und wendet, Sie müssen mir doch recht geben.«

Cheng gab ihm recht.

Huber brummte etwas von wegen er müsse ins Haus, um sich ein ordentliches Getränk zu organisieren, dieses Gesöff hier sei eine öde Angelegenheit. Das fand auch Cheng und schloß sich ihm an, froh um einen Menschen, der die deutsche Sprache für die einzig vernünftige hielt.

Um einen Glastisch gruppiert, saß der harte Kern in schweren, schwarzen Lederfauteuils. Sie sahen aus wie Männer, die nicht bloß Unsinn redeten, sondern diesen Unsinn auch durchsetzen konnten.

Huber und Cheng, beide mit einem Glas Whisky in der Hand, traten ein.

»Ah, der Andreas«, sagte ein graumelierter Endfünfziger, der seine Zigarre hielt, als könnte er damit ganze Stadtteile in die Luft jagen, »von dir haben wir gerade geredet. Das ist ja eine peinliche Sache, die dir da mit den Russen passiert ist. Ich habe immer gesagt, daß man mit diesen Leuten nicht zusammenarbeiten kann. Kommunismus oder Mafia, dazwischen kennen die nichts.«

»Also Kinder, seid's nicht grausam«, sagte Huber, »so schlecht schaut die Sache gar nicht aus. Die Presse übertreibt natürlich. Deine Schmierfinken, mein lieber Hubert. Wie wir die neue Siedlung in Hartberg eröffnet haben, hab' ich keinen einzigen von deinen Affen gesehen. Die Hartbergsiedlung ist vorbildlich, ein architektonisches Gustostückerl, und das alles ohne politische Querelen oder irgendeine blöde Bürgerinitiative. Aber da bleiben deine Analphabeten natürlich in ihren Redaktionsstuben und polieren ihre Dreckschleudern.«

»Tu doch nicht so sensibel, Andreas, du bist der Otto Wanz des Baugeschäfts. Raffiniert und rücksichtslos, wogegen überhaupt nichts zu sagen ist. Aber ich bitte dich, nur wenn du dann einmal fünf Schilling der Caritas spendest, werde ich dir nicht fünf Fotografen nachschikken, damit Sie dich ablichten, wie du den Scheck ausfüllst.«

»Deine Frechheiten kannst du wirklich für dich behalten, lieber Hubert, ich würde mich genieren, den Proleten nach dem Maul zu schreiben.«

»Also bitte, meine Herren, das muß doch nicht sein«, unterbrach der Gastgeber den Disput, und zwar mit der Autorität des Arztes, dem wir schlußendlich alle ausgeliefert sind, »ich sehe, unser Freund Huber hat jemanden mitgebracht, und da wäre es doch wirklich deplaziert, wenn wir uns – wie üblich – die Zähne einschlagen, nur damit Kollege Cerwenka seine Arbeit hat.«

Kieferspezialist Cerwenka und die anderen Herren schmunzelten.

Huber faßte Cheng an den Schultern, als präsentiere er seinen ältesten Sohn, erklärte, er habe Herrn Cheng – Kunsthändler aus Hongkong, der die deutsche Sprache ganz exzellent beherrsche – soeben im Schatten einer gewalttätigen Heroine kennengelernt.

Geissler hieß Cheng willkommen, bemerkte kurz, wie freundlich es von Mr. Cheng wäre, sämtliche Skulpturen seiner Gemahlin nach Hongkong zu verfrachten, aber Spaß beiseite, und stellte die anderen Herren vor. Nachdem Cheng dem Präsidenten der Österreichischen Dentistenkammer Cerwenka, weiters Hofrat Denner, Zeitungsherausgeber Hubert Friedrich und Kammersänger Grobfeld die Hand gereicht und sie mehr oder weniger feucht, mehr oder weniger zerdrückt zurückbekommen hatte, sah er in das Gesicht eines Mannes, den er recht gut kannte und den er beim besten Willen hier nicht erwartet hatte: Kriminal-Oberstleutnant Straka, unser Mann vom Mord, wie Geissler witzelte.

Von Straka ging kein Zeichen des Wiedererkennens aus, er schüttelte Cheng die Hand und setzte sich wieder, kühl und distanziert, wie man es von einem solchen Mann erwarten konnte.

Eine Zeitlang wurde der Höflichkeit halber über Hongkong gesprochen, natürlich über den Machtwechsel, und man war sich überraschend einig, daß – bei aller Abscheu für den Kommunismus – die Herren aus Peking das Geschäft nur noch stärker ankurbeln würden. Cheng mußte sich ein Schmunzeln ob des Umstands verkneifen, daß er der einzige in dieser Runde war, der noch nie in Hongkong gewesen war, selbst Straka hatte im Zuge eines Symposiums über neue Methoden der Bekämpfung organisierten Verbrechens die südchinesische Metropole besucht.

Cheng war in der Rolle des Zuhörers. Die anderen beschrieben Hongkong, sie beurteilten Hongkong, sie bewerteten das Wesen der Chinesen und das der Engländer, den Service der großen Hotels und die Bestechlichkeit der Beamten, und Cheng brauchte dies alles bloß zu bestätigen. Verwirrend war nur Strakas Verhalten. Cheng konnte sich nicht vorstellen, daß ihn Straka nicht erkannte. Warum also spielte Straka mit – aus Solidarität oder um seine eigenen Pläne nicht zu gefährden oder einfach weil er abwarten wollte?

Von Hongkong kam man auf England und von England irgendwie auf die österreichische Innenpolitik und erinnerte sich eines Ministers, mit dem man befreundet gewesen war und der seit einem halben Jahr unter der Erde lag. Bedauerlicherweise hatte er ein paar delikate Problemchen hinterlassen, allerdings auch eine Witwe, welche die Phantasie der Herren mächtig anregte, ohne daß man ins Vulgäre abgeglitten wäre, weniger wegen eines Hongkong-Chinesen, die ja für alle möglichen Schweinereien berühmt sind, sondern wegen des Oberstleutnants, der hier eigentlich nicht dazugehörte und bei dem man aufpassen mußte.

Straka war mit dem Sohn Geisslers befreundet, einem überaus erfolgreichen Staatsanwalt, der von seinem Vater, dem Chirurgen, gelernt hatte, wann operative Eingriffe, wann psychologische Raffinesse und wann tränenbildende Pflanzen einzusetzen waren und wann es vorteilhafter schien, den Patienten stillschweigend sterben zu lassen. Der Staatsanwalt war gerade dabei, der Tochter der Freundin seiner Frau nachzujagen, weshalb er Straka allein bei den Herren zurückgelassen hatte, was zumindest zwei von ihnen nicht wirklich angenehm war, da sie neben den Leichen im Keller, die hier alle zu verbergen hatten, jeweils auch eine wirkliche Leiche auf dem Gewissen hatten (wirklicher als die Kellerleichen nur in dem Sinn, daß sie selbst Hand angelegt hatten), ohne daß ihr Gewissen an dieser Schuld schwer getragen hätte, aber sie hatten den Oberstleutnant zu Recht im Verdacht, daß er einer von diesen hartnäckigen, unbestechlichen Figuren war, die es in der Polizei eigentlich nicht hätte geben dürfen, aber leider immer wieder gab, weil nun einmal selbst in der Demokratie eine vollkommene Gleichschaltung nicht erreichbar war (übrigens wußten die beiden Herren nichts von der Leiche des jeweils anderen, während alle sehr gut von den Kellerleichen wußten und sich solcherart gegenseitig den Rücken stärkten).

Draußen zogen Gewitterwolken auf, fette, vollgestopfte Dinger, die aussahen, als könnten sie sich kaum noch in der Luft halten.

Der Wind begann bereits, so manches Kaviarbrötchen in Unordnung zu bringen, weshalb Frisuren und Hüte und der ganze Rest ins Innere der Villa in Sicherheit gebracht wurden.

Die meisten Leute strömten in den großen Wohnraum, in dem auch der Glastisch mit den Herren des harten Kerns stand, deren Gemütlichkeit natürlich zum Teufel war und die in ein anderes Zimmer flüchteten, bevor sie ihren Frauen in die Hände fielen.

In der allgemeinen Aufgeregtheit wollte Cheng Straka in eine Ecke ziehen, aber der Oberstleutnant wurde gerade von dem bereits ziemlich besoffenen Staatsanwalt in einen freundschaftlichen Schwitzkasten genommen und mußte nun höchst unjuristische Bemerkungen bezüglich der sogenannten geilen Weiber über sich ergehen lassen.

Cheng entfernte sich von der großen Gruppe und sah sich das Haus an. Sehr museal, gemütlich wie in einem angefüllten Gefrierfach, Kunst zum Saufüttern, viel Madame Geissler, aber auch Schiele, Nolde und Alarmanlagen. Wenig Sitzgelegenheiten, als sei Sitzen angesichts von Kunst unanständig.

Im obersten Stockwerk war er allein. Er stand in einem langen, sakral anmutenden Gang. Große Wandteppiche erzählten Geschichten, die er nicht verstand. Zudem war es geradezu düster geworden. Und wer auch immer dafür zuständig war, hatte es verabsäumt, hier oben Licht zu machen (nirgends waren in diesem Haus Lichtschalter zu sehen). Die Sonnenbrille wollte er nicht abnehmen, die Wandteppiche waren ihm ohnehin gleichgültig. Er sah aus einem Balkonfenster. Der Sturm hatte voll eingesetzt. Die Bäume bogen sich dramatisch. Ein Mann mit einer langen grünen Schürze hantierte im Garten. Cheng konnte nicht erkennen, was er tat, aber offensichtlich hatte er damit seine liebe Mühe, ließ es schließlich bleiben und wollte zurück zum Haus. Der Sturm riß ihn um. Er fiel auf den Rücken, strampelte mit den Beinen, unfähig, sich aufzurichten, erinnerte an Kafkas sowie an jeden anderen unglücklichen Käfer. Cheng war zu perplex, um etwas zu unternehmen, sah bloß hinunter, wie man eben auf einen Käfer sieht. Eine Böe erfaßte den Mann, und sein schwerer Körper flog – als wäre er ein zerfetzter Drache – über das Gras und verschwand zwischen den Bäumen. Cheng nahm nun doch seine Sonnenbrille herunter, blickte noch einmal in den Garten. Es hatte zu regnen begonnen. Von dem Mann in der grünen Schürze keine Spur. Allen Ernstes betrachtete Cheng sein Glas Whisky, als könne man für jede Ungeheuerlichkeit den Alkohol verantwortlich machen.

Cheng öffnete die nächstbeste Tür und trat in einen Raum, der sich stark von den bisherigen unterschied, Bücher bis zur Decke, schwere dunkelblaue Samtvorhänge, kleine Tische, auf denen sich Papiere stapelten und volle Aschenbecher thronten, ein Überangebot an Liegesesseln unterschiedlicher Stile, abgetretene Teppiche, die keine Geschichten erzählten, eine blattvergoldete Stehlampe von zweifelhafter Schönheit, Madame Geisslers offensichtliche Abwesenheit, Männergestank. In der Mitte des Raums stand ein zerkratzter Schreibtisch. Das Durcheinander auf dem Tisch wirkte inszeniert, das übliche Schreibtischtheater derer, die sich für gebildet halten. Es war so dunkel geworden, daß Cheng die Schreibtischlampe anknipste. Auch in den Bücherregalen herrschte eine als genial ausgewiesene Unordnung, zerfetzte Folianten, Büchertürme, fragil wie das Denken selbst, Notizblätter, die lautstark zwischen den Büchern steckten, auch Fotografien: Professor Geissler beim Bundespräsidenten (lachend, worüber auch immer), mit Studentinnen (leger), im Spital (fröhlich), über eine Ausgabe seiner *Memoiren eines Rastlosen* gebeugt (nachdenklich), zusammen mit Karajan in Salzburg (für meinen lieben Doktor), bei einer Podiumsdiskussion über Kunstfehler (mit erhobenem Zeigefinger). Auf einem Foto, das zwischen Doderers *Dämonen* und den Erkrankungen der Schilddrüse eingeklemmt war, konnte man Geissler mit zwei Männern sehen, die Cheng nicht kannte (tatsächlich kannte er in gewisser Hinsicht beide). Das Bild war nächtens aufgenommen worden. Offensichtlich eine warme Nacht, denn der Kleinste von den dreien, ein dicklicher Schnauzbartträger, trug kurze Hosen, während Geissler und der andere in Sommeranzügen steckten.

Es waren nun nicht die beiden unbekannten Männer (deren Namen ihm sehr wohl ein Begriff waren), auch war es nicht Geisslers merkwürdig harter Gesichtsausdruck, welcher Chengs Puls beschleunigte und ihm das Gefühl gab, in einen Plastikbecher zu atmen, sondern es war der Name des Lokals, vor dem die drei standen, und der in bunten Neonlettern in das Dunkel hinausstrahlte: *St. Kilda*.

Cheng zog das Foto heraus und sah sich die Rückseite an. Seine Hand zitterte. Dafür war die andere vollkommen ruhig. In der typischen Medizinerhandschrift (großspurig und ziemlich unleserlich) war notiert worden: *Zusammen mit Henry und Chaloupka vor Chaloupkas St.-Kilda-Bar in Las Vegas*.

Erwin Chaloupka, dessen angebliches Buch *St. Kilda* Geissler aufzustöbern versuchte. Wer aber war Henry? Zudem fehlte ein Datum, aber ein sehr altes Bild konnte es nicht sein.

Cheng vernahm Stimmen, die sich dem Zimmer näherten. Er steckte die Fotografie in seine Brusttasche und überlegte, wo er sich verstecken könnte. Gar keine Frage, der schwere Samtvorhang, der sich am Boden aufbauschte, wäre eine ideale Möglichkeit gewesen, aber es erschien Cheng lächerlich, wie in einer Boulevardkomödie. Und als die Tür aufging, setzte er sich in einer dunklen Ecke auf einen Liegesessel, bereit, eine plausible Ausrede anzugeben, etwa, daß ihm übel geworden sei und er sich einen stillen Platz gesucht habe.

Geissler trat ein. Er hatte wieder diesen harten, gequälten Gesichtsausdruck, wie auf dem Foto, ein Ausdruck, der nicht zu ihm paßte, oder besser gesagt, der nicht zu dem Bild paßte, welches einem Salonlöwen entsprach. Mit ihm kam eine Frau, vielleicht fünfzig, eine elegante Erscheinung, Stanwyck-Typ. Eine von diesen schwarzweißen Heldinnen, die auf eine anziehende Weise steif und streng wirken und immer ein wenig tragisch. Mit einer Geste der Erschöpfung glitt sie in einen Sessel und zündete sich ihre Zigarette an.

»Ich habe deine Eifersüchteleien mehr als satt, mein Lieber«, sagte sie und blies den Rauch aus, lange und gerade wie einen Kondensstreifen.

»Ach«, sagte Geissler mit einem Ton, der klarstellte, daß es nicht an ihr sei, irgend etwas satt zu haben, schon gar nicht seine Eifersucht, deren Berechtigung außer Zweifel stand.

»Ist das alles, was dir dazu einfällt? Ich bitte dich, Robert, du wirst doch wohl nicht verlangen, daß ich um jeden Mann, der jünger als du und aufregender als Grobfeld ist, einen Bogen unbedingter Keuschheit mache.«

»Spar dir solche Bemerkungen. Mein Alter spielt hier keine Rolle. Mein Alter hat noch nie eine Rolle gespielt. Gott sei Dank kann ich das sagen, mein Alter ist hier wirklich nicht das Problem. Was ich von dir verlange, ist ja bloß, daß du dich so anstellst, wie man es von einer

Witwe erwarten darf, deren Mann gerade erst ein halbes Jahr unter den Toten weilt.«

Nun war sie es, die »Ach« sagte, denn sein Appell an die Pietät wirkte natürlich komisch, wenn man wußte, daß ihr verstorbener Gemahl, jener Minister für Landesverteidigung, der nun in einem Ehrengrab der Stadt Wien ruhte (allerdings ruhte er nicht wirklich, sondern, ganz im Gegenteil, er tobte, aber nun eben ohne Körper; allgemein werden die Möglichkeiten von immateriellen Existenzen, ihre Rachegelüste auf dämonische Weise zu befriedigen, weit überschätzt, sie sind, um ehrlich zu sein, gleich Null), wenn man also wußte, daß dieser Minister noch unter den Lebenden hätte weilen und noch immer die Wehrhaftigkeit Österreichs hätte einfordern können. Und er auch jetzt noch – in fesches Jägerleinen gehüllt und eins mit der Natur – Edelhirschen hätte das Licht ausblasen können. Und folglich in der Lage gewesen wäre, darauf zu achten, daß keine von den Drecksäuen, mit denen er befreundet war, sich an seiner wohlgestalten Gattin vergriff, schon gar nicht diese Oberdrecksau von einem altersschwachen Operateur, dem allerdings der Minister bis zu seinem Tod in medizinischen Fragen vollstes Vertrauen schenkte und von dem er sich ja zu Tode hatte behandeln lassen, so daß am Schluß natürlich alle meinten, daß der Minister eben *so* krank gewesen war, daß nicht einmal der Professor Geissler ihm hatte helfen können.

»Du kannst doch nicht ernsthaft annehmen«, sagte die Witwe, »daß ich ein Gefängnis gegen ein anderes eintausche.«

»Aber liebe Edith, wer redet von Gefängnis. Ich halte es einfach für riskant, daß du die fröhliche Witwe gibst. Und bitte vergiß nicht, wenn die Sache auffliegt, dann hängst du genauso mit drinnen. Dann wirst du erleben, was Gefängnis wirklich bedeutet. Um es also ganz klar zu sagen: Ich wünsche, daß du dich nicht von jedem blöden Affen, der dort draußen herumrennt, abgreifen läßt.«

Geissler war zum Schluß hin etwas lauter geworden. Es war offensichtlich, daß er sich nur mehr schwer unter Kontrolle hatte. Der Einsatz war zu groß gewesen: Er hatte seinen lieben Freund, den Verteidigungsminister, seinen Jagdfreund, der ihm in medizinischen Fragen treu ergeben gewesen war, so lange mit kleinen Dosen eines raffinierten, selbstentwickelten Toxikums versorgt, bis der Körper des Ministers notgedrungen das Handtuch geworfen hatte. Der für den Totenschein zuständige Arzt, ein Schüler Geisslers, hatte sich von seinem Mentor die Todesursache diktieren lassen. Alle waren zufrieden gewesen, denn es muß leider gesagt werden, daß niemand den Minister vermißte, übrigens am wenigsten seine eigene Partei, welcher der sprichwörtliche Stein vom Herzen gefallen war. Dennoch, so fand Geissler, hatte er eine Menge riskiert, denn nie zuvor hatte er außerhalb der Ordnung einen Menschen umgebracht, die Leichen, die seinen Weg pflasterten, waren sozusagen legale gewesen, und die paar Kunstfehler, die ihm passiert waren, zählten ohnehin nicht, die gehörten zum Geschäft wie anderswo Tippfehler oder Lagerschwund. Aber natürlich hatte er seinen ersten echten Mord nur gewagt in der Hoffnung (in der naiven Hoffnung, wie ihm nun schmerzlich bewußt wurde), daß Edith sich von nun an der Monogamie verschreiben würde. Die einzige Frau, die ihm mehr bedeutete als eine Befriedigung seiner krankhaften Eitelkeit, sollte sich ausschließlich seinem Verlangen widmen. Nicht, daß der Professor ein blauäugiger Mensch war, aber jeder gibt sich einmal einer solch verrückten Illusion hin, die meisten in frühen Jahren; Geissler hatte dazu eben über siebzig werden müssen. Und er fühlte sich nicht in der Lage, nun einfach zu sagen: Na, das war's wohl, und die blöde Edith soll doch treiben, was sie will. Nicht bei diesem Einsatz. Und deshalb erklärte er nochmals – in aller gespielten Ruhe –, daß er in Zukunft wünsche, daß Edith die Finger von anderen Männern lasse beziehungsweise den Fingern anderer Männer aus dem Weg gehe.

»Hör genau zu, Robert, du hast hier nichts einzufordern, sei froh, wenn ich ab und zu mit dir ins Bett steige. Das geht in Ordnung, das bin ich dir wirklich schuldig. Aber was ich sonst tue ... ich bitte dich, sei nicht kindisch. Denkst du wirklich, sie seien derart umwerfend, deine bizarren Begattungstechniken, denkst du, unter der phantastischen Kraft deiner Lenden zerbricht mein Wille? Nichts für ungut, Robert, aber hast du denn übersehen, daß dein größenwahnsinniger Geist in einem ziemlich verwelkten Körper steckt? Und daß ein solcher Egozentriker wie du je imstande war, eine Frau glücklich zu machen, muß bezweifelt werden. Sei mir nicht bös, aber ich finde es ziemlich ekelhaft, wenn du auf mir herumturnst. Du kannst nämlich gar nicht turnen. Setz dich doch endlich zur Ruhe, bevor du endgültig zur Karikatur verkommst.«

Geissler wußte, wie recht sie hatte, aber daß sie es so unverblümt aussprach, war ihm unerträglich. Wie alle einflußreichen Menschen war Geissler ein Leben lang von Heuchlern umgeben gewesen, hatte ja unentwegt Heuchler gefordert und Heuchler gezeugt, und die wenigen, die die Unverschämtheit besessen hatten zu glauben, sie könnten auf unentwegtes Heucheln verzichten, hatten diesen Glauben bald wieder aufgeben müssen. Darin zeigt sich ja die Macht eines Menschen, die um so größer ist, je häufiger und intensiver er angeheuchelt wird, und wenn er imstande ist, sich mit lückenloser Heuchelei zu umgeben. Was natürlich nichts daran änderte, daß Geissler in der Abstellkammer seines Bewußtseins recht gut wußte, was für eine Art Mensch er war. Aber daß dies nun von einer Frau ausgesprochen wurde, die ihm eigentlich unendlich dankbar sein mußte und die er besser behandelt hatte als je eine Frau zuvor, das machte ihn rasend, um so mehr, als er nun glaubte zu erkennen, daß eben genau diese liebevolle Behandlung dazu geführt hatte, daß Edith sich derartige Frechheiten herausnahm. Und da ihn der Zorn ziemlich fest beim Krawattl packte, griff er in die Lade und zog eine Pistole heraus. Er hatte nicht die geringste Lust, Edith zu schlagen, sich an ihr schmutzig zu machen, er wollte sie ganz einfach auslöschen, auf eine schnelle, saubere Weise, so sauber eben, wie es kurzfristig möglich war.

»Das kann doch nicht dein Ernst sein«, sagte sie mit einer derartigen Überzeugung, daß er einen kurzen Moment tatsächlich zweifelte, sich aber gleich wieder fing, was Edith offensichtlich erkannte, denn da war ein neuer Zug in ihrem Gesicht, nicht der des Schreckens, sondern der Enttäuschung darüber, daß ihr Leben auf eine so billige Art zu Ende gehen sollte (billig war daran nicht die Todesart, sondern der Todesschütze).

»Moment, lassen Sie das!«

Geissler fuhr herum. In einer Ecke des Raums nahm er vage die Gestalt eines Mannes wahr, der mit dem Finger auf ihn zeigte.

Eigentlich wollte Geissler abdrücken, nicht speziell auf den Mann, der da plötzlich wie aus dem Nichts aufgetaucht war, sondern sozusagen auf seinen eigenen Schrecken, welcher freilich so groß war, daß Geisslers Herz – so schnell und unprätentiös wie beim Ausschalten einer elektrischen Zahnbürste – seine Tätigkeit beendete und Geissler kommentarlos zusammenbrach, und zwar ohne einen Schuß abgegeben zu haben.

Als zehn Minuten zuvor Geissler und die Witwe in den Raum getreten waren und sich Cheng niedergesetzt hatte, um sich eine Ausrede einfallen zu lassen, und – während er da also angestrengt und sehr in Eile nachdachte – feststellte, daß man ihn gar nicht wahrnahm, daß seine Entscheidung, sich nicht zu verstecken, ihn gewissermaßen zu einem unauffälligen Teil des Mobiliars hatte werden lassen, war es längst zu spät gewesen, sich bemerkbar zu machen, ohne eine intime Szene zu stören, was dann allerdings angesichts der offensichtlichen Tötungsabsicht Geisslers unvermeidbar gewesen war.

Und nun, da er auf den toten Geissler hinunterblickte, verglich er sich mit jener Nonne in Hitchcocks *Vertigo,* die, aus dem Dunklen tretend, Kim Novak derart erschreckt, daß diese James Stewart aus den Armen gleitet und in den Abgrund stürzt. Wie die Nonne war er der Namenlose, der mit der speziellen Geschichte nicht das geringste zu tun hatte, eigentlich bloß ein Schatten, und doch beziehungsweise gerade deshalb jene Figur, welche die Geschichte im letzten Moment umdreht. Und tatsächlich fühlte sich Cheng wie von einer Regieanweisung bestimmt, in der seine eigene Geschichte, sein Versuch, das St.-Kilda-Rätsel zu lösen, nichts anderem diente, als eben in dieses Zimmer zu treten, im Dunkeln zu bleiben (und zwar in jeder Hinsicht), um dann im entscheidenden Moment, da die Geschichte einem viel zu banalen

Ende zustrebt, aufzutauchen und das Publikum ein letztes Mal aus dem Schlaf zu reißen.

Denn daß die Geschichte zwischen dem Geissler und der Ministerwitwe nur sehr peripher etwas mit der St.-Kilda-Affäre zu tun hatte, wußte Cheng, so wie er wußte, daß es um den Geissler nur deshalb schade war, weil man ihn nun nicht mehr befragen konnte, so wie er auch wußte, daß in lauwarmer Milch eingeweichter Dosenthunfisch scheußlich schmeckte, obwohl er das natürlich noch nie probiert hatte, man wußte das einfach, oder so wie er wußte, daß Frauen mit kleinen Füßen zum Jähzorn neigten, wenngleich natürlich niemand dies empirisch nachgewiesen hatte, oder so wie er wußte, daß das keine Lösung war, wenn er gerade jetzt mit dem Rauchen aufhörte oder etwas ähnlich Unsinniges tat. Weshalb er sich eine Zigarette in den Mund steckte, auch der Witwe eine anbot. Man rauchte, ohne ein Wort zu wechseln. Dann ging er hinunter, um Straka zu holen.

Einige Wochen zuvor war Straka ans Telefon gerufen worden.

Der Anrufer, welcher anonym bleiben wollte (und der sofort darauf hinwies, daß er diese Anonymität unter keinen Umständen aufgeben werde), hatte den Verdacht geäußert, daß es sich bei dem Tod des Ministers Lukaschek um einen Mord gehandelt habe, begangen ausgerechnet von jenem Professor Geissler, der die Behandlung des Politikers übernommen hatte. Der Geissler und der Lukaschek seien zusammen in ziemlich üble Geschäfte verwickelt gewesen, deren Aufdeckung wohl dazu geführt hätte, blütenweiße Westen derart zu verdrecken, daß keine Reinigungsformel dagegen etwas hätte ausrichten können. Aus einem Grund, den der Informant nicht angeben wollte, der aber eher privater Natur gewesen sei, habe Lukaschek Geissler damit gedroht, die Sache an die Öffentlichkeit zu bringen, und zwar auf eine Weise, die Geissler als den allein Schuldigen ausweisen würde. Der angebliche Selbstmord eines ebenfalls in diese Geschäfte involvierten ehemaligen Parteisekretärs hatte Geissler nicht gerade beruhigt.

Woraufhin er eines seiner selbstentwickelten Toxine zum Einsatz gebracht und den Verteidigungsminister langsam, aber vollständig um die Ecke befördert habe. – Ein zwangsläufiger Ausgang. Dem eigenen Arzt zu drohen, das sei ja auch wirklich die größte Dummheit.

Straka erklärte dem Anrufer, daß mit derart vagen Informationen nicht viel anzufangen sei. Man würde ihn, Straka, bestenfalls auslachen, wenn er eine Exhumierung der Leiche beantrage, wahrscheinlich würde sein Vorgesetzter, Hofrat Preisinger, seinen Geisteszustand in Zweifel ziehen. Geissler sei einer der renommiertesten Mediziner dieses an renommierten Medizinern nicht gerade armen Landes, da müsse man schon mehr auf den Tisch legen als ein paar Verdächtigungen, hier gehe es ja nicht darum, einen Arbeitslosen zu überführen, der Katzenfutter gestohlen habe.

Der Informant bedauerte, aber mehr könne er nicht bieten. Die Vergiftung sei ja wohl kaum mehr nachweisbar, wenn sie das überhaupt je gewesen war; Geissler verfüge über sehr spezielle Toxine. Das sei schon Aufgabe der Polizei, sich zu überlegen, wie man den Täter überführen könne. Er selbst habe sich bloß verpflichtet gefühlt, seinen Verdacht, der ja vielmehr eine Gewißheit darstelle, weiterzugeben.

Straka dankte, so wie man der cholerischen Person dankt, die soeben die Vergiftung einer Taube gemeldet und Hinweise auf die Täterschaft einer verhaßten Nachbarin gegeben hat. Sosehr diese Stadt ja tatsächlich voll war von Verbrechern und ja tatsächlich jedem Bürger, unabhängig von seinem Milieu, diesbezüglich alles zuzutrauen war, so war dies auch die Stadt der Querulanten, der Denunzianten und Aufschreiber, der Hetzer und Verleumder, der Fenstergucker und Schreibtischstierler, der Verfolgungsangst, der kleinen und großen Intrige und einer blühenden Phantasie. Straka ging davon aus, daß es sich bei dem Informanten um jemanden handelte, dessen Groll gegen Geissler dazu geführt hatte, daß er sich den Professor zerschlagen unter dem Gewicht negativer Schlagzeilen vorstellen wollte und sich deshalb so eine haarsträubende Geschichte ausgedacht hatte. Dieser Giftmordverdacht war ja nun wirklich billig. Andererseits muß gesagt werden, billig hin oder her, gerade Straka wußte sehr gut, daß in diesem Land auf Teufel komm raus vergiftet wurde (siehe L. Messmann, *Die Erbgesellschaft*) und daß in diesem Land geradezu eine Akzeptanz der Konfliktlösung durch Giftmord vorherrschte (beinahe schon vergleichbar mit den sogenannten Kavaliersdelikten vornehmlich im Straßenverkehr). Daß nur wenige dieser – ihrem Selbstverständnis nach harmlosen – Giftmörder gestellt wurden, hing einerseits mit den außerordentlichen toxikologischen Fähigkeiten der Österreicher zusammen, andererseits mit dem bereits angesprochenen Phänomen, daß Verdächtigungen, Hinweise etc. zumeist bloß eine Aussage über das gestörte Verhältnis zwischen Nachbarn, Kollegen, Familienmitgliedern, Parteifreunden etc. darstellten, aber nur selten geeignet waren, einen Mörder zu überführen.

Die Überzeugung, daß es sich bloß um eine Verleumdung Geisslers handelte, war Straka aber auch darum eine angenehme, weil er seit kurzem mit dessen Sohn, dem Staatsanwalt, befreundet war. Nicht, daß er ihn eigentlich als sympathisch empfand, aber wer ist das schon, und warum sollte ausgerechnet eine Freundschaft davon abhängen. Denn sowenig wie man sich die eigenen Eltern, die eigenen Kinder oder den Bundeskanzler aussuchen kann (außer man glaubt, wer wählen darf, der hat auch eine Wahl), so wenig kann man sich die eigenen Freunde aussuchen, schon gar nicht den eigenen Partner. Man muß schon sehr naiv sein, zu glauben, der freie Wille würde so weit gehen, daß man sich für bestimmte Freunde und einen bestimmten Partner entscheiden könne. Man glaubt ja auch nicht, daß man sich aussuchen kann, wo man auf die Welt kommt oder wie drastisch die Teuerung im nächsten Jahr sein wird.

Der Martin Geissler war das, was man flott nannte, ohne daß er jemals in eine Bredouille geriet. Als Staatsanwalt war er souverän, weil er sehr gut wußte, wann er auf seine Unbestechlichkeit zu pochen hatte und wann es besser war, den Weisungen zu folgen, die zu seinem Beruf gehörten wie Nudeln zur Nudelsuppe. Wenn er eine Weisung ignorierte und seine vermeintliche Unabhängigkeit geradezu zelebrierte, dann eben, weil er wußte, daß das politische Leben des Weisungsgebers nur mehr von kurzer Dauer war, mit einer Explosion enden und ein Blutbad unter den blinden Befehlsempfängern anrichten würde.

Wie alle Juristen verachtete er alle Nichtjuristen (während er für die eigene Kollegenschaft nur tiefste Abscheu übrig hatte). Er war ein ausgezeichneter Schachspieler, selbstredend ein Förderer der Kunst, spielte in Momenten schwermütiger Nachdenklichkeit am Klavier, Schubert und Reich, betätigte sich mit einigem Erfolg als

Buchautor *(Der Wiener Aktionismus und seine juridischen Folgen)*, achtete auf seine gute Figur, wie andere darauf achten, keinen Tag nüchtern ins Bett zu kommen, verabscheute Frauen, die sich für intelligent hielten (und die ins Bett zu zerren er für seine vornehmste Aufgabe hielt), und untersagte seiner Frau, sich scheiden zu lassen oder auch nur sich umzubringen, ersteres wegen der Kinder, zweiteres wegen seiner Karriere. Wie die Mehrzahl seiner Zunft bestand er nicht zu siebzig Prozent aus Wasser, sondern aus einer Masse von Krönungsphantasien. Dennoch genoß es Straka, mit diesem Staatsanwalt bei einer Flasche Wein zusammenzusitzen, und tatsächlich war Geissler der Jüngere (der im kleinen Kreis gerne behauptete, das Unvermögen der Polizei sei nur durch jenes von Anwältinnen zu überbieten) in diesen Momenten ein charmanter Plauderer, geradezu bescheiden. Vielleicht hatte selbst einer wie er hin und wieder das Bedürfnis, den eigenen Beleuchtungskörper auszuschalten und sich damit zufriedenzugeben, daß man eben bloß ein Knochen war mit Fleisch dran und dem bißchen Bewußtsein, das gerade ausreichte, um Depressionen zu haben.

Geisslers Nähe war Straka angenehm, ohne daß er den Grund dafür hätte benennen können (daß sie beide insgeheim ein bißchen schwul waren, war natürlich der allerletzte Gedanke, aber hin und wieder denkt man auch daran). Straka konnte sich vorstellen, daß eine Untersuchung gegen Martins Vater ihre Freundschaft belasten würde, nicht weil Martin seinen Vater so heiß liebte, das nun wirklich nicht, aber mit einer Untersuchung wäre sozusagen die Welt präsent geworden, und im Grunde war es die Welt, die sie aus ihrer Freundschaft heraushielten (ihre berufsbedingten Kontakte erledigten sie mit einer emotionslosen Beiläufigkeit).

Nun war aber ohnehin eine Untersuchung gegen den alten Geissler, noch dazu auf Grund derart dünnhäutiger Behauptungen, ein Ding der Unmöglichkeit, und Straka informierte seinen Vorgesetzten, den Hofrat Preisinger, nur – wie er ausdrücklich betonte – der Form halber über den anonymen Anruf. Preisinger sah kaum auf, winkte ab und murmelte etwas von wegen Lausbubengeschichte. Damit war die Sache erledigt.

Aber nicht wirklich. Denn zwei Wochen später rief der Hofrat den Kollegen Straka zu sich, war freundlicher, als man es von ihm erwarten durfte, und gab Anweisung, nun doch im Fall Lukaschek Nachforschungen anzustellen, allerdings mit größter Diskretion, das sei eine überaus heikle Angelegenheit, Weisung von ganz oben, aber man wisse ja nicht, ob die da ganz oben es sich nicht morgen wieder anders überlegten oder ob dann ganz oben jemand anderer saß, der anderes wünschte, und dann stehe man wie üblich im Regen, es sei ja nichts Neues, daß man sich an ihm, Preisinger, die Hände abwische. Wie alle Hofräte war Preisinger selbstmitleidig wie ein gefallener Engel.

Und weil der Casus eben so überaus heikel war und der Hofrat seine eigenen Leute für prinzipiell unfähig hielt, sollte Straka die Kollegen zunächst einmal aus der Untersuchung heraushalten.

Auch kam eine Exhumierung beim derzeitigen Stand nicht in Frage. Und, wie gesagt, die Angelegenheit sei mit Feingefühl zu bearbeiten, die Personen mit Samthandschuhen anzufassen, man müsse darauf achten, niemandem zu nahe zu treten.

Wie er sich das eigentlich vorstelle, hätte Straka gerne seinen Vorgesetzten gefragt. Aber er schluckte die Frage ungekaut hinunter; es war sinnlos, einen Wiener Hofrat zu fragen, wie er sich etwas vorstelle.

Der Zufall wollte es (zumindest glauben wir das), daß der Staatsanwalt seinen Freund, den Oberstleutnant, zur Geisslerschen Gartenparty einlud. Und das war nun immerhin eine Möglichkeit, den alten Geissler kennenzulernen sowie einige seiner Freunde, die ebenfalls dem Kreis um Lukaschek angehört hatten, alles begeisterte Waidmänner. (Als Gott den Menschen schuf, da war er doch ein wenig unzufrieden. Nicht, daß ihm nicht eine monströse Maschine gelungen wäre, aber wie in der Überlieferung vollkommen zu Recht behauptet wird, wollte er ein Wesen nach seinem Ebenbild schaffen – der übliche narzißtische Antrieb. Dazu kam noch der Spott Luzifers, der behauptete, Gott fehle es am handwerklichen Können, weshalb es ihm nie gelingen werde, ein genauso großes Arschloch zu schaffen, wie er selbst sei. Damit hier kein Irrtum entsteht: Gott war nicht sauer, weil Luzifer ihn in solcher Weise diffamierte, denn eine Mimose war er nun wirklich nicht, eher ein gemütlicher Artist, und die sozusagen hauseigene Blasphemie für ihn kein Thema, nein, was ihn störte, das war der Zweifel an seinen künstlerischen Fähigkeiten. Aber Luzifer und all die anderen Spötter und Zweifler sollten noch staunen, als Gott mit der ihm eigenen ironischen Besessenheit den österreichischen Jäger schuf – tja, und selbst Luzifer, der strengste aller Kritiker, der Gott unentwegt auf seine Mittelmäßigkeit hinwies, kam nicht umhin zuzugeben, daß der österreichische Jäger dem lieben Gott bis aufs dünne Haar glich. Weshalb es nicht verwundert, daß mit der Schaffung des österreichischen Jägers die Bedeutung Gottes immens zunahm, während seinen Kritikern, allen voran Luzifer, zunächst einmal der Wind aus den Segeln genommen war.)

Straka war ohne große Hoffnung auf diese Party gegangen, und nun schien es, als habe sich die delikate

Angelegenheit von selbst erledigt. Das offensichtliche Bild war folgendes: Auch die Witwe Lukascheks hatte den alten Geissler im Verdacht gehabt, der Mörder ihres Mannes zu sein, war Geissler in sein Arbeitszimmer gefolgt, um ihn dort mit ihren Vorwürfen zu konfrontieren. Geissler waren die Nerven durchgegangen, und zwar mit einer solchen Vehemenz, daß er in die Lade gegriffen, seine Waffe herausgezogen und diese auf die Witwe gerichtet hatte. Nun befand sich – aus ganz anderen Gründen, die für diesen Fall nicht von Bedeutung waren – der Privatdetektiv Markus Cheng im Zimmer, bis dahin unentdeckt, was sich änderte, indem er seine Stimme erhob, um Geissler zur Einsicht zu ermahnen, was diesen – der sich, wie gesagt, in einem ziemlich angespannten Zustand befand – wiederum derart überraschte, erschreckte, erboste oder was auch immer, daß er die geplante Tötung der Witwe durch seinen eigenen Herzstillstand vereitelte. Wenn auch nicht ganz freiwillig, so doch in idealer Weise.

Und wie es schien, waren fast alle mit dieser Lösung zufrieden. In der für die Öffentlichkeit bestimmten Version war Primar Geissler, der bekannte und beliebte Bohemien der Wiener Chirurgie, schon seit längerer Zeit schwer krank gewesen, ja, jener Mediziner also, der so vielen Menschen das Leben gerettet hatte, konnte schlußendlich das eigene den Fängen des Todes nicht entreißen, was natürlich tragisch war, aber nichtsdestoweniger ein weiterer Beweis für das geheimnisvolle Prinzip finaler Fairneß.

Ähnlich wie nach dem Tode Lukascheks gab es auch jetzt ein großes Aufatmen: Madame Geissler atmete auf und entwickelte in der Folge einen weniger aggressiven Stil, auch Martin, der um seines Vaters dunkle Geschäfte wußte, atmete auf und fand, daß Herzversagen der richtige Tod war, um das Kapitel seines Vaters abzuschließen, würdig abzuschließen. Einige Beamte, Politiker und Geschäftsleute atmeten auf, Hofrat Preisinger tat es, ebenso Geisslers alte Freunde (ausgenommen Grobfeld, der aber als Kammersänger in den wirklichen Dingen des Lebens nicht zählte), und auch die Witwe Lukaschek atmete auf, einmal weil sie keine Kugel im Körper hatte, und dann, weil mit Geissler jener Mann abgetreten war, der ihre Mittäterschaft am eindringlichsten hätte bezeugen können. Das Dumme war bloß, daß ihr Lebensretter, Markus Cheng, gleichzeitig der Zeuge ihres Gesprächs mit Geissler gewesen war. Da sie aber in bezug auf einen Giftmord nicht vernommen wurde, ging sie davon aus, daß Cheng geschwiegen hatte. Warum, das konnte sie sich vorstellen. Und als eineinhalb Wochen nach dem Tod Geisslers Markus Cheng in der Tür ihrer Wohnung stand, neben sich Lauscher, bat sie ihn herein und fragte, ohne große Umstände zu machen: »Wieviel?«

Cheng war erstaunt, nicht über die Frage, die hatte er erwartet, sondern über die Wohnungseinrichtung, die etwas geradezu Schäbiges besaß. Dunkle Räume mit fadenscheinigen Teppichen, die Möbel wie verkohlte Tierleichen, Tapeten, die aussahen, als könnten sie den gebrechlichen Wänden nicht mehr lange standhalten. Auf der Anrichte Vasen, in denen vertrocknete Blumensträuße Staub fingen, dazwischen Fotos von Männern in Weltkriegsuniformen und Frauen, deren Körper in weiße Blusen gesperrt waren. Überall war dieser 4711-Geruch, den alte Menschen verströmen, die nicht sterben wollen und die sich den ganzen Tag darüber beschweren, wie schlecht es ihnen geht und wie gerne sie endlich tot wären. Tatsächlich lebte Frau Lukaschek nun wieder bei ihrer achtzigjährigen Mutter, die – schwerhörig wie Lauscher, der sich auf eine zerschlissene Chaiselongue legen durfte – vor dem leuchtenden, aber schweigenden Fernseher saß. Cheng setzte sich auf etwas, das einmal ein Thonet-Sessel gewesen sein mochte, nahm eine Zigarettenpackung aus der Tasche und bot Frau Lukaschek eine Odyssee an. Dann rauchten beide, schweigend, wie damals in Geisslers Arbeitszimmer.

Nachdem er die Zigarette ausgedämpft hatte, erklärte Cheng, daß er nicht hier sei, um irgendwelche Forderungen zu stellen. Aus dem Gespräch, das er mitgehört habe, sei nichts wirklich Konkretes hervorgegangen, und erst auf Grund der Information Strakas, daß Lukaschek möglicherweise vergiftet worden war, habe er, Cheng, sich denken können, wie die Sache abgelaufen sei. »Lukaschek und Geissler sind tot«, sagte Cheng, »und ich habe das Gefühl, daß alle sehr glücklich darüber sind. Es liegt mir fern, einer Frau Probleme bereiten zu wollen, nur weil sie sich in gewisser Hinsicht an der Ermordung eines Mannes beteiligt hat, dessen immerwährende Abwesenheit solche Zufriedenheit verbreitet. Ich bin nicht hier, um Sie zu erpressen, Frau Lukaschek. Diese Angelegenheit interessiert mich nicht. Ich bin hier, weil ich Sie bitten will, mir etwas über dieses Foto zu sagen, falls Ihnen das möglich ist. Ich habe es in Geisslers Zimmer gefunden.«

Die Witwe nahm die Fotografie in die Hand, als würde sie das Gewicht schätzen, vielleicht das Gewicht der posthumen Bedeutung Geisslers. Jetzt, da Cheng zugesagt hatte, keine Aussage zu machen, konnte Geissler nicht mehr viel wiegen.

»Ich kann nicht wirklich sagen, wie alt dieses Foto ist, vielleicht fünf, sechs Jahre. Ich kannte Robert zu dieser

Zeit kaum. Er war eben einer von denen, die mein Mann regelmäßig zur Jagd einlud. Ich habe diese ganze schießwütige Gesellschaft nicht ausstehen können. Hohlköpfe, aber kaltblütig. Mächtige Hohlköpfe, besessen von der Idee, auserwählt zu sein. Wahrlich ein exklusiver Club. Kretins mit Büchsen.

Irgendwann hat Robert begonnen, mir nachzusteigen – lästig, klebrig, wie eben einer, der sich für großartig hält. Ich habe von Anfang an damit spekuliert, daß mich Robert auf welche Art auch immer von meinem geliebten Gatten befreien wird, da gibt es nichts zu beschönigen. Aber ich geniere mich auch nicht dafür; ich habe ein Schwein durch ein anderes beseitigen lassen. Und offensichtlich sehen Sie das ähnlich. Aber ich schweife ab, entschuldigen Sie. Sie wollten etwas über das Foto wissen. Ich habe selbst einmal Robert danach gefragt. Ein merkwürdiger Gesichtsausdruck, melancholisch, fand ich, und Robert war nun alles andere als ein melancholischer Typ. Er erzählte, daß er damals mit seinem Freund Henry in Las Vegas gewesen war, Henry Irgendwer. Wahrscheinlich sein Partner am Pokertisch. Robert sprach ungerne darüber, aber er war ein besessener Kartenspieler, sein Spieltrieb war pathologisch. Er flog mehrmals im Jahr nach Vegas. Und hat dort den Besitzer einer Bar kennengelernt, einen ausgewanderten Wiener, Erwin Chaloupka, der behauptete, in der Hauptsache Schriftsteller zu sein und sein Lokal nur zu betreiben, um die Menschen wie in einem Käfig zu beobachten. Robert meinte, dieser Chaloupka sei ein Verrückter, ein kleiner Gauner, ein großer Quatschkopf, aber sicher kein Schriftsteller. Merkwürdigerweise hat er aber zuletzt nach einem Buch gesucht, das dieser Chaloupka geschrieben haben soll.«

»*St. Kilda*?«

»Ja, das war der Titel, wie der Name seiner Bar. Ich habe zugehört, als Robert mit einem Buchhändler telefonierte. Ich fand das recht eigenartig, schließlich hat er ja bezweifelt, daß dieser Chaloupka je ein Wort aufs Papier gebracht hat. Robert war nervös in letzter Zeit. Nicht, daß ich behaupten kann, es hatte etwas mit Chaloupka zu tun, aber seine Nervosität war ungewöhnlich. Und dann wird der Mann auch noch panisch, greift zur Waffe und will mich erschießen – in einem Haus mit zweihundert Leuten. Unglaublich!

Der Robert hat sich nicht mehr im Griff gehabt. Und denken Sie bloß nicht, weil ihm die Tötung meines Mannes so zu Herzen gegangen ist.«

»Und wer ist Henry?«

»Auch das war merkwürdig. Ich habe ihn nach diesem angeblichen Freund gefragt, ich meine, ohne wirkliches Interesse. Daraufhin ist er laut geworden, hat gemeint, das gehe mich einen Dreck an. Das war nicht typisch für Robert, so ungeschickt zu sein, einer Frage derart auffällig auszuweichen. Er mag ja ein Spinner gewesen sein und als Arzt eine mittlere Katastrophe, aber er war ein gewiefter Rhetoriker und dazu eiskalt, und das war also schon recht eigenartig, daß meine Frage nach diesem Henry ihn so aus der Fassung brachte. Andererseits ist es doch auch seltsam: ein solches Foto herumliegen zu lassen, ich meine, ein Foto, das einen dermaßen verunsichert.«

»Das würde einem unbewußten Wunsch nach Entdekkung entsprechen, vielleicht sogar dem Wunsch, für eine Tat bestraft zu werden, weil sie erst durch die Bestrafung einen Sinn erhält.«

Was rede ich da bloß zusammen, dachte sich Cheng, Vulgärpsychologie, und er nahm es gleich wieder zurück.

Frau Lukaschek aber meinte, daß der Wunsch nach Entdeckung für sie recht plausibel klinge. Jetzt sei eben nur die Frage, was es zu entdecken gebe. Eine Frage, die sie aber nicht wirklich interessiere. Geissler, Lukaschek, die ganze Partie, sie werde versuchen, diese Leute, diese Zeit zu vergessen, so gut das eben gehe und soweit man sie eben lasse.

»*Ich* werde Sie lassen«, sagte Cheng und pfiff nach Lauscher, der doch tatsächlich von der Chaiselongue sprang, was Cheng in diesem Moment nicht weiter auffiel, so daß er es verabsäumte, an Lauschers Schwerhörigkeit zu zweifeln.

Daß er in das nächste Reisebüro ging und einen Flug nach Las Vegas buchte, war eine Verrücktheit. Gar nicht so sehr, weil er diesbezüglich keinen Auftrag hatte, die Reise also selbst bezahlen mußte. Denn detektivisch gesehen konnte es kein Fehler sein, sich Chaloupkas *St. Kilda* anzusehen, sich Herrn Erwin anzusehen und zu klären, wer dieser ominöse Henry war (den übrigens eine Menge von Leuten erkannt hätten, hätte ihnen Cheng bloß die Fotografie gezeigt). Nein, die eigentliche Verrücktheit bestand darin, einen Flug zu buchen, obwohl Cheng unter einer schweren Form von Flugangst litt. Einer der Gründe, warum er bisher nicht weiter als bis nach Griechenland gekommen war (sein erster und letzter Flug, zurück hatte er die Eisenbahn genommen).

Als er nun aus dem Reisebüro trat, nahm er sich endlich ein wenig Zeit, um sich daran zu erinnern, daß es für ihn kaum etwas Schlimmeres gab, als zusammengesperrt mit einem Haufen anderer Unglücklicher darauf zu warten, in den Atlantik zu stürzen oder in der Luft zu explodieren. Denn daß ein Flugzeug, das er betrat, mit ziemlicher Sicherheit abstürzen würde, davon glaubte er ausgehen zu müssen. Er empfand diese Ungetüme als fliegende Särge. Die Statistik sprach natürlich dagegen, aber Cheng hielt die Statistiken für gefälscht, abgesehen davon, daß er zur Masse der Neurotiker gehörte, denen keine Statistik je geholfen hat. (Die Flugangst war seine einzige Neurose und so gesehen kein großes Problem. Er brauchte einfach nicht zu fliegen. So einfach wäre es gewesen.)

Er litt drei Tage lang unter Vorangst. Gleich in der ersten Nacht ereilte ihn der erwartete Alptraum: Er sitzt natürlich in einem Flugzeug, aber überraschenderweise fühlt er sich recht wohl. Er hat ein Glas besten irischen Whiskeys in der Hand, in dem drei Eiswürfel fröhlich schaukeln. Rauchverbot ist kein Thema. Die Stewardessen mit Rotkäppchenflair lächeln, bis die Wölfe schmelzen, der Flugkapitän erzählt Anekdoten (mit dem leisen Unterton des Bedauerns, daß Entführungen mit Niveau heutzutage so selten geworden sind), und draußen gibt ein Sonnenuntergang sein Bestes. Cheng ist sich sehr bewußt, daß er eigentlich unter Flugangst leidet, aber er ist die Ruhe selbst. Und wie um die Idylle zu vervollständigen, sitzt eine kleine, alte Dame neben ihm und strickt einen Pullover. Für ihren Enkel Ronald, erzählt sie, sie habe elf Enkel und drei Urenkel. Cheng gratuliert. Ob er sich denn gar nicht vor dem Fliegen fürchte, will die freundliche Seniorin wissen. Cheng lächelt das Lächeln jener, die vorgeben, mehr Zeit in Flugzeugen zu verbringen als andere vor dem Fernseher. Sie fürchte sich schon ein wenig, sagt die Seniorin, was ja auch kein Wunder ist, sie sei in ihrem Leben erst siebenmal in einem Flugzeug gesessen, das erste Mal 1939 in einer Junkers G 38, meine Güte, auf jeden Fall seien alle sieben Flugzeuge abgestürzt, was man sich einmal vorstellen müsse. Sie persönlich glaube eigentlich nicht an Gott. Würde sie es, so müßte sie sich natürlich die Frage stellen, was für einen Sinn das ergebe, daß sie einerseits mit jedem Flugzeug, in das sie steige, abstürze, andererseits jedesmal überlebe, bedauerlicherweise immer als einzige, was sie als peinlich, ja ungerecht empfinde. Immerhin, sie sei jetzt über neunzig, ihr lieber Hugo schon seit fünf Jahren unter der Erde (der Boeing-757-Crash am Flughafen von Phoenix), und es sei wirklich an der Zeit, daß es auch einmal mit ihr zu Ende gehe, wenn sie auch nicht so recht daran glaube.

Irgend etwas in Chengs Körper fällt auseinander, und was es auch immer ist, es bewirkt, daß er in Atemnot gerät, der Eiter in seinen Nebenhöhlen kocht, sein Herz sich zusammenkrampft und seine Knie wie Helden der Arbeit gegeneinander schlagen. Bevor er in Ohnmacht fällt, spürt er noch, wie das Flugzeug sich dramatisch nach vorn neigt und die alte Dame seufzend meint – ohne freilich ihr Stricken zu unterbrechen –, daß sie es ja gewußt habe.

»Das kann doch nicht dein Ernst sein«, sagte Irene, als Cheng mit seinem Hund in ihrer Tür stand und sie bat, Lauscher einige Tage, höchstens eine Woche bei sich aufzunehmen. Cheng deutete vorsichtig an, daß doch Irenes momentaner Partner es übernehmen könne, Lauscher spazierenzuführen. Sie lebe derzeit alleine, sagte sie mit der abwehrenden Miene einer Frau, die es satt hatte, der halben Welt zu erklären, warum es bessere Lebensumstände gab, als einen Mann zu beherbergen. Lauscher schenkte Irene einen melancholischen Blick, der dort einschlug, wo gute Menschen ihr schlechtes Gewissen haben. Das Ausführen Lauschers sei wirklich nicht das Problem, erklärte Irene, auch nicht seine Haare oder sein Gestank, sie fürchte vielmehr, daß Batman Lauscher nicht akzeptieren werde. Sie selbst finde Lauscher eigentlich süß, allein diese Ohren. Auch Lauscher fand Irene süß, wenngleich ihm derartige Emotionen im Grunde fremd waren.

»Na gut, komm auf einen Kaffee herein, und wir schauen uns einmal an, wie sich die beiden Herren vertragen.«

Lauscher marschierte durch den großen, hellen Wohnraum, auf die rote Liege der Mailänder Designertruppe Macinato (Hackfleisch) zu, welche ausgezeichnet mit einem Schüttbild Hermann Nitschs korrespondierte, was auch Lauscher nicht verborgen blieb, der so schlecht auch wieder nicht sah, ihn aber naturgemäß wenig kümmerte. Was ihn kümmerte, das war, daß die Liege recht gemütlich aussah und seine Müdigkeit beträchtlich war. Was ihn allerdings auch noch kümmerte, war der Umstand, daß er auf dem Weg zu dieser Liege eine schwarze Katze passieren mußte. Er war nicht abergläubisch, sondern bloß vorsichtig. Ihr großräumig auszuweichen wäre sinnlos gewesen, soviel war klar. Als sich die beiden auf gleicher Höhe befanden, fauchte Batman, und gar keine Frage, kein hörendes und sehendes Wesen wäre imstande gewesen, dieses Fauchen zu überhören und zu übersehen. Aber Lauscher sah starren Blickes auf die Designerliege; und da er nicht hören konnte, wenn er nicht hören wollte, blieb er gelassen. Vielleicht war Batman beeindruckt vom naiven Vertrauen dieses Hundes, oder er fand, daß eine derart lächerliche Gestalt es nicht verdiente, länger bedroht zu werden, auf jeden Fall sprang er wieder auf seinen Lieblingsplatz, einen mit frisch gewaschenen Handtüchern bedeckten Beistelltisch (und Batman war eitel genug zu glauben, diese Unmengen weißen Frottees würden bloß gewaschen, damit er seine Freude daran habe), und sank wieder zurück in einen Schlaf, den man sich nicht verdienen konnte.

»Also gut, ich nehme ihn«, sagte Irene, »aber nicht länger als eine Woche. Was treibst du eigentlich ausgerechnet in Las Vegas? Spielst du jetzt auch noch?«

Cheng erklärte, er müsse Recherchen anstellen.

»Du kriegst noch immer Aufträge?«

Das war ihr so herausgerutscht und tat ihr natürlich leid. Cheng grinste und meinte, daß ein behinderter Detektiv sich nicht erst umständlich tarnen müsse. Daß er ohne Auftrag nach Las Vegas flog, erzählte er nicht.

Als Irene damit anfing, seine Flugangst zu erwähnen und daß sie es großartig finde (wie um den vorherigen Fauxpas auszubügeln), daß er sich überwunden habe und wieder in einen Flieger steige, eingesperrt wie in ein Überraschungsei, umgeben von unsympathischen, mitteilsamen, stinkenden Menschen, umhegt von uniformierten Damen, die noch immer aus den Horrorfilmen der fünfziger Jahre zu stammen scheinen, in den Ohren das Dröhnen, als fahre man geradewegs durch einen Tunnel in die Hölle, dazu Luftlöcher, Blitzschlag und schneeverwehte Landebahnen, einmal abgesehen von Wartungsfehlern, verirrten Jagdbombern, moslemischen Fundamentalisten, alkoholisierten Piloten ... als Irene also davon anfing, gab ihr Cheng den obligaten Kuß auf die Stirn, wünschte dem schlafenden Lauscher eine schöne Woche (Lauschers hypersensibles Gehörorgan vibrierte) und verließ eilig die Wohnung.

»Dieser Erwin Chaloupka ist neunundsechzig nach Kanada ausgewandert und zwei Jahre später in die Staaten weitergezogen. Jahrgang achtunddreißig, keine Vorstrafen, zumindest nicht, solange er in Österreich gelebt hat. Abgebrochenes Jusstudium, Hilfsarbeiter bei einem Steinmetz, freier Journalist, Assistent eines Restaurators und hin und wieder Kellner im Café Museum. Einer von den vielen, die sich irgendwie durch die sechziger Jahre geschwindelt haben. War einmal verheiratet, hat sich aber bald wieder scheiden lassen. Die Frau ist vor sechs Jahren bei einem Autounfall gestorben, die Tochter ist sechsundachtzig nach Deutschland und ziemlich schnell von der Bildfläche verschwunden. Tja, das ist alles, was ich Ihnen momentan bieten kann.«

Es war erst drei Uhr am Nachmittag, aber Straka baumelte bereits die fünfte Zigarette aus dem Mund. Er war nicht wirklich glücklich damit, daß Cheng nach Las Vegas flog. Falls an der Sache etwas dran war, wäre er dort auf sich allein gestellt, beziehungsweise auf das, was nach seinem Sturz von ihm übriggeblieben war. Die Behörden vor Ort würden keinen Finger rühren, um einem invaliden österreichischen Privatdetektiv asiatischer Färbung aus der Patsche zu helfen, viel eher würden sie ihn in diese Patsche stoßen.

Straka wußte, daß Cheng bezüglich der Witwe Lukaschek etwas verheimlichte, aber es war ihm gleichgültig, und es war sicher besser, wenn er es nicht wußte, also auch nicht gezwungen war, Dinge zu untersuchen, die sich bereits im idealen Zustand der Versteinerung befanden.

»Passen Sie auf sich auf.«

»Ich bitte Sie, Straka, was soll mir noch passieren«, sagte Cheng.

Die beiden umarmten sich, wie Männer das eben tun, ziemlich hilflos, plötzlich im schrecklichen Bewußtsein der eigenen Körperlichkeit. Als er auf die Straße trat, wurde Cheng übel. Er fühlte sich wie ein zum Tode Verurteilter, dessen eigenes Akzeptieren des Urteils so hundertprozentig war, daß man ihn frei herumrennen ließ, damit er sich von allen verabschieden konnte.

Auch in der folgenden Nacht bereitete sich Cheng mittels Alpträumen auf eine alptraumhafte Wirklichkeit vor. In einem dieser Träume sitzt er in einem amerikanischen Huey-Cobra-Hubschrauber. Um ihn herum großgewachsene weiße und schwarze Männer in verschwitzten Kampfanzügen, deren verzerrte Visagen keinen Zweifel darüber lassen, daß man ihnen während der Ausbildung ihr bißchen Urteilskraft aus dem Schädel geklopft hat.

Cheng selbst trägt eine österreichische Uniform und würde gerne wissen, was er hier verloren hat. Aber die Typen sehen eben nicht aus, als könnten sie außer Kaugummikauen und Vietcong-Rebellen-Abschießen auch noch Fragen beantworten. Er blickt aus dem Fenster, unter ihnen der vietnamesische Dschungel. Er denkt Wienerwald und Landpartie. Jemand packt ihn an seiner Uniform und reißt ihn zurück. Man stellt ihm einen heißen Topf mit einer kochenden Brühe auf die Schenkel (der Schmerz ist unerträglich, aber trotzdem nebensächlich) und wirft ihm ein Tuch über. Jemand schreit: »Inhale, damned Lauskerl.« Cheng inhaliert, was sollte er auch sonst tun. Ein gewisser Ekel ist unvermeidbar, als er bemerkt, daß nicht bloß Teeblätter, Blüten und Wurzeln, sondern auch kleine Köpfe darin schwimmen, Schrumpfköpfe; Cheng glaubt Geissler und Lukaschek, Ranulph Field und merkwürdigerweise Dean Martin zu erkennen. Cheng will den Kopf heben, den eigenen, aber jemand legt ihm eine Faust auf den Nacken und drückt ihn noch näher an die Schrumpfköpfe heran, so daß

Cheng Geisslers Schmiß auf der rechten Wange registriert und Lukascheks auffallend große Ohrläppchen, denen selbst der Schrumpfungsprozeß nichts hatte anhaben können.

Grelles Licht (der Nachbarhubschrauber ist soeben explodiert) bricht durch das Tuch, und da entdeckt Cheng in der Brühe die Wahrheit. Die Form der Wahrheit ist schwer zu beschreiben, sie liegt irgendwo zwischen der Form der Teeblätter und der Form der Schrumpfköpfe, und es ist unmöglich zu sagen, was sie darstellen soll. Natürlich will Cheng die Wahrheit genau erkennen, weshalb er so nahe herangeht, daß seine Nase zwischen Blüten und Schrumpfköpfen in die noch immer recht heiße Brühe taucht.

Auch wenn er gewisse Details der Wahrheit nun besser sieht (diese Details wirken abstrakt, zudem verändern sie sich unaufhörlich), so erscheint ihm das Bild der Wahrheit als Ganzes noch diffuser. Cheng ist enttäuscht, daß die soeben entdeckte Wahrheit nichts dazu beiträgt, die Wahrheit zu erkennen, und reißt sich das Tuch vom Schädel. Niemand hindert ihn daran, denn soeben wird der Hubschrauber von einer Sieben-mm-Rakete russischer Bauart getroffen. Cheng wird aus der brennenden Flugmaschine geschleudert und stürzt auf die wildromantische Landschaft zu. Auf seinen Schenkeln klebt noch immer der Topf, und in seinen Ohren dröhnt die wütende Soldatenstimme: »Inhale, Saukerl.«

Am nächsten Tag war er krank. Er fühlte sich wie ein in heißes Wasser eingeweichter Pilz, der nun gequollen und schwammig war und dessen ganze Zukunft darin bestand, in irgendeiner angedickten Soße zu landen. Er fühlte sich wie zwischen zwei Buchdeckel gepreßt, und er fühlte sich wie eine Wasserleiche. Er fühlte sich wie nach einer Umarmung durch eine liebestolle Krake. Sein Hals schmerzte, dazu eitrige Nebenhöhlen und ein wütender Magen.

Er blieb den Tag über im Bett, schluckte pharmazeutische Versprechungen, rieb sich ein, inhalierte (wobei er – verärgert über seine Krankheit – sich selbst einen Saukerl und Lauskerl schimpfte) und schwitzte sich in Träume, in denen er den Flugzeugabstürzen, Entführungen und dem Service der Flugbegleitung mit Schüttelfrost und Gleichgültigkeit begegnete.

Um zwei in der Nacht erwachte er, noch immer verrotzt und leicht fiebrig, aber erfüllt von der Ruhe eines Selbstmörders. Drei Stunden später stieg er in ein Taxi, das ihn zum Flughafen brachte.

9

Er stand in einer kleinen Schlange, die sich vor dem Schalter der British Airways gebildet hatte. Irgendein blasierter Mensch mit dem Gesichtsausdruck eines toten Fischs spielte sich auf, zog englische Wörter auf, als würde seine Nase einer Spur feinstem Kokses folgen, und wollte partout nicht weichen, bevor die Dame hinter dem Schalter alle Schuld auf sich genommen hatte. Cheng ging dieser Mensch aus Tweed und Cambridgeblähungen mächtig auf die Nerven, weshalb er ein wenig aus der Reihe trat und sich umwandte, um nicht weiter die Erregung seiner Lordschaft mit ansehen zu müssen. Und als er nun in die Halle blickte und sich überlegte, wie wohl die Romantiker, ein Friedrich, ein Runge, ein Carl Blechen, einen solchen Ort dargestellt hätten, da sah er einen kleinen kräftigen Mann in einem Khakianzug mit kurzer Hose. Er trug einen voluminösen roten Plastikkoffer – offensichtlich mit der Leichtigkeit eines Gewichthebers. Unter seiner Knollennase breitete sich ein dichter, bürstenartiger Schnurrbart aus. Sein Gang verriet, daß er die letzten Stunden nicht auf dem trockenen gesessen hatte. Cheng zweifelte keine Sekunde, daß es sich um Henry handelte, der nun mit einer Selbstverständlichkeit dem Ausgang zustrebte, die verriet, daß er nicht das erste Mal hier war.

Cheng packte seine Tasche und eilte hinterher. Draußen sah er, wie Henry in ein Taxi stieg. Cheng sprang in den nächsten Wagen und gab dem Fahrer die Anweisung, seinem soeben losgefahrenen Kollegen zu folgen. Der Chauffeur wandte sich zu Cheng um. Sein Haar war fettig wie in einem Dokumentarfilm, seine Augen klein, aber feucht, die Backenknochen vorgeschoben wie Fenstersimse. In seiner Nase steckten winzige, leuchtende Accessoires. Seine Haut schien wie mit Mehl bestrichen, wodurch das modrige Dunkelblau seiner Zähne besonders schön zur Geltung kam. Er trug ein Kettenhemd und einen Herkuleskäfer von einer Lederjacke, darauf eine Dior-Brosche in Form eines Kreuzes. »Keine Verfolgungsjagden«, erklärte er.

»Sie brauchen ja nicht unser Leben zu riskieren«, sagte Cheng und drückte dem Taxifahrer einen Geldschein in die Hand, der aus einem Nein ein Ja machte.

Die Menschen verbringen zuviel Zeit vor dem Fernsehapparat, was angesichts ihres Daseins nicht verwundert. Man kann es niemandem verdenken, daß ihn die Wirklichkeit der *Straßen von San Francisco* mehr aufregt als die wirklichen Straßen von San Francisco, die entweder verstopft sind oder ziemlich leer und auf denen man auch nicht mehr Polizeiwagen, Schießereien und Verfolgungsjagden sieht als in Wien oder München. Das ist ja die große Enttäuschung, wenn man nach Amerika kommt, daß Amerika nicht so aufregend ist wie im Film. Dabei hat man das Gefühl, jedermann sei ehrlich bemüht, den filmischen Vorgaben zu entsprechen – umsonst: Die Polizisten in den Filmen sind einfach brutaler, die Halbstarken halbstärker, die Politiker korrupter, die Jungs an der Börse smarter, die Mörder tougher, die Selbstmörder cooler, die Südstaatler fetter, die Leute im OP sind lustiger, die Collegegirls häßlicher, die Highways länger, breiter und öder, Pizzen schlabbriger, Hamburger glänzender, Soldaten sensibler, O.J. dunkler, Michael Jackson heller, Richard Gere grauer, der Dreck auf den Straßen ist drekkiger, und die Zukunft (Blade Runner, Strange Days) ist härter, schneller, paranoider und gutaussehender, als sie es je sein wird; angesichts der verfilmten Zukunft wird man die wirkliche Zukunft nur noch als erbärmlich, unspektakulär und trostlos empfinden können.

Der Taxifahrer mit der Mehlhaut hatte natürlich jede Menge Filme gesehen, in denen seine Berufsgruppe das Letzte aus ihren gelben Kisten herausholt, um – einen Arm aus dem Fenster hängend und selbstredend immer gegen eine Einbahnstraße fahrend – sich Fahrduelle zu liefern, die häufig in den wunderschönsten Saltos enden. In der Wirklichkeit des Films scheint es überhaupt so zu sein, daß Taxis zu nichts anderem als zur Verfolgung dienen.

Er legte eine Kassette ein (Grateful Dead), setzte eine Sonnenbrille auf, startete seinen Mercedes, bewies eine gewisse Geschicklichkeit beim Überholen anderer Verkehrsteilnehmer, und bald klebte er dem anderen Taxi an der Stoßstange und fragte Cheng, ob er den Wagen von der Straße drängen solle.

»Lassen Sie es gut sein, keine Übertreibungen«, sagte Cheng. Der Taxifahrer schien unzufrieden, stöhnte seine Enttäuschung heraus (sein Odem war wie eine Warnung, ihn nicht zu sehr zu reizen), nahm Tempo zurück und steckte sich eine Zigarette an.

Cheng hatte weniger Lust aufs Rauchen, in seinem Hals spielten sich schreckliche Dinge ab, und was immer in seinen Nebenhöhlen vor sich ging, die Leute von der Abwehr standen bis zu den Knöcheln im Schlamm.

Henry stieg im Hotel Okura-Vienna ab. Cheng bezahlte sein Taxi und setzte sich auf eine Bank am Parkring, von der aus er den Eingang beobachtete. Er schneuzte sich. Sein Auswurf war gelb wie ein praktisches Lehrbuch von Langenscheidt. Ihn fror, obwohl es bereits recht warm war. Dann nickte er ein. Er hatte einen guten, gerechten Traum, in dem andere Leute in Flugzeuge einstiegen und andere Leute abstürzten, während er selbst in einer hohen, begrünten Flughafenhalle stand und mit der Selbstzufriedenheit eines Begräbniskiebitzes die Tragödien verfolgte, die auf der Anzeigetafel aufblinkten.

Ein Polizist hatte ihn geweckt und in einer merkwürdigen Mischsprache auf was auch immer hingewiesen (eine Art Travestie des Wienerischen mittels englischer Experimentallyrik oder umgekehrt). Cheng erhob sich, sah auf seine Uhr – es waren drei Stunden vergangen. Er wollte in die nächste Straßenbahn steigen, um nach Hause zu fahren und sich auszukurieren, immerhin wußte er ja nun, wo dieser Henry zu finden war. Doch in diesem Moment trat selbiger aus dem Hotel. Sakko und kurze Hose schimmerten dunkelgrün. Seine prächtigen Waden leuchteten rosa im Licht der Mittagssonne. Er sah ausgeruht, gewaschen und tatendurstig aus. Er sah sehr gesund aus. Und es wäre wirklich vernünftig gewesen, wäre Cheng mitsamt seiner spätsommerlichen Nebenhöhlenentzündung in die rettende Straßenbahn gestiegen. Statt dessen nahm er erneut die Verfolgung auf.

Und landete dort, wo Verfolgungen offensichtlich zu enden pflegen, in der Bäckerstraße. Und natürlich trat Henry ausgerechnet in jenes Lokal, in dem Cheng sich nach Geissler erkundigt hatte. Er hielt es aber für unwahrscheinlich, daß man sich an ihn erinnern würde, um so mehr, da er ohne Lauscher unterwegs war.

Henry saß an der Bar und unterhielt sich mit einem Jüngling, der mit großer Gelassenheit Biergläser polierte.

Geschäftsleute saßen zusammen, jeder grölte kostenintensive Belanglosigkeiten in sein Handy, weshalb Cheng nicht verstand, was Henry Komisches zu erzählen hatte (der Jüngling wieherte pflichtbewußt). Die Kellnerin von damals erschien; Cheng erkannte sie daran, wie sie ihre Jeans zurechtstrich.

Wo denn sein süßer Hund sei, wollte sie wissen, und auf wen er es diesmal abgesehen habe. Cheng war nun froh über die Geschäftsleute, die sich gerade in ein wahres Crescendo ihrer eingebildeten Bedeutsamkeit steigerten. Trotz seines schmerzenden Halses bestellte Cheng ein Bier, denn ein Tee würde auch nicht wärmer sein.

Als Henry aufstand und nach hinten ging, wartete Cheng kurz ab, dann folgte er ihm. Henry stand in einem schmalen Gang und telefonierte von einem Automaten. Sein fröhlicher Gesichtsausdruck war einem Blick gewichen, der sich eignete, die Alpträume unbescholtener Bürger aufzurüsten. Als Cheng vorbeiging, vernahm er einen robbenartigen Ton des Mißfallens. Cheng trat in die Toilette und legte sofort sein Ohr an die Tür.

»Verdammt noch mal, die Sache muß jetzt endlich bereinigt werden«, hörte er Henry sagen. Den Akzent empfand Cheng als britisch. »Also hör zu, alter Freund, es wird Zeit, daß du auch was tust.« Und nach einer Pause: »Na also.« Dann wurde der Hörer aufgelegt, und Cheng vernahm sich nähernde Schritte. Er stellte sich in eine Kabine und verschloß die Tür. Jener, der nun eintrat, plazierte sich in der Nachbarkabine. Cheng bückte sich, und durch den schmalen Spalt konnte er Henrys maßgeschneidertes Schuhwerk erkennen. Er wartete, bis Henry sein Geschäft erledigt und die Toilette wieder verlassen hatte, um nun selbst aus der Kabine zu treten. Er zog den Riegel zurück und drückte die Klinke, die so leicht aus dem Loch rutschte, als sei sie gerade dafür konstruiert worden. Der metallische Klang, den Cheng vernahm, machte klar, daß auch die andere Klinke ihren angestammten Platz und somit ihre Funktion aufgegeben hatte. Cheng betrachtete den Griff in seiner Hand, als wäre er aus Kuhmist.

Vollkommen in Einklang mit den Tragödien seines Lebens war es die andere Klinke, auf welcher der Stift saß. Also trat er gegen die Tür, was aber nichts einbrachte. Defekter Türgriff hin oder her, das war eine nagelneue Klotür, die man nicht einfach mit Handkanten, Zeigefingern oder Schuhspitzen durchbohren konnte. Nun, irgendwann würde jemand kommen. Das sagen sich natürlich viele Leute, nicht nur in Romanen und existentialistischen Theaterstücken, sondern auch im wirklichen Leben.

Überall auf der Welt stehen Leute an Autobusstationen, warten auf Flughäfen oder sitzen mit einem kleinen numerierten Abriß in den großen Wartesälen der Ambulatorien, einige seit Stunden (das sind die noch Ungehaltenen), andere seit Tagen und Wochen und Jahren, ganz abgesehen von den armen Schweinen, die nur mal ihren Paß erneuern lassen wollten, die einem Blutspende-Aufruf folgten oder der freundlichen Einladung, im Finanzamt vorbeizuschauen. Obgleich ein allgemeines Phänomen, kann der einzelne Betroffene es zunächst nicht fassen, sieht sich noch einmal die Tafel mit den Durchgangszeiten der Busse an, aber hier steht es ja, schwarz auf weiß, was ihm natürlich das Recht gibt, sich aufzuregen, zusammen mit den anderen Frischlingen, die auch noch hoffen, allerdings – einige geben es bereits zu – auf ein Wunder. Gar keine Frage, Wunder passieren, Busse erscheinen, Flugzeuge starten, Pässe werden ausgestellt, andererseits wird jeder einsehen, daß der Sinn eines Wunders mit seiner Häufung abnimmt, Wunder sind nun einmal exklusiv, ganz im Gegensatz zum Warten auf ein Wunder. Dazu kommt, daß der Mensch von Anbeginn ein Wartender gewesen ist. Wer einst auf gutes Wetter, das Anbrechen des Tages oder eine zündende Idee gewartet hat, wartet heute eben auf Busse oder die Aufrufung seines Namens oder seiner Nummer. Nur der wartende Mensch ist befähigt, beziehungsweise verurteilt, an Gott zu glauben. Erst im Warten (und somit auch im Hoffen auf ein Wunder) wird er gläubig.

Einige natürlich glauben, sie müßten sich gegen ihr Schicksal auflehnen, etwa jene, welche die Autobusstation einfach verlassen, damit aber den Zweck ihrer ganzen Existenz einbüßen.

Auch Cheng wehrte sich gegen den Umstand, in der Kabine eingeschlossen zu sein, und wollte nicht wahrhaben, daß da niemand war, den eine volle Blase auf die Toilette zwang (es bereitet uns Schwierigkeiten einzusehen, daß das Wunder nicht darin besteht, daß niemand pissen muß, sondern im Gegenteil, daß jemand vorbeikommt, um zu pissen und uns in der Folge zu retten).

Die einzige Fluchtmöglichkeit schien der Spalt zu sein, der zwischen der oberen Kante der Tür und dem Plafond bestand. Das war natürlich eine verrückte Idee für einen Einarmigen, der nie ein großer Sportler gewesen war, woran auch seine Behinderung nichts geändert hatte (während nicht wenige der frisch Behinderten einen fanatischen Zwang zur Körperbetätigung entwikkeln, um dann vielleicht auch noch an sogenannten Behindertenolympiaden teilzunehmen, diesem Höhepunkt der Ausgrenzung und der Behindertenverhöhnung).

Cheng legte den Riegel wieder vor, klappte den Klodeckel herunter, stieg darauf (der Kunststoff stöhnte verdächtig), setzte sein gesundes Bein an den Riegel und schwang sich nach vorn. Seine rechte Hand erreichte die Kante, krallte sich fest, und Cheng zog sich zur Tür, während sein schwächeres Bein im Winkel zwischen Tür und Seitenwand Halt suchte. Nun war nur noch das Problem, sich mit einem Arm in die Höhe und durch den Spalt zu ziehen und irgendwie den Boden auf der anderen Seite zu erreichen. Nun, das ist ja nichts Neues, daß uns ein hinterhältiger Schutzengel immer wieder gerade so viel übermenschliche Kraft verleiht, daß wir den Höhepunkt der Katastrophe aber auch ja nicht verfehlen.

Hätte Cheng sich nicht hinaufziehen können, wäre er eben zurück auf den Klodeckel gesprungen, was – wenn überhaupt – bloß zu einem kleinen Unfall geführt hätte, aber er schaffte es (wohl auch Dank der Illusion, seine linke Hand helfe mit) und wand sich durch den Spalt, der allerdings wirklich überaus schmal war, für derartige Aktionen schließlich nicht konzipiert. Um nicht kopfüber hinunterzustürzen, versuchte Cheng sich seitlich hindurchzuzwängen, blieb aber mit der Gürtelschnalle hängen und mußte sogleich an einen Zeitungsartikel betreffs eines Pensionisten denken, der sich in selbstmörderischer Absicht aus dem Fenster gestürzt hatte, aber unglücklicherweise mit den Aufschlägen seiner Hosen am Sims hängengeblieben war, und zwar solcherart, daß seine verzweifelten Bemühungen, abzustürzen, versagten. Er klebte an der Fassade seines Hauses, sozusagen an der Fassade einer verhaßten Welt, und mußte mit ansehen, wie freiwillige und hauptberufliche Selbstmordverhinderer ihm zuschrien, er solle durchhalten, er solle nicht den Mut verlieren, man sei gleich bei ihm. Und dann wurden Leitern ausgefahren, und der Mann wußte, er hatte verloren. Denn dort, wo er nun hinkam, würde man sehr darauf achten, daß er sich nicht vor Ablauf der regulären Spielzeit verabschiedete.

Cheng fragte sich, warum der alte Mann nicht auf die Idee gekommen war, seine Hose zu öffnen – aus Scham? Oder hatte er in der Aufregung das Naheliegende übersehen? Oder hatte ihm gerade für das Naheliegende die Kraft gefehlt? Cheng auf jeden Fall versuchte nun seine Gürtelschnalle zu öffnen. Doch gerade in diesem Moment passierte ihm jene unbewußte Bewegung, die dazu führte, daß er auch mit geschlossener Gürtelschnalle durch den Spalt rutschte. Und während er nun auf den Steinboden zustürzte, hatte er seine Hand an der Hose, wo sie – Ausdruck der Bestürzung – auch blieb. Mag sein, daß seine imaginäre Hand sich redlich Mühe gab, den Sturz abzufangen, umsonst, es war sein Schädel, der den Sturz abfing. Kurz bevor er ohnmächtig wurde, erfaßte ihn ein warmes Gefühl der Belustigung.

10

»Man sollte aufpassen, daß einem gewisse Dinge nicht zur Routine werden«, sagte Straka, der diesmal ohne Blumenstrauß gekommen war, vielleicht weil er dachte, Blumen schenke man immer bloß beim ersten Mal.

»Ich habe nichts gegen Routine«, antwortete Cheng und lächelte, soweit man das ein Lächeln nennen konnte.

Die Sache war nicht weiter schlimm, die Gehirnerschütterung so gut wie überstanden, bloß sein Trommelfell hatte irgend etwas abbekommen (die Ärzte erklärten es so ausführlich wie unverständlich), weshalb er in Zukunft vielleicht ein wenig schlechter hören würde. Daß sein rechter Arm erneut gebrochen war, nahm er mit jener Gelassenheit hin, welche eben die Routine mit sich bringt.

»Ich dachte, Sie wollten nach Las Vegas.«

»Am Flughafen habe ich diesen Henry gesehen, den Freund Geisslers, der auf dem Foto. Natürlich bin ich hinterher. Ich meine, das war doch eine wirkliche Chance. Ich bin ihm bis in dieses Lokal gefolgt, wo mich dann mein Toilettenschicksal ereilt hat. Verrückte Sache, ich hätte einfach warten sollen.«

»Sie werden noch berühmt.«

»Was?«

Straka wiederholte das Gesagte, nur etwas lauter. Der Arzt hatte ihn bereits vorgewarnt.

»Die haben mir ein Hörgerät versprochen.« Cheng lachte. Straka lachte zurück, ein wenig verzweifelt. Er überlegte, wie man Cheng vor sich selbst schützen konnte. Weshalb er auch gewisse Skrupel hatte, ihn über den neuesten Stand zu informieren. Aber das war er ihm schuldig, es war nun einmal Chengs Fall.

»Chaloupka ist jetzt auch in Wien.«

»Nein, hören Sie auf, Straka.«

»Gestern angekommen.«

»Und was haben Sie unternommen?«

»Was sollte ich unternehmen, nur weil der Mann zusammen mit Geissler auf einem Foto posiert?«

»Und der Name seines Lokals: *St. Kilda*?«

»Finden Sie, daß das zu mehr reicht als zum Daumendrehen?«

»Also gut. Aber vielleicht können Sie herausfinden, wer dieser Henry ist. Er wohnt im Okura.«

»Und wenn das ein harmloser Geschäftsmann ist? Sind Sie dann so gut und lassen die Sache auf sich beruhen? Ich mag Ihnen nichts vorschreiben, aber bedenken Sie: Sie könnten von einem herabstürzenden Biedermeierschrank erschlagen werden oder in das Schönbrunner Löwengehege geraten, oder was weiß ich, was Ihnen noch alles zustößt, wenn Sie weiter an dem Fall arbeiten.«

»Sie machen sich Sorgen um mich?«

»Sagen wir, ich will mir nicht vorstellen, wie Sie aussehen, wenn ich Sie das nächste Mal besuche.«

Drei Tage später verließ Cheng das Spital – da war niemand, der ihn aufhalten mochte. Den Gipsarm hatte er in einem Tragetuch, aber er war ohne Hörgerät, da noch einige Untersuchungen anstanden, und schließlich war er ja nicht taub, er war bloß ein wenig schwerhörig (man war froh, ihn aus dem Spital zu haben; seine Fröhlichkeit hatte auf Patienten und Personal gleichermaßen unheimlich gewirkt). Er hinkte etwas stärker als zuvor, aber das war minimal. Und man mag es glauben oder nicht, aber sein Hauptbein befand sich noch immer in ausgezeichneter Verfassung.

Sein erster Weg führte Cheng ins Hotel Okura. Auch Chaloupka war dort abgestiegen. (Zwischenzeitlich wußte Straka, wer dieser Henry war, und war wenig erbaut angesichts dessen Prominenz. Cheng – den der Oberstleutnant länger im Spital vermutete – wollte man erst später Bescheid geben. Die Angelegenheit war mehr als delikat.)

Vom Krankenbett aus hatte Cheng Chaloupkas Zimmernummer eruiert. Und weil er sich nach seiner Entlassung aus dem Spital in einer geradezu ausgelassenen Stimmung befand, wollte er einfach mal vorbeischauen und grüß Gott sagen. Vielleicht hatte Straka recht, und irgendwo wartete ein Biedermeierschrank nur darauf, ihm auf den Kopf zu fallen, aber wenn es irgendwie ging, wollte er zuvor noch seine Arbeit erledigt wissen. Und weil er so gut wie gar nichts in der Hand hatte, dachte er, es sei besser, Chaloupka direkt anzuspringen.

Natürlich bemerkte man Cheng, als er nun durch die Hotellounge ging, hinkend, den einen Arm in Gips, den anderen nur durch seine Aura vertreten, das Gesicht verbogen. Andererseits – gerade an diesem Ort verlieh ihm seine fernöstliche Physiognomie den Geruch des Unverdächtigen. Er sah aus wie ein Geschäftsmann aus Hongkong, der eben bei irgendeiner Sache Pech gehabt hatte. Zudem zeugte seine Zielstrebigkeit davon, daß er hierher gehörte.

Im vierten Stock stieg er aus dem Lift. Weil er sich nicht mehr an die Zimmernummer Chaloupkas erinnern konnte, kramte er in der Tasche nach seinen Notizen, was – wie man sich vorstellen kann – nicht gerade einfach war. Ein Angestellter kam vorbei und fragte, ob er irgendwie dienlich sein könne. Cheng gab keine Antwort, schlichtweg aus dem Grund, daß der Angestellte in das fast taube Ohr gesprochen und Cheng die Frage also gar nicht gehört hatte. Der Hotelboy, der sich an die Überheblichkeit der Gäste gewöhnt hatte, wie man sich an Darmneurosen gewöhnt, nickte kurz und ging weiter.

Nachdem er eine Weile herumgesucht hatte, stellte Cheng fest, daß er ein Stockwerk höher mußte, und weil er sich gerade in der Nähe der Nottreppe befand, nahm er diese und schleppte sich die paar Stufen hinauf.

Als er in den langen Flur der nächsten Etage trat, sah er sie: Henry und Chaloupka, die soeben in den Lift stiegen. Cheng war viel zu weit weg, um sie zu erreichen, weshalb er einfach stehenblieb, um sich zu ärgern. Während er sich ärgerte, sah er, daß eine Frau hinter einer Säule hervorkam und sich ebenfalls auf den Lift zubewegte. Etwas an ihr irritierte Cheng – sie trug einen weißen Overall, der den Glanz irgendeines Kunststoffes besaß, vielleicht auch den von beschichteter Seide. Dazu weiße Lederhandschuhe. Sie hatte ihre langen Haare zu einem Zopf zusammengebunden. Sie trug eine Skibrille. Das war natürlich recht merkwürdig, aber nicht wirklich irritierend. Erst als sich die Lifttür schloß, wußte Cheng, daß es das lange, schlanke Messer in ihrer behandschuhten Hand gewesen war, das ihn irritiert hatte. Aber da war noch etwas gewesen, eine Merkwürdigkeit, gewissermaßen ein Fehler im Bild, etwas, das er nicht benennen konnte (dafür ging alles zu schnell), warum sich dieses Etwas zunächst einmal in seinem Unterbewußtsein einquartierte.

Mag sein, daß Cheng hin und wieder zu hektischen Handlungen neigte, aber nun blieb er vollkommen ruhig. Er wußte ja, daß es keinen Sinn hatte, irgend etwas zu unternehmen. Wie das Spiel auch immer aussah, für Henry und Chaloupka war es nun zu Ende; und ihr Ende würde einer dramatischen Note nicht entbehren. Der Lift würde zwischen den Stockwerken stehenbleiben – und genau das tat er auch. Und bevor noch ein Polizist das Hotel betreten würde, wäre die Sache vorbei, Henry und Chaloupka aufgeschlitzt und die Dame in Weiß wohin auch immer verschwunden. (Man kennt ja diese Liftgeschichten – wenn sich nichts Besseres ergibt, verschwinden die Täter einfach über den Schacht, was natürlich so einfach nicht ist, aber mit schöner Regelmäßigkeit gelingt; die sportlichen Qualitäten solcher Akteure sind oft phänomenal. Und der Lift gehört wie Bett und Dusche zu diesen speziellen Plätzen, die sich so ganz besonders eignen, dem Opfer seine Hilflosigkeit vor Augen zu führen. Kein Wunder also, daß dieser Tatort – obgleich fluchttechnisch gesehen wenig ideal – so gern gewählt wird.)

Cheng ging langsam die Stufen hinunter. Er wollte nicht mit dem zweiten Lift fahren. Das wäre ihm pietätlos erschienen, schließlich konnte er sich ja vorstellen, wie es gerade in der anderen Kabine zuging. Vielleicht hätte er im Vorbeifahren sogar ihre Schreie gehört (eine erstaunliche Überschätzung seines angeschlagenen Gehörs). Nein, da wollte er sich lieber das Stiegenhaus hinunterquälen.

In der Halle angekommen, sah er nach dem Lift. Natürlich steckte er noch im Schacht. Es hatte sich bereits eine kleine Ansammlung gebildet, und irgendein Mensch in Hoteluniform zeigte sich untröstlich. Cheng, dem die Schwermut des Gescheiterten auf die Brust drückte, seufzte, trat an die Rezeption und bat, daß man Oberstleutnant Straka von der Kriminalpolizei benachrichtige, er möchte ins Okura kommen. Cheng nannte Strakas Nummer, aber der Portier schenkte ihm einen vorsichtigen Blick der Skepsis und fragte nach Chengs Namen und Zimmernummer. Er sei hier nicht Gast, sagte Cheng, worauf die Vorsicht aus dem Blick herausfiel. Der Portier, der in seiner steifen, pomadigen Art ein wenig an Willy Birgel erinnerte, wandte sich mit der raschen Niederkunft einer demutsvollen Geste an den soeben erschienenen Baron de Montesquieu. Cheng zuckte mit den Schultern (nicht ohne Schmerzen), ging in die Halle zurück und setzte sich in der Nähe des Liftes in einen bequemen Ohrensessel. Es dauerte noch etwa zehn Minuten, bis die Leuchttafel versprach, daß sich der Lift wieder in Gang gesetzt hatte. Was dann geschah, war ganz einfach das Übliche. Die Tür öffnete sich, Menschen schrien, Menschen verloren beinahe das Bewußtsein, Menschen rannten, Menschen fühlten sich phantastisch, schließlich waren sie noch am Leben (was ihnen schlagartig zu Bewußtsein kam) und nicht zerschnipselt wie die beiden Kerle da im Aufzug. Cheng brauchte nicht aufzustehen, er sah vom Sessel ganz gut in die Kabine. Na ja, es war eben ziemlich viel Blut verspritzt, und Henry und Chaloupka sahen aus wie Puppen, denen man die Glieder verdreht hatte. Aber von einem Gemetzel konnte keine Rede sein. Beiden war fein säuberlich die Gurgel durchgeschnitten worden, und beide hatten ein Loch in der Brust (nicht bloß einen Stich, sondern eben eine kreisförmige Öffnung, die entsteht, wenn man ein Messer mehrmals um seine Achse drehte), und darin steckten die obligaten Papierröllchen.

Jemand übergab sich, jemand schrie nach einem Arzt (für seine Frau, die sich gar nicht wohl fühle; daß die beiden im Aufzug keinen Arzt mehr nötig hatten, war auch dem größten Optimisten klar), jemand schlüpfte aus seinem Sakko und krempelte sich die Ärmel auf (wozu auch immer), ein Kind stellte sich vor den Aufzug, sah auf die beiden Leichen, interessiert, aber unberührt, auf den Fußballen wippend, schleckte weiter sein Eis, wurde von einem Securitymenschen umgerannt, dessen Terminatorvisage bleich war wie die Haut eines unbefleckten Freifräuleins und der nun in sein Walkie-Talkie brüllte, als könne er die süßen Jahre seiner Militärzeit nicht vergessen.

Der von draußen hereingerufene Streifenpolizist, ein junger, unschuldiger Flaneur, kratzte sich am Hinterkopf, als spiele er eine Pantomime und müsse dem Publikum seine Ratlosigkeit vorführen.

Nun nahm auch er sein Funksprechgerät zur Hand, allerdings brüllte er nicht, sondern informierte mit der Stimme eines ewigen Sängerknaben seine Dienststelle. Minuten später erschienen zwei weitere Uniformierte (eher von der groben Sorte, Fleischhacker in Grün) und nützten die paar Minuten, bis die Leute vom Erkennungsdienst und vom Sicherheitsbüro eintrafen. Geradeso als befänden sie sich in einem mittelmäßigen Lehrstück über xenophobe Polizei, nahmen sie einen Zeitungskolporteur fest, dessen ganzes Vergehen in seiner Anwesenheit bestand (er war tagtäglich in der dem Hotel angeschlossenen Einkaufspassage postiert und hatte sich – neugierig, wie Ausländer als Zeitungsverkäufer nun mal sind – dem Tatort genähert und damit sein Unglück selbst verschuldet).

Innerhalb der nächsten Viertelstunde erschienen Spurenfahnder und andere gelangweilte Berufstätige, darunter auch Straka und Doktor Hantschk, dem als Gerichtsmediziner die Leichen noch nicht gehörten, der aber gerade mit Straka im nahe gelegenen Café Prückel gefrühstückt hatte, als die Meldung gekommen war.

Im Moment gehörten die Leichen dem Polizeiarzt Pfluger, entgegen allen Klischees und Realitäten ein strikter Antialkoholiker, zudem beinahe unbestechlich, dafür aber schwerer Hypochonder.

Pfluger stand einige Meter von den Leichen entfernt; er galt als Meister der Ferndiagnose – er trat nie zu dicht an seine Leichen heran, um sich nicht irgendwelche Krankheiten einzufangen. Er kniff die Augen zusammen, klopfte sich auf die Oberschenkel und sagte mit zugespitzten Lippen: »No jo.«

Das war das Zeichen für Straka. Er dankte Dr. Pfluger (ohne ihm zu nahe zu kommen oder gar die Hand zu reichen, schließlich wußte er um Pflugers Angst vor Streptokokken) und verabschiedete ihn. So lief das immer ab. Straka mußte lachen, wenn er im Fernsehen Krimis sah, in denen die Polizeiärzte im Dreck und im Blut knieten, an ihren Leichen herumzupften und mehr oder weniger verzweifelt Spekulationen über den Tathergang anstellten.

Von Pfluger hatte er noch nie etwas anderes als ein »No jo« gehört, und das war auch gut so. Spekulieren konnte er selbst.

Die beiden Revierinspektoren präsentierten Straka ihren Tatverdächtigen wie einen erlegten Hasen. Klar, daß dieser verschüchterte Inder in seinem knallgelben Plastikkostüm der letzte war, der hier ein Kapitalverbrechen sein eigen nennen konnte, aber die beiden Revierinspektoren waren ja nicht bloß gewöhnliche Rassisten, sondern auch kriminalistisch unterentwickelt. Straka dankte beiden, versprach, sie lobend in seinem Bericht zu erwähnen, und übernahm den Inder. Die Revierinspektoren salutierten und verließen das Hotel. Ihre rundlichen Polizistenhintern schaukelten in den milden Spätsommer hinaus.

Straka dankte nun auch dem Inder für seine Kooperation, er könne nun gehen. Der Inder begriff nicht ganz (sein Deutsch war übrigens hervorragend, was man von einem Germanisten ja auch erwarten durfte), war aber heilfroh, daß man ihn laufen ließ.

Nachdem das erledigt war, hatte Straka endlich Zeit, sich die Leichen anzusehen.

»O mein prophetisches Gemüt! Ich habe es ja geahnt«, sagte er zu sich.

Cheng stand auf und wollte zu Straka. Ein Polizist stellte sich ihm in den Weg.

»Lassen Sie ihn durch«, rief Straka, »ohne diesen Mann sind wir nicht vollzählig.« Er sah Cheng von oben bis unten an, schüttelte den Kopf und meinte, daß er beim besten Willen keine neue Verletzung an Cheng entdecken könne.

»Ich bin zu spät gekommen.«

»Ach so. Deshalb unverletzt.«

»Richtig«, sagte Cheng, den als unverletzt zu bezeichnen einem nebenstehenden Gruppeninspektor recht merkwürdig erschien.

»Sie sollten doch noch im Spital liegen.«

»Ich wollte Chaloupka besuchen«, sagte Cheng und erzählte Straka, was vorgefallen war.

»Hat wohl keinen Sinn mehr, das Hotel jetzt abriegeln zu lassen.«

»Richtig«, bestätigte Cheng, der sich müde und ausgelaugt fühlte, und verletzt – in mehrfacher Hinsicht. Was ihn nun aber aus seiner Lethargie riß, war die Eröffnung Strakas, daß es sich bei Henry um den ehemaligen australischen Botschafter in Österreich H.P. Thomson handle. Ein Diplomat, das sei schlimm genug, aber unglücklicherweise sei Thomson vor einem Monat von seiner Partei in die Politik zurückgeholt worden und werde seither als ein möglicher Spitzenkandidat für die nächsten Wahlen zum Repräsentantenhaus genannt. Er sei als Privatmann nach Wien gereist, niemand hatte eine Ahnung davon, nicht einmal sein Sekretär, der nur etwas von einem angeblichen Urlaub wissen wollte.

»Sie können sich vorstellen, Cheng, was das bedeutet. Ich werde nicht die geringste Chance haben, halbwegs vernünftig zu arbeiten. Weisungen von ganz oben, diplomatische Rücksichtnahmen, interne Querelen. Mein geliebter Hofrat Preisinger wird mir ellenbogenlange Handschuhe aus weißem Nappa überziehen.«

Cheng schlug sich gegen die Stirn (mit seiner unsichtbaren Linken natürlich) und erklärte Straka, daß ihm der Name des Australiers nicht unbekannt sei. Thomson sei mit Ranulph Field befreundet gewesen, und dieser Thomson sei es gewesen, der damals mit der Frau Professor Edlinger liiert gewesen war, wobei er sich nicht vorstellen könne, daß die Edlinger etwas mit der Sache zu tun habe.

»Kaum«, sagte Straka und wartete ab, bis der Fotograf vom EKD sich ausgeknipst hatte, dann zog er sich milchigweiße Plastikhandschuhe über und trat in den Fahrstuhl. Cheng folgte ihm.

»Ich dachte, Sie verwenden keine Handschuhe.«

»Bei einem toten Politiker ist das anders. Noch dazu einem ausländischen. Da werden nämlich plötzlich alle so pingelig.«

Er zog das Papier aus Thomsons Brust und rollte es auf.

EIN SEGEN FÜR AUSTRALIEN

»Die Presse wird auf einem politischen Attentat bestehen«, sagte Straka und stopfte das Papier in einen kleinen Plastikbeutel, den er in seine Sakkotasche schob, und wandte sich dem toten Chaloupka zu. Chaloupka sah aus, als hätte er sich mächtig erschreckt, bevor es zu Ende gegangen war, vielleicht bloß über das Messer, vielleicht.

»No jo«, zitierte Straka Dr. Pfluger, nachdem er den zweiten Zettel gelesen hatte.

EINER NOCH, DANN WIRD ST. KILDA GESCHLOSSEN

»Wer kann da jetzt noch fehlen?« fragte Cheng.

»Ich hoffe, unsere Dame spricht von Selbstmord.«

»Kaum.«

Straka sicherte auch den zweiten Zettel, dann wandte er sich an die geduldig wartenden Männer von der Spurensicherung, die aussahen wie eine Gruppe von Schmetterlingsfängern, die Carl Spitzweg Modell standen.

»Bitte, meine Herren«, sagte Straka und machte eine großzügige Geste, als eröffne er ein Buffet.

11

Es war Ende Februar. Tauwetter hatte eingesetzt. Die Straßen erinnerten an diese alten Dokumentarfilme aus dem Wilden Westen, wo die Straßen der Städtchen so verschlammt waren, daß die Leute bis zu den Knöcheln einsanken. Durch was sie da auch immer stampften, es bestand aus bedeutend weniger Hundekot als in Wien.

Cheng spazierte über den Zentralfriedhof. Einmal im Jahr besuchte er das Grab seiner Eltern. Warum er das tat, war ihm nicht so ganz klar, was sollten ihm diese zwei vergrabenen Leichen schon bedeuten, aus denen das Leben ausgeronnen war wie die Milch aus einer perforierten Milchpackung. Wenn er vor dem einfachen, schwarzen Grabstein stand, dann bemühte er sich um eine Empfindung, die aber nicht gelingen wollte. Und er bemühte sich um Erinnerungen, doch ihm glückten bloß Fotografien. Dabei hatte er sich mit seinen Eltern gut verstanden, er hatte nie unkompliziertere Leute gekannt. Aber das war es eben – sie hatten sich so wenig in sein Leben gedrängt, daß er sie nun nicht zu vermissen brauchte. Sie vermissen zu wollen war eine bloße Kulturleistung.

Die meisten Eltern drängen sich noch im Tod in das Leben ihrer Kinder, dafür gibt es ja auch Friedhöfe, die sozusagen ein Symbol nie endender Abhängigkeiten darstellen. Noch aus dem Grab heraus befehligen die Eltern ihre Kinder. Ein Leben lang arbeiten sie daran, ihre Erben posthum in die Zange nehmen zu können. Die

Erben kompensieren diesen Umstand, indem sie sich in immer größere Grausamkeiten gegen andere und gegen sich selbst flüchten. Das ist das Deprimierende – wie wenig der Tod an unserer Katastrophe etwas ändert. Ein Leben lang phantasiert man über den Tod seiner Eltern, und wenn er dann endlich eintritt, stellen wir fest, daß sich überhaupt nichts geändert hat, daß wir weiterhin die Wünsche unserer Eltern erfüllen, daß wir weiterhin das Gefühl haben, unentwegt beobachtet zu werden, und daß weiterhin unsere einzige Antwort darauf im Entwerfen immer neuer Grausamkeiten besteht. Wir laufen auf die Friedhöfe, diese chronischen Entzündungen der Erdoberfläche, diese Ausschläge, die kein schwefelhaltiger Regen wegzuspülen vermag, in der naiven Hoffnung, wir könnten auf das Grab unserer Eltern spucken (indem wir Kränze des Triumphs und zynische Schleifen auf ihrer letzten Ruhestätte deponieren, indem wir ihnen Marmorplatten oder allerhäßlichste Blumenbeete sozusagen vor die Birne knallen), und müssen dann einsehen, daß sie noch immer nicht verstummt sind, ganz im Gegenteil, daß sie jetzt erst – ihrer physischen Unzulänglichkeiten entledigt – zur wahren Höchstform auflaufen. Und schlußendlich wissen wir natürlich ganz gut, daß es nur eine Möglichkeit gibt, sich von seinen Eltern zu befreien beziehungsweise befreit zu werden. In dieser Hinsicht funktioniert der Tod.

Wie gesagt, Chengs Eltern waren merkwürdigerweise nie an der vollkommenen Besitznahme ihres Sohnes und einer lebenslänglichen Besitzerhaltung interessiert gewesen, weshalb auch ihr Tod für Cheng bedeutungslos geblieben war und er sich also fragte, ob der Besuch am Grab seiner Eltern eine Art Pflichterfüllung gegenüber der Stadt Wien darstellte, gegenüber der Friedhofsverwaltung, der allgemeinen Stimmung, der abendländischen Kultur oder dem Bürgermeister (in dieser Stadt war jeder Bürger dem Bürgermeister persönlich verpflichtet – natürlich war es nicht immer einfach herauszubekommen, was der Bürgermeister von jedem Bürger im einzelnen verlangte). Cheng legte die mitgebrachten holländischen Gladiolen neben den Grabstein und schüttelte den Kopf ob einer solcher Geste. Schnittblumen, das war wirklich das Letzte, im Grunde sinnloser Mord.

Das vergangene halbe Jahr war sehr ruhig gewesen. Er hatte keine Fälle mehr übernommen, war ja noch immer rekonvaleszent. Der Bruch wollte nicht so richtig verheilen, weil man die Schraube schief hineingedreht hatte oder so ähnlich. Oft hatte er Schmerzen, wenn er bloß eine Kaffeetasse hob. Dafür spürte er sein schwächeres Bein nicht mehr, was nichts daran änderte, daß er es nachschleppen mußte. Seinem unsichtbaren linken Arm ging es großartig, auch seinem Hauptfuß, und das Hörgerät in seinem Ohr sah ganz passabel aus (bloß half es Cheng nicht, besser zu hören). Dumm war nur, daß seine Nebenhöhlenentzündung eine chronische Dimension angenommen hatte und die dadurch ausgelösten Kopf- und Zahnschmerzen Cheng ein wenig nervös machten (hin und wieder schlich sich sogar eine kleine Depression ein, die er jedoch mit einer Flasche Rotwein erfolgreich hinunterzuspülen vermochte).

Der Mord an H.P. Thomson und Erwin Chaloupka war unaufgeklärt geblieben. Man war aber mit den entsandten australischen Beamten einig geworden, daß die beiden sich gar nicht gekannt hatten, rein zufällig in denselben Lift gestiegen waren, um dort irgendeinem irren Mörder in die Hände zu fallen. Ein politisches Attentat oder einen privaten Racheakt schloß man aus. Ein Typ, der wahllos Leute abschlachtete, das war fraglos die eleganteste Lösung. Strakas St.-Kilda-Spur wurde von Hofrat Preisinger mit dem Hinweis vom Tisch gefegt, daß der Polizeipräsident eine Beruhigung der Situation wünsche.

Die Ankündigung eines letzten Mordes hatte sich nicht erfüllt, und Cheng begann langsam, die Sache zu vergessen und sich damit abzufinden, daß er über einen fremden Fuß gestolpert und mit dem Gesicht in einer dunklen, öligen Lache gelandet war, dabei die eine oder andere Verletzung davongetragen hatte und akzeptieren mußte, daß da weit und breit kein Fuß mehr zu sehen war, dem er dafür die Schuld geben konnte, ganz abgesehen von dem Hirn, das so einen Fuß steuerte.

Als er nun ziellos zwischen den Gräbern herumspazierte, begann es wieder zu schneien. Er stellte den Mantelkragen in die Höhe und spannte ein Stirnband um seinen Schädel. In seinen Nebenhöhlen stockte es, und ob das Knistern in seinem Ohr von seinem Hörgerät stammte, war eine gute Frage. Der Himmel war grau und schmierig wie auf einem Constable. Er mochte diese Stimmung. Er mochte diese Schwermut, die bloß ein Bild war.

Dann sah er die Frau. Er war sich unklar darüber, warum sie ihm aufgefallen war. Vielleicht weil sie relativ jung schien, etwa dreißigjährig, und einen cremefarbenen Blazermantel trug, während die anderen Friedhofsbesucher, wie an Wochentagen üblich, zwei Weltkriege überlebt hatten und in dunkle, schwere Mäntel gehüllt waren. Auch war sie die einzige ohne Kopfbedeckung. Ihr braunes Haar fiel glatt über die Schulter. Vielleicht irritierte ihn, daß sie trotz des spätwinterlichen Breis, der die Wege bedeckte, helle, gelöcherte Lederpumps trug. Vielleicht gefiel sie ihm ganz einfach. Nein, das war es nicht. Es war ihre rechte Hand, die ihn irritierte. Es war der fehlende kleine Finger. Was ihn verstörte, war allerdings nicht der bloße Umstand eines absenten Körperteils (wie sollte auch gerade ihn Derartiges erschüttern), sondern das Gefühl, durch diesen fehlenden Finger an etwas sehr Wesentliches erinnert zu werden.

Er setzte sich auf eine Bank und starrte auf die Hand der Frau. Cheng fühlte sich an etwas erinnert, das als Erinnerung nicht wirklich existierte, sondern erst durch das Bild dieses fehlenden Fingers nachträglich entstand, ein Finger, dessen körperlose Präsenz mehr als bloß drei Fingerknochen einnahm. Aber etwas stimmte nicht. Etwas war anders gewesen, damals im Okura.

Cheng dachte Attrappe, und er dachte Handschuh. Vor seinem geistigen Auge sah er einen weißen Lederhandschuh. Das Leder spannte sich, da die Finger einen Griff umfaßt hatten. Nicht alle Finger. Der Kleinste hing schlaff herunter, gleich einem Ballon, dem jegliche Luft entwichen war. Der Griff gehörte zu einem Messer, auf dessen Klinge sich die entsetzten Gesichter zweier Männer spiegelten.

Das war es gewesen, was er damals unbewußt wahrgenommen hatte, eben nicht bloß das Messer in der Hand der Frau, sondern diesen Finger, der herunterhing, wie Handschuhfinger das zu tun pflegen, in denen kein Finger steckt. Das war sie also. Als er damals über dem Abgrund baumelte, hatte er sich eingebildet, von ihren Lippen lesen zu können, und dennoch ihr Gesicht nicht wahrgenommen, und im Hotel hatte sie eine Skibrille aufgehabt (auch jetzt sah er ihr Gesicht nicht). Aber er war überzeugt, daß der fehlende Finger derselbe gewesen war, der im Handschuh der Liftmörderin gesteckt beziehungsweise nicht gesteckt hatte. Er besaß ein gutes Gefühl für fehlende Körperteile. Daß ihre Größe stimmte, ihre Figur, die Haare, beachtete er nicht einmal. Er war auf diesen Finger konzentriert und auf die plötzliche Hoffnung, die Sache nun doch noch zu einem Ende zu bringen, ganz gleich wie teuer ihn das kommen würde.

Der Schneefall wurde heftiger, und ein Sturm setzte ein. Die Leute baten ihre Toten um Verzeihung (die nie und nimmer irgend etwas verziehen) und strebten dem Ausgang zu. Auch die Frau in ihrem cremefarbenen Mantel, die – wie Cheng jetzt erst erkannte – eine dunkle Brille trug, verließ das Grab, vor dem sie bewegungslos und ohne ein Zeichen der Emotion gestanden hatte. Cheng wandte sich zur Seite. Es würde nicht einfach sein, dieser Frau zu folgen, schließlich war er eines ihrer Opfer gewesen.

Als sie in den Hauptweg eingebogen war, stand Cheng von der Bank auf und besah sich das Grab. Es war einfach und schmucklos wie das seiner Eltern. Die Inschrift auf dem Granit begnügte sich mit der Mitteilung, daß hier eine Maria Baumann lag, gelebt 1942–1990. Cheng zündete sich eine Zigarette an, tat einen unbefriedigenden Zug, ließ sie fallen und trat sie in den Schlamm hinein. Er schob die eine Hand tief in seine Manteltasche und vergrub sie in dem wärmedämmenden Papier- und Stanniolabfall, der dort lagerte. Der Schnee schlug ihm hart ins Gesicht und erinnerte ihn an den verrückten Winter des letzten Jahres und daß sie den Altbürgermeister und seine Gattin noch immer nicht gefunden hatten.

Als er auf den Weg trat, der zum Ausgang führte, konnte er den hellen Mantel nicht sehen. Er hatte ihr nicht einmal eine halbe Minute Vorsprung gegeben, es war ganz unmöglich, daß sie schon durch das Tor gekommen war. Cheng wußte, daß es völlig sinnlos war, nun wie ein Verrückter ziellos durch den riesigen Zentralfriedhof zu humpeln, aber eine Viertelstunde lang tat er es dennoch, sich eingestehend, daß er ja genau das war: ein Verrückter. Zwischen dem Grab des Komponisten Ernst von Ravensberg (der die Zwölftonoper *Die Unheiligen* verfaßt hatte) und dem des Weltergewichtschampions im Boxen der dreißiger Jahre Josef »Der Steinmetz« Haidinger brach Cheng zusammen. Unter den Kleiderschichten dampfte sein verschwitzter Körper, und Cheng befürchtete, daß die Implosionen in seinem Schädel zu einer vollständigen Taubheit führen würden. Als er nun so dalag, zwischen Ravensberg und Haidinger, sozusagen zwischen den Polen Wienerischer Hochkultur, da beruhigte er sich langsam, sein Körper zog sich in sein Inneres zurück, der Kanonendonner im Kopf verlor sich, und eine angenehme Stille und Wärme begannen ihn zu umschließen.

Es war wohl die Vorstellung, daß man ihn nach Stunden vielleicht finden und in ein Spital bringen würde, mit Erfrierungen oder in vollkommener Taubheit oder was auch immer, und daß dann wieder Straka an seinem Krankenbett stehen würde und daß die Sache anfangen würde, nur noch lächerlich, nur noch peinlich zu sein, banal durch Wiederholung, geradezu lästig. Um solches zu vermeiden, richtete sich Cheng auf, schlug den Schnee vom Mantel und verließ in einem vernünftigen Tempo den Friedhof.

Am nächsten Tag (er fühlte sich so gesund wie schon lange nicht mehr) rief er Straka an und bat ihn, den Mädchennamen jener vor einigen Jahren bei einem Verkehrsunfall ums Leben gekommenen geschiedenen Frau Chaloupka festzustellen. Er hatte so eine Idee, nicht mehr.

Straka riet Cheng, nicht schon wieder damit anzufangen, die Sache sei, obwohl nicht geklärt, so doch erledigt und sicher ungeeignet, um daraus ein Lebenswerk zu speisen.

Dennoch rief er tags darauf Cheng an und erklärte, die Maria Chaloupka habe Baumann geheißen. Sie habe den Mädchennamen nach der Scheidung zwar nicht wieder angenommen, war aber aus irgendeinem Grund – der wie vieles in den Tiefen der österreichischen Bürokratie verschollen war, die kein Lichtstrahl je erreicht – unter ihrem Mädchennamen begraben worden. Die Tochter heiße übrigens auch Maria. Wo sich die aber befinde, sei derzeit einfach nicht zu eruieren.

»Ausgezeichnet«, sagte Cheng.

»Ich hoffe, Sie verfallen nicht auf die Idee, das Grab aufzubrechen. Ich habe keine Lust, Sie wegen Leichenschänderei aus dem Gefängnis zu boxen.«

»Keine Sorge, Herr Oberstleutnant, wenn eine Exhumierung nötig ist, melde ich mich vorher bei Ihnen.«

»Man dankt.«

»Wollen Sie gar nicht wissen, was ich in der Hand habe?«

»Lieber nicht. Ich könnte auf die Idee kommen, mir Sorgen um Sie zu machen. Was andererseits unnötig wäre, denn in demselben Maße, in dem Sie verletzungsanfällig sind, sind Sie auch nicht umzubringen.«

»Na gut. Ich sehe mal zu, daß ich Ihnen etwas Handfestes liefern kann. Ich meine, damit Sie vor Ihrem Hofrat Preisinger eine gute Figur machen.«

»Das wäre nett. Und passen Sie auf sich auf.«

»Ich habe ja Lauscher.«

Straka stöhnte.

12

Cheng rief sämtliche dreiundvierzig im Telefonbuch verzeichneten Chaloupkas an, aber die wenigen, die davon wußten und es auch zugaben, mit Erwin Chaloupka verwandt gewesen zu sein, konnten oder wollten nichts sagen. Daß er eine Tochter gehabt hatte, schien überhaupt unbekannt zu sein. Vor allem die beiden Marias unter den Chaloupkas zeigten sich empört über die Namensgleichheit mit der Tochter und der Frau eines Mordopfers. (Denn gerade in den kriminalistischen Köpfen der Wiener haftete auch einem Mordopfer etwas Unanständiges, ja sogar Verbrecherisches an. Jemand, der ermordet worden war, hatte wohl auf die eine oder andere Weise Dreck am Stecken gehabt; ein Ermordeter war bereits durch die offensichtliche Nähe zu seinem Mörder verdächtig. Man wollte sich nicht vorstellen, daß jemand unschuldig zum Handkuß kommen konnte. Sosehr die Wiener als Kollektiv die Unschuld – eine geradezu heilige Unschuld – für sich in Anspruch nahmen, so verdächtig war ihnen der einzelne. Ein Mordopfer wurde so gut wie immer schuldig gesprochen.

Dabei gingen die Wiener in ihrer Sichtweise eines intimen Verhältnisses zwischen Täter und Opfer, durch das beide sich gleichermaßen schuldig machen, so weit zu behaupten, daß die ermordeten Juden, ganz zu schweigen von Berufs- und Gewohnheitsverbrechern wie Bolschewisten und Zigeunern, mit ihren Mördern, den Nazis, gewissermaßen verbandelt gewesen wären. Der

Jude und der Nazi – für den Wiener sind das zwei Strizzis, von denen halt einer schneller zugeschlagen hat. Der Wiener ist übrigens der Überzeugung, daß man als Wiener nicht gleichzeitig ein Nazi sein kann, leidenschaftlicher Antisemit ja, katholischer Faschist ja, Demokrat ja, aber ein Nazi, das ist immer ein Deutscher.)

Cheng versuchte es nun mit den Baumanns, von denen es nicht wenige gab. Er überlegte, daß es, wenn die Mutter ihrer Tochter den eigenen Vornamen gegeben hatte (eigentlich eine Spezialität der Väter), nicht ganz unwahrscheinlich war, daß auch die Großmutter Maria hieß. Also telefonierte er die zehn Maria Baumanns an. Die Baumanns waren so auskunftsfreudig wie die Chaloupkas, und die Möglichkeit, daß jemand etwas wußte, ja tatsächlich gering. Eine Dame war Cheng allerdings aufgefallen.

Wie die anderen Baumanns hatte sie erklärt, sie habe keine Tochter mit dem Namen Maria, und ein Chaloupka sei ihr noch nie begegnet. Aber es war etwas Merkwürdiges in ihrer Stimme gewesen, so als ob sie einen Text aufsage. Sie hatte nicht nervös gewirkt, aber sehr bestimmt darauf bestanden, nicht weiter belästigt zu werden. Nun, das hatten die anderen auch getan, aber das Kontrollierte, Künstliche in ihrer Stimme (auffällig wie ein Lockruf, dachte er kurz) ging ihm nicht aus dem Kopf. Vielleicht auch nur, weil er nichts Besseres zur Hand hatte. Er beschloß, die alte Dame zu besuchen; daß sie alt war, das hoffte er.

Sie wohnte in einem Gartenhaus am Rande des Hörndlwaldes, der hinter dem Pflegeheim Lainz liegt. Das zweistöckige Gebäude sah vernachlässigt aus, große Teile der Fassade waren abgebröckelt, auf den Fensterscheiben klebte der Dreck von Jahren, Dachziegel fehlten. Im Garten entfaltete sich ungebremst eine maßlose Natur und überwucherte einige Steinfiguren, die aussahen, als hätte sie jemand in den letzten Kriegstagen aus Schönbrunn hierher verfrachtet. Dem verrosteten Drahtzaun war kaum zuzutrauen, daß er den nächsten Sturm überleben würde. Die benachbarten Häuser hingegen waren schmuck und gepflegt, ausgestattet mit Gegensprechanlagen, Garagen, Blumenkästen, Einbaufenstern, selbst die sauber geparkten Mülltonnen erfreuten das Auge. Die Gärten erinnerten an das Landschaftsdekor von Modelleisenbahnen. Es war früher Abend, und das Flimmern der Fernsehapparate hinter den Gardinen gab einem das Gefühl, daß die Welt hier in Ordnung war, abgesehen von diesem einen Haus, einem wahren Schandfleck.

Cheng betätigte die Klingel, obwohl offensichtlich war, daß sie seit Ewigkeiten nicht mehr funktionierte. Er wartete drei, vier Anstandssekunden, dann drückte er die Klinke, doch zu seiner Überraschung war die Gartentür verschlossen. Lauscher, der neben Chengs Füßen beziehungsweise auf dem eigenen Hintern saß, wandte seinen Kopf zur Seite, instinktiv oder wie auch immer, auf jeden Fall kam ihnen da ein Rottweiler entgegen, inklusive dem dazugehörigen Rottweilerbesitzer, ein kleiner, fetter Glatzkopf, der aussah, als hätte er eine gewisse Vorliebe für Mussolini. Eine Karikatur, aber wer ist das nicht.

Lauscher, im Grunde ein toleranter Hund, hatte wenig für Rottweiler übrig, denen – ohne sie gleich als Schlächter zu bezeichnen – ein gewisser Hang zu gewalttätigen Lösungen nicht abzusprechen ist. Zudem hielt Lauscher sie für wenig intelligent und wenig eigenständig, war doch ihre rowdyhafte Art, überhaupt diese breitschultrige Attitüde dem Menschen abgeschaut.

Lauscher war nicht ängstlich, sondern vernünftig. Weil der Mensch sich aber schwertut, dem Hund die Vernunft abzukaufen, winselte Lauscher. Nun sah auch Cheng zur Seite.

Auch der Rottweiler winselte, wohl kaum vor Angst. Was den Herrn Mussolini zu stören schien, weshalb er seinem Hund mit der Leine eins über die Schnauze zog.

Zu wem er wolle, fragte Mussolini, obwohl es sich nicht wie eine Frage anhörte.

Cheng hätte dem Kerl, auf dessen polierter Kopfhaut sich das Abendlicht spiegelte, gerne gefragt, was ihn das anginge, aber das wäre kontraproduktiv gewesen, also erklärte er, er suche eine Frau Baumann.

»Dö oide Kummunistenhur mana'S'.«

»Die erotischen Präferenzen der Frau Baumann interessieren mich nicht.«

Die gestelzte Ausdrucksweise Chengs und daß er an einem Märzabend eine Sonnenbrille trug und sich traute, mit einem Köter durch die Gegend zu ziehen, dessen stärkster Muskel sein Ohrmuschelmuskel zu sein schien, verunsicherten den Herrn Mussolini. Er verriet Cheng (dem er weder das Chinesische noch die Behinderung ansah), daß man die alte Baumann, was sie untertags auch immer treibe, nie vor acht Uhr in ihrem Haus antreffe. Mehr wisse er auch nicht, mehr wolle er auch gar nicht wissen, und außerdem müsse er jetzt weiter.

»Kumm, Winifred.« (Offensichtlich gab es Schlimmeres, als Lauscher gerufen zu werden.)

Wenn Mussolini recht hatte, so mußte Cheng noch zwei Stunden vertrödeln. Er spazierte ein wenig in der Gegend herum und kehrte schließlich bei einem Heurigen ein. An einem einzigen Tisch saßen ein paar Geschäftsleute, glasige Augen, kleiner Schneefall auf den

Schultern dunkler Anzüge, gelockerte Krawatten, sublimer Achselgeruch, neben jedem Weinglas ein Handy. Sie verstummten und maßen mit ihren Blicken den Eingetretenen, als sei das hier eine geschlossene Gesellschaft. Cheng marschierte an ihnen vorbei (wobei sein Hinken kaum auffiel; hin und wieder gelangen ihm ein paar gute Meter) und setzte sich an einen der hinteren Tische. Obwohl der Raum überheizt war, ließ er seinen Mantel an. Auch die Sonnenbrille nahm er nicht ab. Lauscher tat geradeso, als sei er hier zu Hause, legte sich vor einen bis zur Decke reichenden, erbsgrünen Kamin, ließ die Ohren zur Seite fallen und schloß die Augen.

Cheng zündete sich eine Zigarette an. Sein linker Ärmel steckte in der Tasche, so als sei er jederzeit bereit, eine Pistole hervorzuziehen. Die Wirtin erschien; sie hatte ihre achtzig Kilo in einer sehr ansprechenden Weise über den Körper verteilt. Dem schlafenden Lauscher schenkte sie einen abfälligen Blick, ließ ihn aber in Frieden. Der Blick, den sie Cheng schenkte, war da schon wesentlich freundlicher. Was Cheng überraschte, denn in der Regel verblaßte er neben Lauschers Ohrenattraktion.

Cheng genoß den monumentalen Anblick der Wirtin (sie erinnerte ihn an jene Gerda, auf deren Schoß er eine denkwürdige Winternacht verbracht hatte). Ihr kräftiger Körper steckte in einem Dirndl und machte sich darin ganz ausgezeichnet. Sie besaß einen geradezu idealen Dirndlkörper, eine Seltenheit heutzutage.

Durch seine Sonnenbrille konnte Cheng ungeniert auf den schmalen Spalt starren, der sich zwischen den durch das Mieder zusammengepreßten und nach oben geschobenen Brüsten gebildet hatte. Die Wirtin lächelte ihn an, und dieses Lächeln war einnehmend wie die Abenddämmerung über den Northern Highlands, wie Mendelssohn-Bartholdys Hebriden-Ouvertüre, wie Tizians Venus von Urbino, wie Bukowskis Beschreibung eines angenehmen Nachmittags im Bett, einnehmend wie ein fernöstlicher Früchtekorb oder wie der Anblick eines glitzernden Schaumbads.

Nachdem sie ihm das bestellte Viertel Weißwein serviert hatte, setzte sie sich ihm gegenüber und stellte fest, er sei wohl fremd in der Gegend, wäre er es nicht, so wüßte sie es.

»Ihr Wein ist gut«, sagte Cheng.

»Für Sie hab' ich eine spezielle Flasche aufg'macht.«

»Wie komme ich zu dieser Ehre?«

»Weiß net.« Sie lachte kokett. Das Weiß ihrer Zähne hatte etwas von einer Drohung, einer süßen freilich.

Sie sagte, ihre Hilfskraft komme heute erst später und sie benötige einen starken Mann, der ihr helfe, eine Kiste Bier aus dem Keller zu holen. Übrigens, sie sei die Erika. Er sei der Markus, sagte Cheng und dachte, daß diese Frau eigentlich nicht aussah, als hätte sie wegen einer lächerlichen Bierkiste einen Mann nötig.

»Wenn ich Ihnen helfen kann, gerne«, sagte er und bereute es sofort, schließlich war er alles andere als der intakte Mordskerl, der Bierkisten über Kellerstiegen balancierte. Und weil er sich lieber gleich blamieren wollte, machte er die Gnädigste darauf aufmerksam, daß ihm ein Arm fehle.

Sie besah kurz den Ärmel, der flach und lasch von der Schulter hing, zuckte mit den Schultern und meinte, er solle sich keine dummen Ausreden einfallen lassen, schließlich reiche ein Arm vollauf. Oder wolle er ihr vielleicht gar nicht helfen. Cheng beeilte sich zu betonen, daß ihm beim besten Willen nichts einfalle, was er lieber täte, als ihr zur Seite zu stehen.

Nun, auch den Herren, die bei ihrem etwas säuerlichen Wein saßen, wäre nichts eingefallen, was sie lieber getan hätten, weshalb sie nun sehnsüchtig zusahen, wie die Wirtin ihre achtzig Kilo durch den Raum schweben ließ. Keine Frage, es gab Frauen, bei denen Cheng ein unverschämtes Glück hatte.

Hinter der Küche, in der es nach Sauerkraut und dem Fett von Jahrzehnten roch, betraten sie einen Lagerraum, in dessen Mitte sich ein Lastenaufzug befand. In diesen schob die Wirtin ihren Begleiter hinein.

»Na kommen S', ich werd' Sie schon net zerquetschen.«

»Och«, sagte Cheng, den eine solche Vorstellung wenig erschreckte.

»Lassen S' ruhig Ihre Sonnenbrille auf. Ich mag das. Is' mir richtig ein bißchen unheimlich. Ich glaub', ich mag das Ungewisse.«

Der Aufzug benötigte bloß einige Sekunden, dann stiegen sie in ein von wenigen herabhängenden Glühbirnen beleuchtetes Kellergewölbe. An den Wänden standen Regale mit Doppelliterflaschen. Cheng wollte fragen, wo sich denn hier die Bierflaschen befänden, aber bevor er diese völlig unsinnige Frage in der modrigen Luft deponieren konnte, preßte ihn die Wirtin mit entscheidenden Teilen ihres Körpers gegen eine abgestellte Tischtennisplatte und schob ihm ihre Zunge in den Mund, eine Zunge, die sich wie ein Filet-Mignon-Steak anfühlte. Cheng hätte sich gerne an ihren planetarischen Brüsten zu schaffen gemacht, die verführerisch gegen seinen Brustkorb brandeten.

»Weg mit die Finger«, sagte sie (ohne ihre Zunge herauszunehmen), packte seine Hand und schob sie zwischen ihre Schenkel. Es war aber nicht seine Hand, die nun mit ihrem Geschlecht spielte, sondern umgekehrt. Gleichzeitig war Cheng verwundert, daß sie ihm ihre Brust verweigerte. Eine Enttäuschung, die die Frau dadurch wettmachte, daß sie Cheng nun in die Hose fuhr, und zwar mit einem Feingefühl, das ihn gleichermaßen erregte und beruhigte. Sie nahm ihre Zunge aus seinem Mund und keuchte ihm in sein besseres Ohr einen heißen, feuchten Schwall, der auch die Mitteilung inkludierte, daß ein zweiter Arm jetzt bloß im Weg wäre.

Vollkommen richtig – leider aber öffnete sich in diesem Moment eine Tür, in welcher ein Mann stand, der eine schwarze, lederne Schürze trug. Der Kopf des Mannes lag im Dunkel. Aber den Hund an seiner Seite erkannte Cheng sofort als die Rottweilertöle Winifred.

»Du verdammte Hur'«, schrie der Mann, der Mussolini so ähnlich sah, »i drah di ham, i reiß dir'n Schädl o, i buhr da a Loch in dei Wampen, i faschier di, i zerdruck di wia a Fliagen, i scheiß di so zua, daß d'a Schläuchl zum Luftholen brauchst, Sauluader du!«

Die Wirtin nahm ihre Hand aus Chengs Hose, streifte mit beiden Handrücken ihre Schürze zurecht, zog ein Taschentuch aus ihrem Dekolleté, schneuzte sich und meinte: »Führ dich nicht so auf, Egon.«

Doch Egon fand, daß es jetzt genug sei, zeigte auf Cheng und befahl Winifred, sich diesen Kerl vorzunehmen. Die Hündin knurrte kurz an, sank aber auf einen Wink der Wirtin hin zu Boden und schloß die Augen in der Art einer lebensechten Puppe. Der Wirt schien an seinem eigenen Wutschrei zu ersticken, würgte ihn stückchenweise heraus und holte endlich eine Pistole unter seiner Schürze hervor. Es schien ihm nicht ganz klar zu sein, wen er zuerst erschießen sollte, seinen Nebenbuhler, seine Frau oder seinen Hund, und die Wirtin nützte diese

Unsicherheit und schlug ihm die Waffe aus der Hand, als verbiete sie einem ungezogenen Kind eine Süßigkeit. Aber der Wirt gab nicht auf und stürzte sich auf Cheng, packte ihn am Hals und drückte ihm beide Daumen in den Halsmuskel. Mehr im Affekt schnellte Chengs gesundes Bein nach vorn. Seine Kniescheibe drang tief in den vernachlässigten Unterleib. Der Wirt wirbelte herum und schlug gegen ein Faß. Die Wirtin – in Heimatfilmpose die Hände in die Hüften gestützt – verdrehte die Augen und meinte bloß: »Diese dummen Buben.«

Der Wirt lag am Boden, schrie aber noch immer vom Umbringen.

Cheng stieg in den Aufzug und drückte den einzigen Knopf. Sehr zu seiner Überraschung ging es abwärts. Auch in dem darunterliegenden Gewölbe waren Doppelliterflaschen gelagert. Cheng verließ den Aufzug. Er hatte wenig Lust zu erfahren, wie tief dieser Keller ging und welche Schrecklichkeiten er barg. Gerade als er ausgestiegen war, fuhr der Aufzug in die Höhe. Cheng wurde langsam nervös, vor allem da er keine Treppe fand, sondern bloß weitere Räume, alle vollgestopft mit Weinflaschen. Erstaunliche Mengen, die bedrohlich wirkten und zu dem kleinen Heurigenlokal nicht passen wollten.

Nachdem er einige Zeit herumgeirrt war – unsicher, ob er in immer neue Räume trat oder sich im Kreis bewegte –, entdeckte er zwischen zwei Weinregalen einen Mann, der vor einer Staffelei saß. Er blickte über den gebückten Rücken des Mannes, der gerade an einem Querformat arbeitete, bei dem es sich ganz eindeutig um das Schiele-Bild *Umarmung* handelte. Hinter der Staffelei, gegen das Gemäuer gelehnt, standen weitere Bilder: Klimt, Kokoschka, drei, vier kleinformatige Thönys, ein pastoser Boeckel. Offensichtlich war Cheng auf eine Fälscherwerkstatt gestoßen, was ihm unangenehm war. Das Fälschen war in Wien gewissermaßen ein heiliger Akt, den zu stören zumindest von einem schlechten Benehmen zeugte.

Auch Cheng, der sich sonst kaum für Kunst interessierte, kannte das Gerücht, daß fünfundneunzig Prozent aller im Besitz der Albertina befindlichen Werke Fälschungen seien (bei den fünf Prozent handelte es sich vor allem um zeitgenössische Künstler, von denen einige keine Lust hatten, sich selbst zu fälschen). Wie lange war es wohl her, daß ein Wiener Händler eine echte Klimt-Zeichnung angeboten hatte? Gab es noch jemanden, der sich daran erinnerte? Ganz zu schweigen von den Aquarellen Rudolf von Alts, bei denen seit zwanzig Jahren ausschließlich Kopien von Fälschungen veräußert wurden. Natürlich, überall auf der Welt gab es Fälscher, aber nirgends wurden sie so sehr geachtet wie in Wien, wo ein Kind darauf stolz sein konnte, wenn sein Vater oder seine Mutter Fälscher waren. Doch bei aller Akzeptanz: Zum Fälschen gehörte, es im verborgenen zu vollziehen, so wie es dazugehörte, daß jeder so tat, Experte wie Laie, als handle es sich bei all den Fälschungen um Originale. Das hatte nun mal Tradition – und dieser schöne Brauch würde erhalten bleiben, da konnten gewisse ausländische angebliche Fachleute protestieren, bis ihnen die Zähne ausfielen.

Wie gesagt, es gehörte sich nicht, Fälscher zu entdekken und bei ihrer geweihten Arbeit zu stören. Dennoch erlaubte sich Cheng die Frage, ob es hier in der Nähe einen Ausgang gebe. Der Mann drehte sich um, und es zeigte sich, daß er eine Frau war, die gewisse Ähnlichkeiten mit der verschollenen Bürgermeistergattin besaß, aber genausogut an eine stark alkoholisierte Katherine

Hepburn erinnerte. Auf jeden Fall wies die Person mit einem ihrer Fälscherfinger in eine bestimmte Richtung. Cheng dankte, entschuldigte sich für die Störung und folgte der Fingerweisung. Tatsächlich stieß er zwei Räume weiter auf eine Tür, welche unverschlossen war und hinter der ein verrückt enger Treppenaufgang lag. Cheng mußte sein Kinn auf die Brust drücken und seine Schultern einziehen. Auch war der Gang so spärlich beleuchtet, daß er endlich seine Brille abnahm. Er dachte, er befände sich in einem Kirchturm für Zwerge. Oben angelangt, stand er vor einer verschlossenen Tür. Eine Panik erfaßte ihn, er war wie in einem Sarg eingeschlossen, konnte sich nicht mehr zurückbewegen, steckte fest, trat mit der ganzen Kraft seines gesunden Beins, mit dem er jedoch kaum ausholen konnte, gegen die Tür. Doch diesmal brauchte er sich nicht einmal zu verletzen. Die Tür sprang auf. Kalte Luft schlug Cheng ins Gesicht. Er trat hinaus.

Der Boden war weich und schlammig, das Mondlicht bleich und düster, stand er doch inmitten eines nachtdunklen Waldes. Cheng, von Kindheit an skeptisch gegenüber der sogenannten Natur und naturartigen Kulturerscheinungen, wagte sich vorerst nicht zu bewegen. Was natürlich keine Lösung war. Und da er nicht wieder hinuntersteigen wollte, begann er seinen beschwerlichen Weg durch das Unterholz. Er vermutete sich tief im Lainzer Tiergarten, doch nach einer Viertelstunde und vielen Flüchen sah er die Lichter des Pflegeheimes Lainz – er befand sich also noch immer im Hörndlwald. Eine weitere Viertelstunde später stand er wieder vor dem Haus der Maria Baumann. Durch eines der Fenster brach ein schwacher gelblichgrüner Lichtschein. Diesmal war die Gartentür offen. Er trat ein und ging, da er keinen Weg ausmachen konnte, quer durch den Garten zum Haus. Er war erschöpft, weshalb er kurz innehielt, einige Minuten einfach so dastand, bedrängt von dem Gefühl, etwas vergessen zu haben – dann klopfte er mehrmals gegen die Tür.

Eine schlanke, überaus großgewachsene, etwa siebzigjährige Frau öffnete ihm. Sie trug ein elegantes schwarzes Tweedkostüm. Die Schminke auf ihrem Gesicht war ohne jede Übertriebenheit, eher wie eine Betonung, daß sie Schminke nicht nötig habe. Eine zweireihige Perlenkette lag um den glatten Hals. Die ganze Erscheinung erstaunte ihn. Sie paßte nicht zu seiner Vorstellung von einem alten Menschen, schon gar nicht paßte sie zu diesem Haus. Er fragte, ob er es mit Frau Baumann zu tun habe.

Sie bejahte. Obwohl sie einen sehr kontrollierten, beherrschten Eindruck vermittelte, glaubte er ihre Unsicherheit zu spüren.

»Ich habe gestern mit Ihnen telefoniert, es geht um die Tochter und die Frau eines Herrn Chaloupka.«

»Ich sagte Ihnen bereits, daß ich diese Leute nicht kenne. Ihre Hartnäckigkeit ist unangebracht, obendrein lästig. Seien Sie mir nicht böse, aber ich muß Sie bitten, mein Grundstück zu verlassen.«

Was hatte er sich eigentlich gedacht? Einfach so hereinschneien und hoffen, daß man eben ins Haus gebeten wird. Er war wieder einmal vollkommen unvorbereitet gewesen. Das war ja offensichtlich sein Arbeitsprinzip – unvorbereitet zu sein. Er suchte nach einem guten Argument, das ihm nicht einfallen wollte. Sie sagte noch einmal: »Bitte, gehen Sie«, was nicht flehend klang, sondern streng, eine Strenge, die ganz ausgezeichnet zu den Konturen ihres Gesichtes paßte. Sie legte die Hand an die Tür und wollte sie schließen. Sie trug einen schwarzen Handschuh. Der kleine Finger hing schlaff herunter. Mit erstaunlicher Schnelligkeit stellte Cheng den Schuh, in dem sein schlechter Fuß steckte, in die Türöffnung.

»Was fällt Ihnen ein«, fuhr sie ihn an, »ich möchte Sie bitten, derartiges zu unterlassen. Sie haben hier nichts verloren.«

»Ihr Finger!« sagte er mit einem Ausdruck der Begeisterung.

Sie sah auf ihren Handschuh, auf den herabhängenden Fingerteil, und war erschrocken wie über einen unnötigen Fehler. Sie fing sich aber sofort, schenkte Cheng einen Blick, in dem gleichzeitig Zorn und so etwas wie Bedauern lag, und fragte ihn, was ihr Finger ihn angehe.

»Prinzipiell nichts. Aber die Maria Baumann, nach der ich suche, auch ihr fehlt der kleine Finger der rechten Hand. Na ja, und obwohl Sie zwei Generationen auseinanderliegen, sehen Sie beide sich sehr ähnlich (damit meinte er vor allem die auffallende Körpergröße und diese sehr gerade, beinahe steif anmutende Körperhaltung; das Gesicht der jungen Baumann hatte er eigentlich nie wirklich gesehen). Denken Sie nicht auch, es wäre besser, wenn wir uns miteinander unterhalten?«

Sie zögerte kurz, dann bat sie ihn einzutreten.

Durch einen vollkommen leeren, fensterlosen, aber hell erleuchteten Vorraum gelangte er in das Wohnzimmer. Auf dem einfachen, schäbigen Holztisch stand eine Flasche Rotwein, daneben ein halbvolles Glas und ein Aschenbecher, in dem einige Kippen lagen. Merkwürdigerweise hing über dem Tisch ein langgezogener Billardlüster. Bloß aus einem der drei grünen Glasschirme strömte Licht. Außer zwei Stühlen mit grauem Anstrich, einem Servierwagen aus den Fünfzigern, auf dem eine einsame Flasche Bananenlikör stand, und einem auf einer Espressomaschine plazierten, abgeschalteten Laptop befand sich in dem Raum nur noch eine mit schwarzen und rotschwarzen Kostümen behängte Kleiderstange. Cheng setzte sich auf einen der Stühle und zündete sich eine Zigarette an. Die Frau lehnte sich an den Türpfosten (was am Eindruck der Steifheit nichts änderte), ihre Arme wie zur Abwehr vor der Brust verschränkt.

Cheng nahm einen tiefen Zug (er fühlte sich gewissermaßen am Anfang der letzten Runde) und fragte sie, ob diese Sache mit dem Finger etwas mit Vererbung zu tun habe.

»Auf eine sehr tragische Weise hat es das. Aber die Frau, die Sie suchen, ist nicht meine Enkelin. Maria ist seit vielen Jahren tot.«

Mit einer schnellen Bewegung (als reiße sie ein Kalenderblatt herunter) zog sie den schwarzen Handschuh von ihrer rechten Hand und betrachtete die Stelle, an der ihr kleiner Finger fehlte. Dann erzählte sie Cheng die Geschichte. Der Finger war sozusagen eine bleibende Erinnerung an den Herrn Doktor Geissler. Sie hatten ihn den Operateur genannt, und das war zunächst nicht auf seine Fähigkeiten in der Ars medicina gemünzt, sondern auf seine scheinbaren Qualitäten als Stratege widerständischer Aktivitäten. Neunzehnvierzig war das gewesen, Maria Baumann gehörte einer kleinen Gruppe von Medizinstudenten an, Kinder aus guten arischen Häusern. Keiner war je durch politische Eskapaden aufgefallen, sie galten als angepaßte Karrieristen. Nun, das stimmte zwar nicht, aber ihr Widerstand, ihre antifaschistische Gesinnung war von großbürgerlicher Harmlosigkeit. Ihre konspirativen Treffen entbehrten nicht einer gewissen Komik – das kleinlaute Aufbegehren politisch völlig unbedarfter Leute, deren Ekel vor den Nazis sich im Grunde über den eigenen Standesdünkel definierte.

Das Laute, das Proletenhafte stieß sie ab, die Volkstümelei, die Hysterie der Massen, die plebejische Marschiererei, die Macht der Kleinbürger, dieser Choleriker aus Braunau, den man auf der Kunstakademie nicht hatte haben wollen. Es war vor allem die Kunstfeindlichkeit, die sie abstieß. Mehr als der Krieg erregte sie etwa das Schicksal des ausgebürgerten Thomas Mann oder die Verunglimpfung der Zwölftonmusik, und sie hielten es für besonders wagemutig, kleine Abbildungen von Gemälden Kandinskys zu besitzen – sie leisteten sich ganz außerordentliche Lächerlichkeiten. Das änderte sich, als Geissler zu der Gruppe stieß. Er war der Messias, der sie aus ihrer bourgeoisen Ängstlichkeit herausholte, der charismatische Revolutionär, der einem das Gefühl gab, bei guter Planung müsse niemand den Märtyrertod sterben. Sie waren phantastische Idioten und ließen sich von Geissler geradezu an der Hand führen – Flugblattaktionen, kleine Sabotageakte, Unterstützung untergetauchter Antifaschisten. Es war beinahe wie ein Spiel. Am Abend saß man wieder am Tisch der Familie und tat gelangweilt, wenn die Sprache auf die Nazis kam. Nun war der Kontakt und das Vertrauen der diversen Widerstandsgruppen untereinander katastrophal. Entgegen nachträglichen Beschönigungen war es doch so, daß man lieber Verrat trieb, als sich gegen die Nazis zusammenzuschließen. Die Gruppe um Geissler, die ohne konkrete politische Wurzeln auskam, galt als eher anglophil-dekadent, so eine Art antifaschistischer Kricketclub (wie sich das etwa Visconti vorgestellt hat), aber nachdem die Gruppe – dank eines Zufalls, der keiner war – einem bedeutenden Mitglied des kommunistischen Widerstands geholfen hatte unterzutauchen, kam es notgedrungen zu Kontakten mit den Kommunisten, immerhin versteckte man gerade einen ihrer Leute. Der Mann sollte dringend nach Moskau. Geissler versorgte ihn mit gefälschten Papieren, die er angeblich einem befreundeten Graphiker verdankte. In Wirklichkeit kamen sie backfrisch aus einer Werkstätte der Gestapo. Damit gelangte der Mann sicher nach Moskau, denn an ihm hatte die Gestapo nie ein Interesse gehabt.

Geisslers gute Tat führte zu einem Treffen zwischen ihm und Paul Müller, einem Mitglied des ZK der KPD, der helfen sollte, den kommunistischen Widerstand in Österreich zu organisieren.

Gerade Müller gehörte zu jenen, die eine Konzentration des Widerstands für unerläßlich hielten. Als er nun Geissler die Hand reichte, stürmte die Gestapo das Zimmer. Im Zuge dieser Aktion flog auch die ganze Geissler-Truppe auf. Maria Baumann wurde verhaftet. Der verhörende Beamte war bestens über sie informiert, auch über ihre Harmlosigkeit. Was weder an ihrer Gestapohaft etwas änderte noch an der Überführung nach Dachau.

Bezüglich Geissler war sie noch immer mit Blindheit geschlagen und glaubte, er sei – genauso wie Paul Müller – im Zuge des Verhörs ums Leben gekommen.

Zwei Jahre später war sie noch immer in Dachau inhaftiert. Sie hatte in der Zwischenzeit ein Kind auf die Welt gebracht. Wie und von wem sie schwanger geworden war, darüber sprach sie nicht. Aber man ließ sie mehr oder weniger in Ruhe. Ihr Vater schmierte einige hohe Wiener Nazis, die sich dafür einsetzten, daß man die kleine Baumann, dieses dumme Hendl, das geglaubt hatte, Politik spielen zu müssen, nicht allzu hart anfaßte.

Schließlich war sie weder Jüdin noch Kommunistin.

Und da stand sie eines Tages plötzlich vor Geissler – ein SS-Sturmbannführer wie aus der Propagandabroschüre, die nordisch-rassische Auslese. Er war von höchster Stelle beauftragt, eine Studie über die Ausbaufähigkeit sämtlicher Konzentrationslager zu erstellen. Er wirkte auf eine saloppe Weise zackig, mit seiner Tellermütze, seinem Schulterriemen, seinen Marschstiefeln, mit seiner Hakenkreuz-Armbinde, eine Zigarette zwischen den manikürten Fingern, rasiert und parfümiert, zufrieden angesichts seiner bedeutenden Aufgabe, und lächelte sie an, als befinde man sich nicht in einem Konzentrationslager, sondern auf einem sonntäglichen Spaziergang im Prater. Ein Dandy in Uniform, der den Mädchen auf die Beine sieht.

Und dieser Dandy meinte nun, Dachau habe ihr offensichtlich gutgetan, natürlich bezogen auf ihr Äußeres, sie sehe reizend aus, nicht mehr so spießig wie früher. Er lachte und fand es geradezu herrlich, daß man einander wieder begegnet sei. Maria glaubte, einen Geisteskranken vor sich zu haben. Kein Wort über die Widerstandsgruppe oder über die Sache mit Paul Müller. Sie würde nie erfahren, ob Geissler von Anfang an für die Nazis gearbeitet oder sich erst mit der Zeit entschlossen hatte, Karriere zu machen, indem er den Gestapoleuten Müller servierte. Geissler meinte, daß man das Wiedersehen unbedingt feiern müsse, und bat Maria in sein Quartier. Er fand die ganze Konstellation überaus reizvoll. In solch vergnügter Stimmung wollte er ihr nun auch noch die Gunst seiner Manneskraft erweisen. Aber sie weigerte sich. Zuerst sah Geissler sie streng an, dann lachte er wieder und meinte, sie solle nicht bockig sein, bloß wegen dieser Geschichte damals. Sie sagte ihm, es sei nicht nur das, was er diese Geschichte nenne, sie finde ihn prinzipiell abstoßend, auch ohne den Verrat, auch ohne den Umstand, daß er die Uniform von Mördern trage, daß er selbst ein Mörder sei. Natürlich war es verrückt, ihm das zu sagen, immerhin hatte sie ein Kind, immerhin hatte sie ein Leben, das vielleicht zu retten war. Der gute Geissler gehörte zu jenen Ausgeburten, die sich für unwiderstehlich hielten und jeden Zweifel daran ausradierten. Aber Maria erklärte, er müsse sie schon vergewaltigen, freiwillig gebe sie ihm nicht einmal ihren kleinen Finger. Mein Gott, das mit dem kleinen Finger war so eine Phrase. Aber Geissler stürzte sich darauf und glaubte Maria Baumann dadurch bestrafen zu müssen, daß er ihr am nächsten Tag – natürlich nicht wie ein Schlächter, sondern mit allem Geschick des Operateurs und mit freundlicher Genehmigung des Lagerarztes – den kleinen Finger amputierte. Er empfand das als eine originelle Methode, seine Macht zu demonstrieren. Geissler war immer sehr um Originalität bemüht gewesen. Was er eben so darunter verstand.

Ein halbes Jahr später entließ man Maria Baumann. Ihr Vater hatte den Sohn eines hohen SS-Bürokraten zum Direktor seines Unternehmens gemacht, einen unfähigen Schwadroneur. Dafür hatte der alte Baumann seine Tochter gehaßt. Für die Schande, für die Schmach, für die unnötigen Geldausgaben, die aufgezwungene Personalpolitik, dafür, daß sie ein KZ-Kind mit nach Hause brachte. Nach dem Krieg durfte er sie auch noch dafür hassen, daß sie den Kommunisten beitrat. Weniger aus Überzeugung als aus sentimentalen Gründen.

Währenddessen schlüpfte Geissler aus seiner in die Jahre gekommenen SS-Uniform und stieg mühelos in seine Nachkriegsuniform, den weißen Chirurgenmantel, geradezu die Paradeuniform einer neuen, unkriegerischen Zeit. Selbstredend war seine Nazivergangenheit da kein Problem. Im Gegenteil. In den fünfziger und sechziger Jahren war man eher verdächtig, wenn man nicht irgendeine kleine Nazivergangenheit vorweisen konnte. Das gehörte nun einmal zum guten Ton. Selbst die Sozialisten sagten sich: Ein ehemaliger Nazi kann kein Bolschewist sein, und das macht ihn sympathisch.

Maria Baumann studierte nach dem Krieg Jus und wurde Rechtsanwältin. »Die Kommunistenhur«, so wurde sie von den lieben Kollegen gerne genannt. Hin und wieder empfand sie das als Adelsprädikat. Sie war eine Spezialistin für hoffnungslose Fälle, im Übernehmen solcher, nicht im Gewinnen. Sie scheiterte sozusagen an ihrer Klientel. Mit gewissen Leuten war ein Prozeß einfach nicht zu gewinnen. Das waren ja grundsätzlich hoffnungslose Fälle. Leute, die in die immer gleichen Fallen der bürgerlichen Gesellschaft tappten. Die man weniger für ihre Taten als für ihre Ungeschicklichkeiten bestrafte. Leute, die sozusagen fürs Gefängnis geboren waren. Hoffnungslose Fälle kann man nur im Film gewinnen.

Im März neunzehnfünfundachtzig erschien eine Frau Urban in Baumanns Kanzlei und beauftragte sie, mehrere Unterlagen zu verwahren. Die Urban war jahrelang die Privatsekretärin des Politkarrieristen Herbert Lukaschek gewesen, des Mannes, den der Bundeskanzler soeben zum Verteidigungsminister ernannt hatte. Die alte Geschichte: Sekretärin vergöttert ihren Chef bis zur Selbstaufgabe, glaubt noch in jeder Demütigung den Hauch einer Zuneigung zu erkennen, loyal selbst im Untergang; eine nach YSL duftende devote Magd. Was natürlich nichts an einer gewissen gesunden Neugierde ändert, so daß im Laufe der Jahre eine Art Prophylaxe in Form belastender Dokumente entsteht.

Sekretärinnen sind unberechenbar – das wird oft unterschätzt. In ihrer Demut steckt immer eine Granate.

Lukaschek hatte sie wegen irgendeiner Kleinigkeit gefeuert, um Platz zu schaffen für ein junges Talent. Nun, das war natürlich ein bitteres Erwachen nach zwei Jahrzehnten süßer Träume, weshalb die solcherart Verstoßene nicht länger stillhielt und ihrem ehemaligen Chef zu drohen begann. Zwei Tage nachdem sie Maria Baumann die Papiere übergeben hatte, war die Urban tot. Sprung aus dem fünften Stock, Abschiedsbrief und die traurige Geschichte einer alten Jungfer – makelloser konnte ein Selbstmord nicht aussehen.

Die Baumann holte die Unterlagen aus dem Safe, um nachzusehen, was die Urban gegen den Lukaschek in der Hand gehabt hatte. Im Grunde das Übliche, die Notwendigkeiten eines erfolgreichen Lebens, angefangen von banaler Hochstapelei über die systemerhaltende Umverteilung großer Beträge in kleinen Kreisen bis zu jenen harten Bandagen wie Erpressung und Mord, ohne die ja selbst Liebhaber von Kammermusik oder Hobbyarchäologen nicht immer auskommen. Die Baumann war sich nicht sicher, ob mit diesen Papieren überhaupt etwas anzufangen war. Was sie dann freilich aus der Gleichgültigkeit riß, war das Auftauchen der Namen Geissler und Chaloupka in einigen der Unterlagen.

Geisslers große Leidenschaft hatte seit jeher den Toxinen und ihrer adäquaten Anwendung gegolten, und schließlich dürfte ihm irgendeine großartige Sache gelungen sein, was man so unter großartig versteht, organische Giftstoffe, erzogen zur Parteilichkeit, eben etwas in dieser Art. Genaueres ging nicht daraus hervor. Sehr wohl aber, daß Lukaschek und Geissler und ein gewisser H.P. Thomson, damals Leiter eines internationalen, um ein

Bild der Harmlosigkeit bemühten Handelsunternehmens, die neue Produktformel an diverse kriegführende Nationen – und naturgemäß ist jede Nation eine kriegführende – vertrieben hatten. Und zwar mit einem erquicklichen Profit. Geisslers Innovation dürfte sich, gelinde gesagt, bewährt haben. Wer weiß schon, woran die Leute sterben.

Das sind die Horrorgeschichten, die keiner glauben will.

Das Verrückte war nun, daß Maria Baumann nicht nur wieder bei Geissler gelandet war, sondern daß es sich bei dem amerikanischen Vertreter dieses florierenden Unternehmens um ihren ehemaligen Schwiegersohn Erwin Chaloupka handelte, der eine exklusive Bar in Las Vegas betrieb und der unter anderem ausgezeichnete Kontakte zu einer Gruppe von Exilkubanern unterhielt, die natürlich lebhaftestes Interesse an intelligenten bakteriologischen Waffen zeigten, an Erregern, die möglicherweise zwischen Castro-Treuen und Castro-Untreuen unterscheiden konnten (und darüber hinaus, nicht zu vergessen, auch auf der richtigen Seite standen).

Die Baumann glaubte, diesmal wäre sie dem Geissler einen Schritt voraus. Aber er wußte bereits, daß sie die Papiere besaß. Und gar keine Frage – er fand es höchst amüsant, wie des Schicksals weise Perfidie (an die er glaubte, wie man an die Gerechtigkeit der Ungleichheit glaubt) sie beide wieder zusammengeführt hatte.

Ein junger Mann erschien in Baumanns Büro, ein freundlicher Mensch, beste Manieren, und ersuchte sie, ihm die Unterlagen zu übergeben, die die so unglücklich verstorbene Frau Urban sich unrechtmäßig angeeignet habe. Es gebe nun einmal gewisse Spielregeln, an die sich alle zu halten hätten, das habe schlußendlich auch Frau

Urban eingesehen und die nötigen Konsequenzen gezogen. Und nun sei es an ihr, Dr. Baumann, die Sache zu einem redlichen Ende zu führen und die Papiere an seinen Besitzer zurückzuerstatten, in dessen Vertretung er, der junge, höfliche Mensch, erschienen sei. Und dann bot er ihr eine sechsstellige Summe an, zur Begleichung der Unkosten, wie er betonte. Und betonte auch noch, daß es überaus dumm wäre, dieses Angebot abzulehnen. (Und das war es in der Tat. Man darf ja nicht glauben, nur weil man ein paar Beweise in der Hand hält, kann man die Lukascheks und Geisslers zu Fall bringen. Das sogenannte Aufdecken von Skandalen funktioniert nur, ist es ein von den maßgebenden Stellen sanktioniertes beziehungsweise initiiertes. Die Aktivitäten der Aufklärungsjournalisten, später dann der Justiz harmonieren stets mit den Interessen der Machtstrategen. Skandalaufdekkungen und Skandalaufbereitungen dienen der Demontage im Grunde längst Demontierter. Sie dienen der Eitelkeit der bezahlten Aufdecker, der Unterhaltung des Publikums, sie dienen als Beweis für die Märe von der Selbstreinigungskraft der Demokratie, vor allem aber dienen sie der Vertuschung der Gegenwart. Kein aufgedeckter Skandal ohne Aufdeckungsplanung durch hohe und höchste Stellen. Kein Journalist gerät durch Zufall oder durch Recherchen an sein angebliches Beweismaterial, sondern es wird ihm von den Skandalplanern zur Verfügung gestellt. Wer tatsächlich glaubt, man könnte außerhalb der Skandalplanung maßgebender Stellen einen Skandal aufdecken, einfach so wild drauflos aufdecken, als wäre Aufdecken so frei wie die Kunst, der – so hätte man zumindest früher gesagt – gehört nach Rußland geschickt. – Siehe Bryce Mathews *Nixoneering, Das Wesen der Demontage*.)

Auf jeden Fall saß Lukaschek zu dieser Zeit fest im Sattel, erst recht Geissler, unser aller Gott in Weiß, der im Fernsehen mit Witz und Charme so häßliche Dinge wie Bronchialkatarrhe oder eingebildete Schwangerschaften familienfreundlich deklamierte.

Lukaschek war der Wunschkandidat der Generäle. Und Geissler die personifizierte schulmedizinische Integrität. Die Brisanz der Situation bestand ja nicht darin, daß Maria die Papiere besaß, sondern daß sie sie weitergeben konnte, an jemanden, der zu einem späteren Zeitpunkt sehr wohl einen Nutzen daraus ziehen würde. Wäre sie damit aber zur Presse gegangen, hätte man sie im besten Fall hinausgejagt (die Freiheit und Unabhängigkeit der Presse hat einen hervorragenden Platz in der Bestenliste der schönsten Lügen). Aber wie gesagt, die Papiere waren nicht wertlos, sie blieben eine Prophylaxe. Und es gab wohl Leute, die sich dieser geschickter bedienen würden als die arme Frau Urban.

Wäre Geissler nicht im Spiel gewesen, Maria hätte den Preis noch ein wenig in die Höhe getrieben, die Unterlagen übergeben und das Geld selbstlos oder auch weniger selbstlos investiert.

Aber da war eben Geissler, und da war dieses unsinnige Bedürfnis, sozusagen ihren Finger zurückzuverlangen. Also lehnte sie ab.

Der junge, höfliche Mann zeigte sich untröstlich ob ihrer Unvernunft, die ihn überrasche und enttäusche, immerhin, von einer ehemaligen KZ-Insassin hätte er sich mehr Realitätssinn erwartet.

Auf jeden Fall würde sie die Folgen nun selbst zu verantworten haben. Er verbeugte sich, als bedanke er sich für das Vergnügen, mit ihr getanzt zu haben.

Natürlich waren die Papiere an einem sicheren Ort, falls es das gibt, sichere Orte.

Wenn es nach Lukaschek gegangen wäre, hätte man auch die Baumann aus dem Fenster geworfen und dann eben weitergesehen, ob es noch einen anderen Helden gab, der sich unkooperativ verhielt. Aber Geissler bevorzugte eine originelle Lösung, eine umständliche Inszenierung war ihm allemal lieber als Lukascheks dumpfe Gewehrkugelmentalität. Der junge, höfliche Mann war übrigens der Sekretär H.P. Thomsons gewesen, ein gewisser Jack Swanzy, der Thomson auch begleitete, als dieser zur Diplomatie wechselte. Swanzy besaß eine große Ähnlichkeit mit Ranulph Field, leider Gottes, muß man sagen. Denn dieser Umstand hatte auch für Cheng dramatische Auswirkungen. Doch davon später.

Maria war sich unsicher, wie vorzugehen sei, und involvierte einen jüngeren Kollegen, der das vorhandene Material erst einmal auf seine Tauglichkeit überprüfen und um weitere Recherchen ergänzen sollte. Eigenartigerweise fühlte sie sich sicher, so als sei abgemacht, daß alle auf ihren nächsten Schritt zu warten hätten.

So als sei sie unverwundbar, weil sie ein und denselben Körperteil ja nicht zweimal verlieren konnte. Zwei Wochen später erhielt sie ein Paket. Als sie es öffnete, fiel ein menschlicher Finger heraus. Der Fingerknochen an der Schnittstelle war ausgehöhlt, und darin steckte eine dünne Papierrolle. Einen kurzen verrückten Moment lang dachte sie, das sei der Finger, den ihr Geissler vier Jahrzehnte zuvor amputiert hatte, denn es war der Finger eines jungen Menschen. Aber natürlich war die Amputation erst vor kurzem erfolgt, und auf dem Zettel teilte ihr Geissler mit, daß dies der Finger ihrer Enkelin sei, übrigens eine reizende junge Frau, wie er gerne betone, und daß er voller Zuversicht sei, daß weitere derartige Fingerübungen nun nicht mehr nötig seien, daß sie nun endlich vernünftig werde und aufhöre, wegen dieser dummen, alten Nazigeschichte sich schlecht zu benehmen. Er hatte das tatsächlich geschrieben: *Dein schlechtes Benehmen* (und das war ernst gemeint, denn wie alle Sadisten, die ganz vorn mitspielten, empfand er jegliches Aufbegehren gegen seine Person als ein unverzeihliches Betragen).

Sie hoffte, das sei ein Bluff, sie hoffte, daß es sich um irgendeinen Finger handelte, mein Gott, als könnte man das überhaupt sagen – irgendein Finger. Als würde Geissler eben bei irgendeiner Operation irgendeinen Finger mitgehen lassen, um seine alte Freundin Baumann zu erschrecken.

Baumanns Enkelin, Maria Chaloupka, war zu dieser Zeit neunzehn, ein scheuer, introvertierter Mensch, ein Mensch mit Vorahnungen, also ein Mensch mit Ängsten. Ein halbes Jahr zuvor war sie von zu Hause ausgezogen. Auch weil sie lesbisch war, was ihre Mutter als unerträglich empfand, die wie die ganze mittlere Generation unter einer krankhaften Überbetonung des Heterosexuellen litt.

Die Enkelin lebte mit ihrer Geliebten zusammen, Charlotte Grimus. Zu dieser fuhr nun die Baumann und fand Charlotte verzweifelt vor. Seit zwei Tagen war sie in Sorge, weil Maria nicht nach Hause gekommen war. Noch während die Baumann Charlotte zu beruhigen versuchte (obwohl sie es ja besser wußte), kam der Anruf aus dem Spital. Man hatte Maria völlig verwirrt in einem Park gefunden und Rauschgift oder Tabletten vermutet. Der Arzt hatte den perfekt vernähten Fingerstumpf nicht einmal bemerkt (auch wenn ihr der ganze Arm in Fetzen heruntergehangen wäre, bei weiblichen Patienten wird zunächst immer auf Psychose und Tabletten getippt). Wenigstens konnte der Arzt nichts mehr versauen. Allerdings war Maria erst nach Tagen ansprechbar. »Der alte Mann hat gesagt, es würde noch einmal passieren, falls du nicht endlich begreifst, wie wichtig *gutes Benehmen* ist.« Mehr sagte sie nicht, in ihrer Stimme lag etwas ... nun, es war vielmehr so, daß nichts in ihrer Stimme lag, daß ihre Stimme leer war, nicht tot, sondern leer. Es war offensichtlich, daß sie mehr als bloß einen Finger verloren hatte. Die Baumann rief Swanzy an, um ihm mitzuteilen, er könne sofort sämtliche Unterlagen haben. Swanzy zeigte sich hocherfreut, daß sie nun doch noch erkannt habe, daß der Sinn von Spielregeln allein in ihrer Einhaltung bestünde (die Polizei aus der Sache herauszuhalten war übrigens das geringste Problem).

Maria Chaloupka und ihre Freundin Charlotte gingen ein halbes Jahr später nach Deutschland, dann nach Irland. Was nichts half – drei Jahre nach dem Vorfall nahm sich Maria das Leben. Da hatte es auch nichts genützt, daß sich Charlotte den eigenen kleinen Finger der rechten Hand abgetrennt hatte. Vielleicht hatte sie gehofft, der Geliebten einen Teil ihrer Ängste abnehmen zu können, was natürlich Unsinn ist – Angst ist nicht teilbar. Vielleicht war es aber bloß ein Akt der Verzweiflung gewesen. Sie sah ja, daß Maria nicht darüber hinwegkam, sich immer mehr verschloß, auch vor ihr, Charlotte, verschloß.

Marias Selbstmord blieb unentdeckt. Sie war ins Meer gegangen, die Leiche nicht wieder aufgetaucht. Gleichzeitig verschwand auch Charlotte von der Bildfläche. Beide galten als verschollen.

Menschen verschwinden, nichts regt Menschen weniger auf.

Vor drei Jahren ging es dann los. Der Dr. Eberle machte den Anfang, ein Partei- und Jagdfreund Lukascheks, der als Menschenrechtssprecher seiner Partei natürlich hervorragende Kontakte zu den politischen und militärischen Führern sogenannter Regime besaß und der den Markt für *Geisslers Rezeptur* (so die interne Bezeichnung) sondierte. Eberle war gewissermaßen der Auktionator. Eine heikle, eine gefährliche Angelegenheit, die der Eberle aber zu meistern verstand. – Nun, an einem sonnigen Wintermorgen fand man ihn erschossen in seiner bayrischen Jagdhütte. Seine Partei sprach von Arbeitsüberlastung, die diesen mutigen Kämpfer für die Humanität dazu gebracht hatte, Hand an sich zu legen. Die Lukaschek-Gruppe allerdings dachte prosaischer und befürchtete, daß gewisse Unstimmigkeiten – ohne die lukrative Geschäfte selten auskommen – einen Kunden oder verschmähten Anbieter zu dieser unschönen Lösung verführt hatten.

Manche Mentalitäten trotzten leider noch immer den internationalen Standards.

Hätte nun die bayrische Polizei – die ja für vieles weltberühmt ist, aber kaum für ihre Präzision – das kleine Papierröllchen nicht übersehen, das in der undefinierbaren Fleischmasse gesteckt hatte, die von Eberles Schädel übriggeblieben war, wäre Geissler früher klar gewesen, daß die Gefahr nicht aus Libyen oder Belgien stammte.

Eberle erhielt ein wunderschönes Begräbnis, und man beschloß, die Geschäfte ein wenig ruhen zu lassen, schließlich hatte ja ein jeder seinen Brotberuf. Doch ein halbes Jahr später fiel ein weiteres Mitglied des Unternehmens, ein Tiroler Baustoffhändler, einem tragischen Jagdunfall zum Opfer. Jagdunfälle sind nun einmal kaum zu verhindern; daß es sich aber um einen solchen im klassischen Sinn nicht handelte, erkannte Geissler, der den Tiroler mit einigen Einschußlöchern versehen auffand, als er aus einem dieser Löcher einen Zettel zog, auf dem der Leser aufgefordert wurde, sich an *St. Kilda* zu erinnern. St. Kilda war der Name von Chaloupkas Bar, und in selbiger Bar hatten Geissler, Thomson, Chaloupka und ein vierter Mann die Idee geboren, Geisslers Leidenschaft für manipulierte Toxine gewinnbringend umzusetzen. Alle vier waren fanatische Kartenspieler und benötigten eine Menge Geld, mehr als sie verdienten (denn so fanatisch sie spielten, so gering waren ihre diesbezüglichen Fähigkeiten, und woher Spielglück auch immer kommt – zu diesen vieren fand es seinen Weg nicht).

Lukaschek, Eberle und ein paar andere stießen erst später zu der Mannschaft. Lukaschek war kein Kartenspieler, aber er hatte auch so seine Träume. Na gut, Friede seiner Asche.

Der Wink mit dem Papierröllchen war unmißverständlich. Ein Zitat. Nachdem Geissler den Zettel im Einschußloch seines Tiroler Jagdfreundes gefunden hatte, war er überzeugt, daß Maria Chaloupka hinter diesem Mord und dem an Eberle steckte, daß sie sich auf eine sehr umfassende Weise dafür rächen wollte, daß man ihr einen einzigen, kleinen Finger genommen hatte (Geissler war auch überzeugt, daß die alte Baumann, jetzt, beinahe zehn Jahre später, nur noch eine Nebenrolle spielte; sie hatte die Details an ihre Enkelin weitergegeben, das war es auch schon – Geissler hielt alte Frauen für ungefährlich; anstrengend, aber ungefährlich). Zum ersten Mal hatte er das irritierende Gefühl, daß *er* es war, auf den das Zielfernrohr gerichtet wurde. Ihm selbst war erst sehr spät klargeworden, daß Baumanns Enkelin

Chaloupkas Tochter war – nicht, daß ihm das Probleme bereitete, auch diesen Umstand hatte er zunächst als höchst reizvoll empfunden (als erkenne er mit einem Mal ein Kompositionsprinzip, das es nur noch zu durchschauen galt). Aus Gründen der Sicherheit war es freilich an der Zeit, auch Chaloupka aufzuklären, der, nachdem er ausgewandert war, seine Tochter nie wiedergesehen hatte. Chaloupka fand die Sache mit dem Finger verrückt, verrückt und unnötig – nicht mehr. Falls er, Geissler, überhaupt recht habe, so müsse man eben die nötigen Schritte unternehmen, um dieses Weib an weiteren derartigen Aktionen zu hindern. Daß das seine Tochter sei, sei ein dummer Zufall, nicht mehr zu ändern, aber gewiß kein Grund für irgendwelche Sentimentalitäten.

Nun war aber beim besten Willen keine Maria Chaloupka aufzutreiben (die Tochter verschwunden, die Mutter seit einigen Jahren unter der Erde – ihr Autounfall war rein und unschuldig und zusammenhanglos gewesen und somit eine schöne Ausnahme in diesem Gebilde vernetzter Grausamkeiten). Und ob man aus der alten Baumann etwas herausbekommen würde, war höchst ungewiß. Geissler begann, ganz entgegen einer seiner Lebensmaximen, einen Anflug von Nervosität zu entwickeln.

Gar keine Frage, die ganze Geschichte war nicht nur merkwürdig, sondern auch ein wenig verwirrend, allein die dreifache Maria hatte einigen Leuten Probleme bereitet. Völlig ungeklärt blieb die Frage, warum Ranulph Field, der bloß ein Wanderfreund Thomsons gewesen war, hatte sterben müssen. War ihm seine Ähnlichkeit mit Thomsons Sekretär Jack Swanzy zum Verhängnis geworden? Auf jeden Fall war Field als nächster an die Reihe gekommen, und ausgerechnet an diesem völlig unschuldigen Biologen übte Charlotte Grimus, ja, Charlotte Grimus, die im Namen ihrer Freundin den Rachefeldzug antrat, besonders ausgiebig Vergeltung. Und ließ auch Ranulph Fields unermüdlichen, über den Tod hinaus treuen Privatdetektiv Markus Cheng nicht ungeschoren. Und ebendieser Cheng war es, der durch seine verrückte Einmischung die für einen späteren Zeitpunkt geplante Ermordung Geisslers verhinderte, indem er aus dem Dunkel einer Zimmerecke trat und solcherart Geisslers ungemein banales vorzeitiges Ende verschuldete. Und es ist also nur gerecht, daß Cheng zu spät kam, um auch noch H.P. Thomson und Erwin Chaloupka zu Tode zu erschrecken. Minister Lukaschek war ja bekanntermaßen einige Zeit zuvor einer toxischen Intervention Geisslers zum Opfer gefallen.

»Einer fehlt noch«, sagte Cheng, »Sie haben von einem vierten Mann gesprochen, der sich ebenfalls in der St.-Kilda-Bar befand, als die Sache beschlossen wurde. Wer ist der vierte?«

»Ein Spieler wie die anderen«, erklärte Maria Baumann. »Aber ich kann Ihnen nicht sagen, wer es ist.«

Sie sah auf ihre Uhr und meinte, sie komme viel zu spät zu ihrem Konzert. Werde wohl nur noch die Zugabe schaffen. Ohnehin das einzige, was sich lohnt, die Zugaben.

»Kommen Sie mit, Herr Cheng?«

Er nickte. Draußen wartete bereits ein Taxi. Cheng kam sich vor wie in einem absurden Bühnenstück, und es würde ihn nicht gewundert haben, wenn er am Schluß als einziger Überlebender auch seinen zweiten Arm verlieren mußte.

Sie kamen tatsächlich gerade rechtzeitig zur dritten Zugabe (niemand hatte sich die Mühe gemacht, Cheng nach einer Karte zu fragen). In der ersten Reihe waren zwei Plätze frei. Der Applaus des wie üblich vom eigenen Applaus entzückten Publikums verlor sich in der Stille angestrengter Hustenunterdrückung. Der Sänger, ein schwergewichtiges Prachtexemplar von einem Frackträger, faltete die Hände zu einer Geste weitläufiger Weltvergessenheit, erinnerte sich dann aber doch an seinen Kollegen am Klavier, der ja auch irgendwann nach Hause wollte, dem er nun zunickte, wie man dem Kellner zunickt, wenn einem der Wein genehm ist, ließ sich von den ersten Tönen des Klaviers zu einem Gesichtsausdruck unendlichen Schmerzes, geschundener Melancholie, brachialer Tiefsinnigkeit und erlesener Opferbereitschaft verführen und begann nun mit einer Stimme, die schon so manches willige Gemüt zu Tränen gezwungen hatte, Schuberts *Kriegers Ahnung* zu singen. Das war er also, der Mann, der übriggeblieben war: Kammersänger Erich Grobfeld. Cheng sah zur Decke. Er erinnerte sich der Warnung Strakas vor herabfallenden Biedermeierschränken. Der Kristallüster sah aber auch nicht ungefährlich aus. Grobfeld mußte der vierte Mann sein, und es war kaum anzunehmen, daß er eine dritte Zugabe, die ausgerechnet *Kriegers Ahnung* hieß, überleben würde. Cheng sah sich um, konnte aber niemanden erkennen, der ihn an die Frau erinnerte, die vor dem Grab der Maria Baumann gestanden hatte.

Mein Gott, was sollte er tun, auf die Bühne hechten (oder sich wälzen), sich auf Grobfeld stürzen, ihn aus der Flugbahn einer Kugel drängen, von der er nicht einmal wußte, ob sie tatsächlich kommen würde, und wenn, woher. War er überhaupt fähig, einen Koloß wie Grobfeld auch nur einen Millimeter zu verrücken? Er mußte an diesen Film denken, diesen Hitchcock-Film, dessen Titel ihm jetzt nicht einfiel, dieser Film mit Grace Kelly oder Doris Day, wo am Ende auch irgend etwas mit einem Konzert, einem Attentat ... jetzt fiel es ihm ein, zwar nicht der Titel, aber daß Doris Day, dieser Abgesang Hitchcocks auf die amerikanische Frau, den Mordanschlag auf irgendeinen Staatsmann verhindert, indem sie eines ihrer Lieder singt und dabei kreischt und was auch immer. Er hatte die Sache nur mehr sehr vage im Kopf. Wenn ihm etwas unvergeßlich geblieben war, dann die Peinlichkeit der Doris Day (ihre monströse Hausmütterlichkeit wurde nur noch von der amerikanischen Wirklichkeit übertroffen). Nein, er würde nicht aufstehen und den tatsächlich grandiosen Vortrag Grobfelds unterbrechen (denn wenn irgend etwas einen Wert besaß, dann die Gesangeskunst Grobfelds, die auf unzähligen Platten, CDs und Filmaufnahmen festgehalten war, der Nachwelt also erhalten bleiben würde, während Grobfeld, einmal losgelöst von seiner Gesangeskunst, seiner Musikdarstellung, seiner Sängerdarstellung, nur noch seinem Namen gerecht wurde).

Bald ruh' ich wohl und schlafe fest, Herzliebste – gute Nacht!

Grobfeld schloß die Augen, und einen Moment lang war er nichts als unerschütterliches Pathos, ein wahrhaftiges Genie erst im Moment des Verstummens, erst im Moment der ausschließlichen Pose. Und dieser wunderbare Moment, da der Sänger zum Kunstwerk erstarrt, da der letzte Ton verklingt und der Klavierbegleiter sozusagen über seinen eigenen Oberschenkeln zusammenbricht, dieser kristalline Moment, da das Publikum exakt an der Grenze zwischen dem enervierenden Ertragen von Kunst und dem Bewußtsein steht, es endlich hinter sich zu haben (der Applaus ist tatsächlich ein Ausdruck der Befreiung aus der selbsterwählten Kunsthaft), dieser heilige Moment, da sogar Hörgeräte und Kehlköpfe in Demut verharren, wäre natürlich ein dramaturgisch idealer Augenblick gewesen, um mit Grobfeld Schluß zu machen. Aber der Moment absoluter Reinheit blieb ungeschändet, und Grobfeld beendete ihn, indem er sich mit einer Bewegung von berauschender Langsamkeit seinem in sich zusammengesunkenen Klavierbegleiter zuwandte und ihn mit einem verliebten Blick bedachte, den dieser (obwohl einiges über die Fünfzig) auf eine jungenhafte Art erwiderte, um die ihn jeder Reisebegleiter beneidet hätte. Das war das Zeichen. Und wie als hätte jemand den Strom angedreht, brach ein Applaus los, der stark genug gewesen wäre, die Welt von allem Übel zu befreien, wäre der Applaus nicht selbst ein Teil dieses Übels gewesen. Das Publikum war selbstredend elektrisiert, schließlich galt die dritte Grobfeld-Zugabe stets als Höhepunkt seiner Liederabende (seine vorletzte CD bestand ausschließlich aus Aufnahmen seiner besten dritten Zugaben). Grobfeld servierte nun dem Publikum eine tatsächlich gelungene Rührung – indem er nämlich gar nichts tat, sich nicht verbeugte, nicht die Hände faltete oder sie familiär ausstreckte, nicht zum Balkon und den Logen hinaufwinkte, nicht den Begleiter dazu aufforderte, mit ihm zusammen irgendwelche Männchen zu machen, sich nicht einmal genialisch durch das glänzende Kammersängerhaar strich, sondern einzig hinunter zu seinem Publikum sah, und in seinem Blick lag Ergriffenheit (eigentlich Lüsternheit) ob der eigenen Größe und der angeblichen Begeisterung des Publikums, ein Blick, den man in einer primitiven Kultur vielleicht als Ausdruck von dämonischer Besessenheit mißverstanden hätte, der aber tatsächlich nichts weniger war als das exakte Spiegelbild von Gottes Antlitz angesichts seiner Schöpfung (denn Grobfeld war ja nicht nur Kammersänger und Kartenspieler, sondern auch ein passionierter Jäger).

Einen Moment lang war auch Cheng von diesem Bild kammersängerischer Jenseitigkeit überwältigt. Währenddessen zog Maria Baumann einen Blumenstrauß aus ihrer Handtasche (wie nicht anders zu erwarten, rote Rosen, und zwar einen sehr dichten Strauß) und warf diesen Grobfeld zu.

Hin und wieder scheint das Leben tatsächlich in Zeitlupe abzulaufen, was leider nichts daran ändert, daß es hin und wieder sehr schnell vorbei ist. Cheng sah dem fliegenden Blumenstrauß nach, und der süße Schrecken der Erkenntnis fuhr ihm ins Genick. Irgend etwas drängte ihn, einen Schrei auszustoßen, um Grobfeld zu warnen, und irgend etwas drängte ihn, darauf zu verzichten, weil ihm eigentlich ziemlich egal war, was mit Grobfeld geschah, und irgend etwas drängte ihn, sicherheitshalber in Deckung zu gehen, da er ja die Wirkung der Bombe, die wohl in diesem Blumenstrauß steckte, nicht voraussagen konnte. Das Fatale an der Sache mit der Zeitlupe ist, daß man sehr lange zusehen kann und sehr lange über das Gesehene nachdenken kann, aber (physisch gesehen ja selbst ein Opfer der gedehnten Zeit) nicht in der Lage ist, ebenso rasch zu reagieren. Was natürlich vor allem für Kammersänger Grobfeld tragisch war, der nun in Zeitlupe den Blumenstrauß auf sich zufliegen sah, was ihn zunächst einmal mit orthodoxer Freude erfüllte. Er war solchen Liebesbekundungen seiner Fans keineswegs abgeneigt. Weshalb ein gönnerhaftes Lächeln seine Lippen verzierte. Weil sich der Blumenstrauß nun aber in

Zeitlupe näherte, hatte Grobfeld genug Zeit, die ungewöhnliche Größe und Dichte dieses blühenden Arrangements zu konstatieren und sich in der Folge gewisse Gedanken zu machen.

Der Tod seiner Freunde war ja schließlich nicht geeignet, das Leben nur von seiner musikalischen Seite zu betrachten. Die Richtung, in die seine Gedanken nun gingen, fand eine weitere Unterstützung, als er in das Gesicht der Blumenstraußwerferin sah – und was er sah, hatte sicher nichts mit der fanatischen Anhänglichkeit seiner weiblichen Fans zu tun; in diesem Gesicht lag etwas wie Befriedigung, nicht Triumph, aber die Befriedigung, etwas zu Ende gebracht zu haben. Grobfeld konnte also beim besten Willen den Gedanken nicht unterdrücken, daß sich in diesem Blumenstrauß so etwas wie eine böse Überraschung befand, etwa eine Bombe oder sogar exakt eine Bombe, und daß er, indem er sie auffing, sie gleichzeitig auslösen würde. Wie gesagt, die Sache mit der Zeitlupe hat etwas Teuflisches – Grobfeld hatte eine halbe Ewigkeit Zeit gehabt, um zu erkennen, daß dieser Blumenstrauß kein Zeichen der Verehrung darstellte, sondern ihn möglicherweise in ziemlich viele Stücke zerreißen würde. Das schlimmste daran war, daß der Blumenstrauß noch etwa die Hälfte seines Weges zurückzulegen hatte, und doch konnte Grobfeld nicht verhindern, daß er ihn auffangen würde, denn sein Körper war in der Echtzeit gefangen, er würde vielleicht gerade noch einen Ausdruck der Bitterkeit in sein Gesicht zwingen können, mehr nicht.

Grobfeld behielt recht. Er fing den Blumenstrauß, der im selben Moment explodierte. Immerhin: Alle, die dabei waren, hatten noch nach Jahren etwas zu erzählen. Grobfeld wurde übrigens von einer Bombe russischer Bauart zerfetzt (der russische Präsident, selbst ein Grobfeld-Verehrer, zeigte sich untröstlich). Wie es sich gehört, setzte man den begnadeten Liedinterpreten in einem Ehrengrab des Zentralfriedhofes bei, sinnigerweise zwischen Geissler und Eberle (Lukaschek lag in seiner Familiengruft im steirischen Eibiswald, Thomson auf dem Friedhof seiner Heimatstadt Seymour, und Chaloupka war in Aspern gelandet, Ranulph Field war schlußendlich doch wieder in die Obhut seiner Eltern geraten und ruhte am Rande von Adelaide, mit Blick auf die Mount-Lofty-Kette).

Wie man nun auch immer dazu stehen mag, daß sich jemand für ein derartiges Attentat ausgerechnet einen der schönsten Wiener Konzertsäle aussucht, so muß erwähnt werden, daß die Baumann dabei so geschickt vorgegangen war, daß es zwar Grobfeld auf eine ziemlich drastische Weise zerriß, aber sonst niemand zu größerem Schaden kam (auch nicht Ernest Bozek, langjähriger gequälter Klavierbegleiter Grobfelds, für den ein ebenso langjähriger Traum in Erfüllung gegangen war).

Im Moment der Explosion ging Cheng zu Boden, wild entschlossen, keinen einzigen Körperteil mehr abzugeben. Dabei fiel ihm sein Hörgerät heraus, und die Detonation fuhr ruhig wie eine Märklineisenbahn durch seine Gehörgänge. Er zog den Kopf ein und schloß die Augen. Die Dunkelheit zeigte ein tiefes, samtenes Violett. Es erinnerte ihn an die Vorhänge in Geisslers Arbeitszimmer, hinter die er nicht getreten war, und er überlegte, ob Geisslers Schrecken weniger tödlich gewesen wäre, wenn er, Cheng, zuerst den Vorhang hätte beiseite schieben müssen. Wie kam er jetzt bloß darauf? Als er die Augen öffnete, erblickte er als erstes das blutbespritzte, aber nichtsdestoweniger entzückte Gesicht Ernest Bozeks, das über den Überresten Grobfelds thronte. Cheng stand auf und half einer älteren Dame, die eigentlich recht unverletzt aussah, sich dennoch bitter beschwerte. Er sah sich um, aber Maria Baumann war verschwunden.

Der Platzanweiser bemühte sich um eine präzise Darstellung und beschrieb eindringlich die Vorgänge. Er habe genau gesehen, wie die Frau den Strauß warf und der unglückliche Grobfeld ihn auffing und damit in die Luft flog und wie der Arm Grobfelds einen hohen Bogen über die Bühne beschrieb und wie der verzweifelte Bozek über seinem Freund und Kollegen kniete etc. Und er war sich sicher gewesen, daß dieses teuflische Weib in Begleitung dieses Chinesen zur dritten Zugabe gekommen war. Leider war ihm die Attentäterin in dem Chaos, das der Explosion gefolgt war, entkommen, aber diesen Chinesen habe er schnappen können, dank Nahkampfausbildung.

Der Polizeibeamte bestätigte, was für eine großartige Leistung es sei, einen einarmigen, hinkenden, schwerhörigen Menschen, der gerade dabeigewesen war, einer alten Dame auf die Beine zu helfen, überwältigt zu haben, und entließ den Platzanweiser.

Man führte Cheng herein. Er verlangte sofort nach Straka. Man erklärte ihm, daß der Oberstleutnant mit der Sache nichts zu schaffen habe. Cheng riß sich das Hörgerät, das man ihm nach seiner Verhaftung wieder ins Ohr gesteckt hatte, heraus und kündigte an, jede Kooperation zu verweigern. Der verhörende Beamte zuckte mit den Schultern, murmelte etwas von wegen *gölbe Bruat* und ließ sich dann mit Straka verbinden.

»Unverletzt?« fragte Straka, als er eintrat und Cheng die Hand schüttelte. Der Detektiv nickte.

»Gratuliere. Sie scheinen in letzter Zeit vom Glück verfolgt zu sein.«

»Das ist schon nicht mehr auszuhalten.«

»Allerdings verdächtigen meine Kollegen Sie der Mittäterschaft. Das ist natürlich Unsinn, aber um die Herren zu überzeugen, bräuchte ich ein paar Einzelheiten.«

Cheng lieferte nicht bloß ein paar Einzelheiten, sondern die ganze Geschichte, wobei er hin und wieder ins Trudeln kam.

Zu viele Personen.

Als er geendet hatte, meinte Straka: »Um Himmels willen« und zündete sich eine Zigarette an. Nicht gerade die erste. Die Luft in dem kleinen Raum schien die Konsistenz von Sauermilch zu haben. Draußen dämmerte es.

»Mit dem Tod Grobfelds hat die Angelegenheit einen würdigen Abschluß gefunden«, sagte Cheng.

»Na ja, an Toten mangelt es nicht. Aber die Grimus und die Baumann – wo sind die beiden?«

»Der einzige Anhaltspunkt ist das Gartenhaus der Baumann. Aber dort werden sie ja wohl kaum sein.«

»Wir schicken einen Wagen hin.«

»Es ist vorbei, Straka. Die beiden werden nicht wieder auftauchen.«

»Möglich.«

Straka benötigte eine halbe Stunde, um seine Kollegen zu überzeugen, daß Cheng sozusagen auf der Seite des Rechts stand, daß er als eine Art freier Mitarbeiter der Polizei fungierte und sich nur deshalb im Konzert befunden hatte, um Grobfeld zu schützen.

Um ein Attentat zu verhindern, das er bloß geahnt habe. Den Fall an sich ließ Straka unerwähnt. Der Hofrat war zu informieren, und dieser würde die Richtlinien der Rücksichtnahme ausgeben.

Die Sache war noch immer zweischneidig zu nennen, daran änderte auch nichts, daß die meisten der Akteure sich in der Weltabgeschiedenheit ihrer Gräber befanden.

Straka bot Cheng an, ihn nach Hause zu fahren, aber Cheng wollte ein wenig durch die Gegend laufen. Sie gaben sich die Hand, und auch wenn sich Cheng zur Verfügung halten mußte, hatte es diesmal etwas Abschließendes.

Die letzten Mondsüchtigen wankten aus den Bars, und die ersten Kontrolleure lungerten in den U-Bahn-Stationen herum. In Bahnhofslokalen trank man sich den nötigen Mut an. Aber die meisten lagen noch in ihren Betten und träumten von blutiger Rache, moderatere Charaktere davon, daß bovistgroße Hautpilze ihre Vorgesetzten befielen. Die Leute an den Abhörgeräten wurden durch ausgeruhte Kollegen ersetzt. Der Himmel war dunkelgrau wie eine Taube auf einem Schwarzweißfoto. Durch ein geschlossenes Fenster brach die frisch geschlüpfte Stimme einer Radiosprecherin – sie frohlockte, als sei soeben der letzte Serbe krepiert. Es begann schon wieder zu schneien. Cheng genoß die kalte, verdreckte Luft. Die ersten Leute, die auf die Straße traten, befanden sich natürlich in Begleitung ihrer Hunde – Cheng fühlte sich gar nicht wohl bei diesem Anblick. Ihm fiel ein, er hatte Lauscher vergessen.

Weil er sich nicht an den Namen der Straße oder des Lokals erinnern konnte, wies er den Taxifahrer an, zum Pflegeheim Lainz zu fahren, von wo er ihn dann weiterdirigieren würde. Der Taxifahrer, ein in jeder Hinsicht ausgeschlafener Ungar, aus dessen rasanten, spritzigen Erzählungen hervorging, daß er jede Gasse in Budapest kenne, in Debrecen so gut wie jedes Haus, verfuhr sich auf dem Küniglberg, auf dem Roten Berg und auf dem Girzenberg und gelangte wie durch ein Wunder (ohne je am Pflegeheim Lainz vorbeigekommen zu sein) zum Heurigenlokal »Nachtwächters Schatten«, Besitzer Egon Ernst Nachahmer.

Natürlich war es um diese frühe Stunde geschlossen. Cheng ging um das Gebäude herum, in ständiger Erwartung, entweder von Egon Ernst oder seiner Winifred angefallen zu werden. Vielleicht würde er also doch noch im Spital landen. Über eine offene Seitentür gelangte er in den Hof, der wohl im Sommer als Gastgarten diente. Jetzt war der Boden mit einer durchscheinenden Schneeschicht bedeckt, darin die Abdrücke von Hundepfoten. Mit erzwungener Selbstverständlichkeit überquerte Cheng den Hof, vorbei an einem steinernen Elefanten (was alles mögliche bedeuten konnte), öffnete eine Tür (auf der ein Plakat klebte, das den Auftritt der Gruppe *Nervöse Fische* ankündigte) und gelangte über die Toilette in den Gästeraum. Lauscher lag noch immer vor dem Kamin, öffnete die Augen, richtete langsam seine Ohren auf, erhob sich ebenso langsam, streckte sich und gähnte einer verrückten Welt ins Antlitz. Kurz schnupperte er an Chengs Hosenbein (was er roch, roch nach Abenteuer, weshalb er sich abwandte; er hielt das Bedürfnis nach Abenteuern für einen Defekt). Cheng öffnete eine Tür. Lauscher trat ins Freie, unterließ das übliche aufwendige Getue bezüglich eines idealen Platzes und schiffte gegen den steinernen Elefanten. Gemeinsam traten sie aus dem »Nachtwächters Schatten«.

13

Cheng fuhr mit dem Besen über den schwarzen Boden des Bahnsteigs. Die aufgemalten chinesischen Schriftzeichen warben für europäische Textilien und Billigflüge nach Rußland. Aus den Lautsprechern dröhnte ein Strauß-Walzer, *Rosen aus dem Süden.* Cheng steckte in einem rot-weiß-roten Overall. Obwohl er vollkommen taub war, trug er die vorschriftsmäßigen Ohrenschützer.

Nicht aus Sicherheitsgründen – was sollte auch sicher daran sein, die einfahrenden Züge nicht zu hören –, sondern aus Werbezwecken, da Österreich dank seines alpinen Images derzeit den Weltmarkt für Ohrenschützer anführte, übrigens kein kleiner Markt. Vor allem nicht in China. Nun, die Schützer lagen groß und weich über Chengs obsoleten Ohrmuscheln. Auf seinem linken Armstumpf war eine Art Staubsauger montiert. Sein rechter Arm, mit dem er den Besen antrieb, schmerzte (die Schraube hatte sich in all den Jahren als Wanderschraube erwiesen).

Die Untergrundbahn der südchinesischen Stadt Kunming war nagelneu, ein österreichisches Erzeugnis (auch wenn der österreichische Wein gestorben war, der Handel mit U-Bahnen florierte).

Das gesamte Personal wurde – entsprechend den Verträgen – aus Österreichern rekrutiert, wobei die Reinigungstruppe sich ausschließlich aus Österreichern chinesischer Abstammung zusammensetzte, wiederum eine Bedingung des hiesigen Partners.

Chengs Abstieg war unaufhaltsam gewesen. Nachdem die Hammerschmid wegen des erschossenen Burgschauspielers (genaugenommen, weil sie vergessen hatte, ihre Brille aufzusetzen) ins Gefängnis gewandert war, hatte Cheng keinen einzigen Auftrag mehr erhalten. Er trank mehr, als ihm guttat, wurde kindisch, wehleidig, verschmähte etwa die Hilfe seiner Exfrau, flog aus seiner Büro-Wohnung, fand Unterschlupf in der Absteige des genialen Sonderschülers Berti.

Zwischenzeitlich hatte sich der Staat derart der Wirtschaft ausgeliefert, daß nur noch die Optimierung der Arbeitgebersituation, die Subventionierung schneidigen, sportiven Unternehmertums und die Befreiung jedweder Spekulation von gesetzlichen und gesellschaftlichen Hemmnissen im Vordergrund standen. Das Sozialsystem war als überholt, geradezu barbarisch, ungerecht, undemokratisch, als Gefährdung des Wirtschaftsstandortes erkannt worden, weshalb man es der Kirche überließ, sich um all die Versager zu kümmern, bloß hatte die Kirche das Geld nicht, war es zudem leid, nach zwei Jahrtausenden kriegerischer, prunkvoller, gnadenloser Demonstration der Macht nun plötzlich (vor allem von den Sozialdemokraten) in die soziale Ecke, in das Abseits der Nächstenliebe gestellt zu werden.

Auf jeden Fall verlor der Invalide Cheng jeglichen Anspruch auf staatliche Unterstützung. Das waren nun mal nicht die Zeiten, in denen ein Mann eine Chance hatte, dem ein Arm fehlte, im anderen ein metallener Wurm bohrte, dem ein Bein zu schaffen machte, den seine Hörkraft verließ, der als Detektiv gescheitert war, als Chinese galt und der immer stärker der lähmenden Kraft des Alkohols zusprach. Es war Berti, der Cheng über Wasser hielt. Eines Tages holten sie Berti. Warum, sagten sie nicht. Aber das kümmerte auch niemanden, nicht einmal Berti. Alles war ganz selbstverständlich. Man wurde einkassiert, so wie man einst entlassen wurde. Ohne großes Gerede. Man verschwand. Man war wie nie gelebt. Am Ende blieb nicht einmal ein Punkt.

Cheng wurde langsam nüchtern. Nicht weil sie Berti mitgenommen hatten, sondern weil nun kein Berti mehr den billigen Schnaps anschleppen konnte. Und selbst war Cheng außerstande, irgend etwas anzuschleppen. Eine Nachbarin nahm ihn bei sich auf, eine gottesfürchtige Prohibitionistin, die dem Alkohol die Hauptschuld an allem gab und froh darüber war, den schönen langen Tag Cheng zuzusehen, wie er unter dem Entzug litt. Wäre er gestorben, sie hätte ihn ausgestopft (sie besuchte gerade einen Kurs). Er starb aber nicht, denn die versalzenen Einbrennsuppen, die sie ihm einflößte, richteten ihn tatsächlich auf. Eigentlich gegen seinen Willen. Aber zunächst war er zu schwach gewesen, um sich zu wehren, und dann schlichtweg zu gesund, um gleich wieder zu erkranken.

Irgendwann holten sie auch Cheng. Sie brachten ihn zum Personalbüro der Österreichischen Überseeischen U-Bahn-Vertriebsgesellschaft, wo man ihm anbot, ihn nach Kunming zu entsenden, um die dortige U-Bahn zu reinigen. Seine Behinderung sei nicht von Bedeutung, wichtig nur sein asiatisches Aussehen. Österreichischer Paß, chinesische Visage – das seien die Leute vom Reinigungstrupp. Natürlich hätte Cheng den Job ablehnen können, aber dann wäre er wie Berti ohne Komma und Punkt verschwunden, auch kein Unglück, doch die vielen Einbrennsuppen hatten ein wenig Lebenswillen in seine Seele gebrannt, weshalb er seine Unterschrift gab, diverse Immunseren verabreicht bekam, ein neues Gebiß, eine phantasielose Frisur, dann einige Tage und Nächte in einem ehemaligen Studentenheim herumhing und schließlich von der Arbeitspolizei nach Schwechat gebracht und in einen Flieger gesteckt wurde, der ihn nach Kunming brachte.

Für einen Mann wie ihn, der eigentlich zum Ausschuß gerechnet wurde, hatte er es gar nicht so schlecht getroffen. Obwohl er bereits seit Jahren durch die Stationen der Kunminger U-Bahn schlurfte, kehrend, staubsaugend, hatte er sich keine weiteren Verletzungen zugezogen, nicht einmal das Nasenbein gebrochen. Hin oder wieder explodierten sogar Bomben in den Gängen und Hallen (die linke Guerilla war der Stolz der Stadt, drüben in Europa regte sich nicht einmal mehr ein einziges Flugblättchen), aber Cheng erlebte die Gunst späten Glücks, blieb stets unbeschadet.

Die zehn Stunden mußte man eben aushalten. Wichtig war, daß ihm auch während der Arbeit ein paar Schnäpse zustanden. Das brachte keinen um. Zudem bereitete sich Cheng täglich eine Einbrennsuppe, reine Salzseen. Das pampige Zeug machte ihn nüchtern, wieviel er auch getrunken hatte. Wenn es ein Problem gab, dann war es die Hitze, die in den Stationen herrschte, dazu die staubige Luft. Das Lüftungs- und Heizungssystem war bekanntermaßen der Schwachpunkt österreichischer U-Bahnen, und in Kunming war besonders gepfuscht worden. Den ganzen Tag oder die ganze Nacht dort unten zu sein machte die Männer schummrig, manche wurden blöde, was nicht störte, solange keiner zusammenbrach. Und es brach keiner zusammen. Dafür sorgte der Betriebsarzt, der Leuten mit orangefarbenem Zungenbelag, oder denen die Augen langsam aus den Höhlen tropften, ein paar Injektionen verabreichte. Danach hatte man zwar

Durchfall, der aussah wie die Flagge von Großbritannien, und einige der Arbeiter rochen, als hätten sie in Franzbranntwein gebadet, aber man war wieder imstande, den Besen gerade zu führen und ein wenig auf die Passanten zu achten. Denn es war unmöglich, auf die ruhigeren Nachtstunden zu warten, zuviel Dreck fiel an – kein Mensch kam auf die Idee, die Müllbehälter zu verwenden; schmale Schlitze in der Wand, durch die ein dünnes Briefkuvert paßte. Und natürlich gab es hier kein Rauchverbot, schon eher eine Rauchpflicht, und allein um die Kippenberge zu beseitigen, waren in jeder Station mehrere Männer pausenlos im Einsatz. Versteht sich, daß durch das kollektive Gepaffe die Luft nicht unbedingt besser wurde.

In dem bißchen Freizeit, das zwischen Arbeit und Schlafkoje anfiel, saß Cheng im *St. Johann*, einer österreichischen Bar. Chinesen ohne ausländische Begleitung sah man hier nicht gern, Cheng aber war willkommen, immerhin ein geborener Wiener. Der Besitzer der Bar, ein Pongauer Original aus St. Johann, war froh über diesen Gast, ruhig, adrett gekleidet, immer am Rand der Bar stehend, der keine Schulden machte (was hier – wie überall auf der Welt – einem Wunder gleichkam) und der es verstand, jemandem sein Ohr zu leihen. Der Pongauer hörte sich gerne reden, benötigte aber einen Zuhörer, damit das Bild sozusagen stimmte, und weil ja nun Cheng gehörlos war, andererseits aber nicht blind, also den Pongauer lachen sah und mit ihm mitlachte, den Pongauer nicken sah und mit ihm mitnickte, den Pongauer die Stirn runzeln sah etc., deshalb war Cheng ein ausgezeichneter Zuhörer. Und daß der Pongauer dazu tendierte, die immer gleichen Geschichten zu erzählen, störte nun wirklich nicht.

Eigentlich fühlte sich Cheng in dieser Stadt (die er kaum kannte) recht wohl. Was nichts daran änderte, daß niemals so etwas wie ein heimatliches Gefühl seine eingeschlossene Wiener Seele erfaßte.

Er hinkte über den Bahnsteig der Deng-Xiaoping-Centralstation, dort wo ein gläserner Aufgang zum Kurt-Waldheim-Memorial führte, einem der schönsten Plätze in Kunming, auf dem jeden Nachmittag um Punkt drei Uhr eine Wiener Polizeikapelle Aufstellung nahm und – nachdem ein chinesischer Soldat in die Luft gefeuert hatte – den Radetzky-Marsch mit der immer gleichen Leidenschaft, stets volltrunken und mit Feuer im Herzen vortrug. Ein touristisches Muß.

Cheng hatte einen Berg von Zigarettenkippen zusammengekehrt, dazu leergesaugte Ketchupdosen, Gesichtsfolien, tote Handys, Fingerkuppen (die U-Bahn hatte auch ihre Tücken), alle möglichen Wegwerfprodukte (deren Sinn tatsächlich in nichts anderem bestand, als sie wegzuwerfen), und natürlich angebissene *Japaner* (Salzkekse, in die man biß und sie ausspuckte – ein Ersatz für das verbotene Speichellassen im öffentlichen Raum). Im Müll lagen auch jede Menge Ohrenschützer, die irgendwelche Bengels von den Köpfen der Leute gerissen und in den Dreck geworfen hatten.

Die Kunminger liebten ihre Ohrenschützer, aber was auf den Boden fiel, das galt als verloren.

Cheng schloß die an seinem Armstumpf seitlich angebrachte Saugvorrichtung an eine Schlauchöffnung, die aus der Wand stand, stampfte mit seinem gesunden Bein kurz auf, woraufhin die Anlage ansprang und Cheng beginnen konnte, den Dreck aufzusaugen. Während er so dastand, inmitten der Leute, die auf einen Zug warteten, inmitten des Lärms aus Geschwätz, Selbstgesprächen, Werbeeinschaltungen und Strauß-Walzern, eines Lärms, der ihm nichts anhaben konnte, und er also mit größter Sorgfalt seinen Staubsauger bediente, da begann er zu sinnieren, dachte daran, daß es jetzt mehr als zehn Jahre zurücklag, daß mit dem Tod des unvergeßlichen Erich Grobfeld der Fall Ranulph Field gewissermaßen einen Abschluß gefunden hatte. Denn für Cheng war es im Grunde immer nur dieser eine Fall geblieben. Maria Baumann und Charlotte Grimus waren nie wiederaufgetaucht; man kann aber auch nicht sagen, daß hartnäckig nach ihnen gesucht wurde. Preisinger dankte dem Allmächtigen, daß alles vorbei war, die Leute in ihren Ehrengräbern lagen und Frieden gaben. Was nichts daran änderte, daß der Hofrat ein Jahr später den Bemühungen eines Lungenkarzinoms nachgab und ebenfalls auf das große Gräberfeld im Süden Wiens übersiedelte.

Cheng resümierte, wer denn von damals überhaupt noch am Leben war. Nun, Straka war es nicht, der hatte seinen Magen nicht überlebt. Einen besseren Magen besaß Christa Hammerschmid, die Mörderin eines längst vergessenen Burgschauspielers. Mit großem Erfolg leitete sie in jener Strafvollzugsanstalt, in der sie einsaß, eine Entwicklungsabteilung für Lasertechnologie (natürlich gab es anfänglich Proteste, daß ausgerechnet Gefängnisinsassinnen sich mit Lasertechnik beschäftigten. Doch die erstaunlichen Errungenschaften auf dem Gebiet der medizinischen Lasertechnik und in anderen – nicht näher benannten – Disziplinen, vor allem aber deren internationale Vermarktung überzeugten und begeisterten). Auch Doktor Hantschk erfreute sich noch bester Gesundheit, war in der Zwischenzeit pensioniert und hatte einen umstrittenen Ratgeber auf den Markt gebracht, der sich zwar als rein wissenschaftliche Arbeit tarnte, aber in Wirklichkeit den interessierten Laien genauso wie den um Fortbildung bemühten Professionisten in einer leicht verständlichen Sprache unterwies, wie ein Mord zu begehen sei, ohne daß gleich jeder dahergelaufene Polizeiarzt den Tatvorgang präzisieren konnte (*Mord und Fälschung*, Verlag Wissenschaft und Praxis). Weniger Glück hatte Staatsanwalt Martin Geissler, den ein verrückter Tod ereilte, auf den er sich jedoch in unzähligen Alpträumen und Ahnungen geistig vorbereitet hatte. (Von einem Gemälde beziehungsweise seinem üppigen Prunkrahmen erschlagen zu werden gehört erwiesenermaßen zu den allerhäufigsten Wahnvorstellungen europäischer Bildungsbürger, kommt andererseits so gut wie nie vor.) Die genaueren Umstände wurden nie restlos geklärt. Das Ende des Staatsanwalts war ja nicht bloß tragisch, sondern auch höchst peinlich, immerhin ereignete sich der tödliche Vorfall während eines nachmittäglichen Empfang des französischen Botschafters. Der Staatsanwalt hatte – angetan vom Anblick einer Botschaftssekretärin, der er gerade *philosophus non curat* (Einen erhabenen Geist bekümmert dies nicht) erklärte – unter einem Gemälde von Johann Baptist Reichsritter Lampi dem Älteren gestanden, als das Kunstwerk seine unsachgemäße Aufhängung verließ. Der Rahmen traf den (nicht wirklich überraschten) Staatsanwalt derart unglücklich (das spitze Stück eines stilisierten Pfingstrosenblattes hatte die Schädeldecke durchbrochen), daß er noch vor Ort verstarb. Ein fröhlicher diplomatischer Nachmittag war dahin. Der Botschafter zeigte sich selbstredend schockiert, und irgendein Minister sprach von einer Lükke. Aber das mit der Lücke war natürlich Unsinn und Geissler schneller vergessen als etwa der von ihm seinerzeit an die Wand gespielte Massenmörder Strahammer.

Wer überraschenderweise noch immer unter den Lebenden weilte, war der Kater Batman, was wohl auf seine streßfreie Lebensweise und die Erhaltung dieses streßfreien Raums durch Irene Böhm zurückzuführen war. Lauscher hingegen hatte sich bereits ein Jahr nach Grobfeld zur Ruhe gelegt (nicht unweit vom Asperner Friedhof, wo Chaloupka lag) – er war dem Tod dort begegnet, wo es sich für ein vernunftbegabtes Wesen gehört: im Schlaf.

Cheng hatte jahrelang nicht mehr an diese Geschichte, an die in diese Geschichte involvierten Personen gedacht. Selbst Lauschers prägnante Gestalt war mit der Zeit hinter einen Nebel gefallen, der unser Glück bedeutet, da ja alles hinter diesen Nebel fällt, nicht bloß Hunde mit großen Ohren, sondern auch weit weniger erfreuliche Anblicke, etwa jener der hingerichteten Herren Chaloupka und Thomson.

Warum aber mußte er ausgerechnet jetzt an diese unglückselige Geschichte denken? Waren es die Fingerkuppen, die zwischen den Zigarettenkippen steckten? – Nein, sein Blick war bereits die längste Zeit auf eine Frau gerichtet, die einige Meter von ihm entfernt stand, zwischen anderen Passanten, zu weit weg, als daß er hätte sagen können, aus welchem Stoff ihr cremefarbenes Kleid bestand. Was er gut erkennen konnte, war die schlanke Damenzigarette, an der sie mit einer Konzentration sog, als könnte man sich dabei verkühlen oder Aktien verlieren. Wäre ihre Hand unbedeckt gewesen, vielleicht hätte er es übersehen. Aber dank des bis zur Achsel reichenden, signalroten Lackhandschuhs war es überdeutlich: Ihr fehlte der kleine Finger.

Cheng war klug genug, sein ruhiges Leben nicht gefährden zu wollen. Warum er dennoch seinen Besen zur Seite stellte, seinen Staubsaugerarm von der Einzugleitung abklinkte und, als nun ein Zug kam, sich in denselben Waggon zwängte, in den auch die Frau stieg, das ist schwer zu sagen. Warum tun Menschen derartiges? Warum springen sie aus Flugzeugen? Warum gehen sie schwimmen, warum heiraten sie oder trinken Cola oder schließen Versicherungen ab? Warum arbeiten sie ständig gegen sich selbst?

Er stand also in dem Gedränge und tat so, als würde er wie alle anderen hinauf zur Decke starren, wo auf den Breitwandmonitoren gerade eine der beliebten *Dirty-Dog-Shows* lief, in denen die Kandidaten in Hundekostümen steckten, von ihren Partnern an der Leine hereingeführt wurden und nach einer eher beschaulichen Einführungsrunde begannen, einander zu attackieren oder aber die Hosenbeine des Publikums. Sie fraßen aus riesigen Näpfen Spaghetti, fletschten ihre Plastikzähne und markierten die Studioeinrichtung. Wer sich am brutalsten und widerwärtigsten aufführte, erhielt den Titel »Tagesprinz der Dirty Dogs« und wurde noch auf der Bühne eingeschläfert. Ob dieser letzte Akt bloß gestellt war, blieb unklar. In jedem Fall hätten sich die Fahrgäste am liebsten vor Lachen gebogen, wäre es nicht so eng gewesen, daß man wie in einem Korsett steckte und von Biegen keine Rede sein konnte.

Am Red-Banner-Of-The-Free-Market-Boulevard verließ die Frau den Zug. Cheng folgte ihr. Auf der Rolltreppe holte ihn einer seiner Kollegen ein, ein junger Kerl, der sich noch um jeden Dreck kümmerte und wissen wollte, was Cheng hier trieb und wo er seinen Besen gelassen hatte. Ein Angestellter des Reinigungstrupps durfte unter keinen Umständen seinen Besen verlassen (es war der Besen, der mit der Zentrale verbunden war). Cheng bemerkte ihn nicht. Weshalb der junge Kerl, ein ehemaliger Mitarbeiter am ehemaligen Wiener Institut für Milchforschung und Bakteriologie, Cheng nun am Staubsauger packte und schüttelte. Cheng sah nicht einmal hin, schlug einfach mit der Rechten dem jungen Mann das Kinn zur Seite, woraufhin dieser mitsamt seinem Besen nach hinten fiel und von lachenden Passanten, die das für Teil einer Fernsehaufzeichnung hielten, aufgefangen wurde. Cheng kümmerte sich nicht weiter darum, war besessen davon, diese Frau, die er für Charlotte Grimus hielt, nicht noch einmal aus den Augen zu verlieren. So wie damals, auf dem Wiener Zentralfriedhof. Doch als sie nun in den komfortablen, gläsernen Aufzug stieg, der direkt hinauf ins Restaurant des Hotels Adenauer führte, zögerte er kurz, da zwei Kreuzritter die Eintretenden überprüften. Sie trugen schwarze Ledermonturen, schwarze Kappen, sogar ihre Zähne waren schwarz. Doch wurde hier selten gelächelt. Die Maschinenpistolen im Anschlag. Deutsche Privatpolizei, berühmt dafür, lieber einen unschuldigen Chinesen umzublasen, als sich eine zögerliche Einstellung vorhalten zu lassen. Andererseits: Cheng trug die rot-weiß-rote Uniform der sogenannten *Besenen*. Und immerhin gehörte auch dieser Aufzug zum Bereich der Untergrundbahn, wenngleich er zu einer der exklusivsten Lokalitäten der Stadt führte. Cheng sah keine andere Chance. Inmitten distinguierter Geschäftsleute näherte er sich dem Lift. Die beiden Kreuzritter sahen auf ihn hinunter, als wäre dort unten, wo sein Kopf lag, die Welt zur Vernichtung freigegeben.

Ihre mit schwarzer Nivea bestrichenen Backen vibrierten. Aus den Nasen kam es heiß und feucht. Die Warnung auf ihren Brustpanzern, ihnen keine dummen Geschichten zu erzählen, wurde auch von Cheng ernst genommen. Er nickte bloß, ein Kollege unter Kollegen, ging einfach an ihnen vorbei, auch Aufzüge müssen gereinigt werden, auch dieser. Die beiden sahen ihm nach wie einem Wurm, den man eben mit übergroßen Pranken nicht zu fassen kriegt.

Die Tür schloß sich, und der Aufzug fuhr mit einer Lautlosigkeit, die Cheng nicht zu würdigen vermochte, die fünf Etagen hinauf zum Restaurant. Er wagte kaum, zur Grimus zu sehen.

Der Ausstieg führte in einen fensterlosen, vollständig mit rotem Plüsch ausgelegten, breiten Gang, in dem so viele Kreuzritter herumstanden, als wäre eine Belagerung geplant. Ein Haufen gewaltiger Käfer mit schwarzem Nasenhaar und wuchtigen Laserwaffen. Die Restaurantgäste, die nun aus dem Lift stiegen, kümmerte das nicht. Die meisten von ihnen trugen spezielle Brillen: Pausen- und Beruhigungsgläser, auf denen der Anblick dieser martialischen Bande von Security-Beamten schlichtweg gelöscht war. Schließlich konnten einem so viele schwarze Zähne den Appetit verderben. Cheng aber sah sie und war dementsprechend beunruhigt. Er stieg aus dem Aufzug, zog ein Reinigungsspray aus seiner Tasche, wich auf die Seite aus und gab vor, den Zustand der Außenscheiben zu überprüfen. Einer von den Kreuzrittern sah herüber, murmelte etwas Abfälliges, kümmerte sich aber nicht weiter um den Rot-weiß-rot-Gestreiften.

Nachdem sämtliche Gäste sich in die Restauranthalle begeben hatten, schoben die Kreuzritter ihre Maulmikrophone zur Seite, ließen die Luft aus ihren Brustkörben, steckten ihre Präzisionswaffen in golfsackartige Taschen, lockerten ihre Gürtel und eilten in einen Nebenraum, um sich die paar Minuten, bis der nächste Aufzug kam, eine Fußballübertragung aus Deutschland anzusehen. Die ganze Truppe stammte aus Bayern, überzeugte 1860er, echte Fanatiker, weshalb auch keiner von ihnen mitbekam, wie nun Cheng den jedes Geräusch schluckenden Gang passierte, durch eine automatische Glastür ging, auf der Adenauers Konterfei aufgemalt war, in die Halle trat und sogleich, bevor das gerötete Auge eines Kellners seiner habhaft werden konnte, hinter einer Palme in Dekkung ging. Palmen gab es genug, gewaltige Dinger, die in einer Reihe standen, entlang einer zehn Meter hohen Stahlwand, von der die Flaggen der großen Konzerne im künstlichen Wind wehten. Eine Längsseite des Stockwerks wurde von einer einzigen Fensterwand eingenommen, die eine Aussicht auf den Place Of The Liberation Army freigab; welche Armee damit gemeint war, darüber gab es unterschiedliche Ansichten, immerhin war der zentrale stählerne Triumphbogen von den rührigen Thyssenern gestiftet und errichtet worden.

Cheng bewegte sich entlang der aufgereihten Palmen, plazierte sich schließlich hinter einem Topf, groß wie sein Körper, von wo er beinahe den gesamten Raum überschauen konnte. Er entnahm seiner Tasche eine Art Operngucker, der zur Grundausstattung der *Besenen* gehörte, deren traditionelle Sehschwäche den Blick in die Ferne erschwerte. Das kleine Gerät besaß eine erstaunliche Qualität. Cheng sah den Gästen in die Suppen hinein, sein Blick strich über das Reptilleder der Herrenkrawatten und über Damenhüte aus vergoldetem Zeitungspapier, über die Motive der Servietten: Adenauer gibt seine Stimme für die Wiederbewaffnung ab, Adenauer spielt Schach, bläst Kerzen aus, lächelt mit de Gaulle. Cheng sah die gekrümmten Rücken der Kellner, die Insekten in den Blumenarrangements, rausgestreckte Zungen und lippenstiftverschmierte Zigarettenfilter, und er sah ein Glas Wein, das langsam zum Mund geführt wurde, gehalten von einer Hand, die in einem roten Lackhandschuh steckte, der zwischenzeitlich auf Unterarmhöhe zurückgeschoben worden war. Ein Handschuhfinger, leer und schlaff, zeigte auf das Gedeck. Das Gesicht der hochgewachsenen Frau war verdeckt von einer Sonnenbrille im Stil der guten alten siebziger Jahre des vergangenen Jahrhunderts; hinter solchen Brillen war kein Gesicht mehr auszumachen. Aber darauf kam es ja auch nicht an, Cheng war sicher: Es war Charlotte Grimus, kaum verändert nach zehn Jahren. Was er von sich selbst nicht behaupten konnte. Übrigens auch nicht von dem Mann, der Charlotte Grimus gegenübersaß und dessen Anblick Cheng nun mit einer Wucht in den Schädel fuhr, als hätte er unvermutet sein Gehör wiedergefunden.

Es war Ranulph Field, das heißt, er sah so aus, wie Ranulph Field wohl nach zehn Jahren ausgesehen hätte, wäre er nicht unter der Erde von Adelaide gelegen. Es waren Rans Bewegungen, es war Rans Art, die Haare hinter die Ohren zu streichen, mit Daumen und Mittelfinger die beiden Brillenbügel gegen die Schläfen zu drükken, die Zigarette mit dem Filter auf den Handrücken zu klopfen – aber das konnte man sich natürlich auch einbilden.

Cheng überlegte, das der einzige, den er nie zu Gesicht bekommen hatte, dieser Jack Swanzy gewesen war, dessen Ähnlichkeit mit Ran er nur aus Erzählungen kannte. Was war aus dem Kerl überhaupt geworden? Sollte der da drüben Jack Swanzy sein, der nicht nur wie ein um zehn Jahre gealterter Ranulph Field aussah, sondern genau wie dieser ständig mit der linken Hand sein – infolge kurzer Hose – nacktes Knie rieb? Oder war Jack Swanzy vielmehr jenes tote Stück Fleisch gewesen, das Barbara Gregor und er selbst, später dann sogar die aus Australien angereisten Eltern als den toten Ranulph Field identifiziert hatten? Und war es also doch Ranulph Field, der dort drüben mit Charlotte Grimus saß?

Cheng wollte es wissen. Nur noch das eine. Ob er all diese Verletzungen seines Körpers hatte in Kauf nehmen müssen, bloß weil er sich einem toten Klienten verpflichtet gefühlt hatte, welcher gar nicht tot gewesen war? War von Anfang an geplant gewesen, auf Grund der Ähnlichkeit von Jack Swanzy und Ranulph Field ein Mißverständnis vorzutäuschen, um solcherart wiederum den Tod Ranulph Fields vorzutäuschen, wozu auch immer?

Er wollte es wissen. Und glaubte nicht, etwas zu erfahren, wenn er sich in Geduld übte, die beiden im Visier seines Operngucker behielt und später versuchte, Grimus und ihrem Freund nach draußen zu folgen, um sie an einem weniger frequentierten Ort zu stellen. Natürlich würde er sie dabei verlieren. Er hatte bereits mehr Glück gehabt, als einer wie er verlangen durfte.

Weshalb er nun aus seinem Versteck hervortrat, ohne ein Zögern, sicheren Schrittes (soweit man das sagen konnte), in seinem rot-weiß-roten Plastikoverall, den Saugschlauch am Armstumpf, mit schweißnassem Haar, plüschernen Ohrenschützern, groß wie Gorillafäuste, wie alle *Besenen* mit einer erdfarbenen, breiigen Schutzcreme auf den Lippen, vorbei an den entsetzten Blicken der Kellner, vorbei an parfümierten Damen, die von ihren blaugekochten Forellen mit den künstlich eingelegten Gräten aufsahen, vorbei an den erschrockenen Blikken der Geschäftsleute, die in der angenehmen Atmosphäre des *Adenauer* ihre Beruhigungsgläser abgelegt hatten und also sehen konnten, wie ein Typ von der U-Bahn-Reinigung durch ihre Reihen marschierte, am Arm irgendein merkwürdiges Ding, bei dem es sich gut und gern um eine Bombe handeln konnte. Was anderes als ein Attentat mochte ein *Besener* im *Adenauer* auch sonst bedeuten? Im Kielwasser Chengs brach Panik aus, Weingläser fielen um, Bratenstücke fielen zurück in ihre Säfte, Zigaretten kippten aus den Mündern, manch einer griff zu seinen Beruhigungsgläsern, realistische Temperamente strebten den Ausgängen zu. Cheng bekam von alldem nichts mit, sein Blick war auf den einen Tisch gerichtet. Und über sein Gehör ist ja schon genug gesagt worden.

Die Grimus sah kurz auf, zeigte keine Reaktion, widmete sich wieder ihrem Wein. Der Mann aber war aufgesprungen, sah Cheng entgeistert an, rang nach Worten, die sich stauten und schließlich überschwappten. Er packte Cheng an den Schultern, redete wie wild auf ihn ein. Schien sich zu rechtfertigen. Sah immer wieder zur Grimus, hilfesuchend. Die aber blieb bei ihrem Wein.

»Hör auf zu schreien, Ran«, sagte Cheng, »ich kann dich ohnehin nicht verstehen.« Cheng zeigte auf sein rechtes Ohr und wischte mit der Hand ein Nein in die Luft.

Field sah zu Boden, betreten, wirkte unglaubwürdig, richtete den Kopf wieder auf, lächelte wie über eine Geschichte, die man nun wirklich nicht mehr aufzuwärmen brauchte, faßte Cheng nochmals an der Schulter, nun, wie um seinen alten Freund wegen dem bißchen Taubheit und den anderen Kleinigkeiten zu beruhigen und auf einen Drink einzuladen. Dafür war es freilich zu spät. Ran sah über Chengs Schulter hinweg das zwangsläufige Unheil nahen, weshalb er von der Schulter wieder abließ, einen Schritt zur Seite machte, gestikulierte, den herbeigeeilten Kreuzrittern – die im Kielwasser Chengs Stellung bezogen hatten – etwas zurief, verzweifelt, schlichtweg aus dem einen Grund, da er selbst in ihrer Schußlinie stand, aufschrie, die Grimus am Handgelenk packte, sie vom Sessel riß und aus dem Gefahrenbereich schleifte. Was bei Cheng den Eindruck hinterließ, Charlotte Grimus sei blind, ein Eindruck, der ihn zum letzten Mal in seinem Leben erschaudern ließ. Die Gewehrsalven der Kreuzritter erlösten ihn auch davon.

Anmerkungen des Autors zur Wiederauflage von Cheng

Bevor Markus Cheng ein Mensch wurde, war er eine Comicfigur, allerdings eine leibhaftige. Was bedeutet, daß seine Unfälle, seine bizarren Schicksalsschläge, sein Scheitern in der Art einer Endlosschleife, daß all dies in einer zeichentrickartigen Drastik vonstatten geht. Wie im Comic gibt es dauernd gigantische Beulen. Nur daß diese Beulen im gleich darauf anschließenden Moment *nicht* verschwunden sind. Chengs Beulen bestehen auch noch im nächsten und übernächsten Bild. Die Ergebnisse seiner Mißgeschicke sind konkret und weltlich. Ein verlorener Arm bleibt ein verlorener Arm.

Daß diese literarische Figur bei ihrem ersten Auftreten in einer Comicwelt lebt, hängt nicht zuletzt damit zusammen, daß ich das Wien der neunziger Jahre exakt so empfunden habe: als ein böses Entenhausen. Eine gummiartig sich verbiegende Stadt, die den gescheiterten Figuren nicht einmal den Trost sich rasch auflösender Beulen läßt.

Die Drastik des Dargestellten ist Prinzip einer quasi vorphilosophischen Zeit. Die Deutlichkeit und Parteilichkeit der Kommentare Ausdruck eines Desinteresses am Ausgleich, an der modernen Unart ständigen Relativierens.

Der Cheng, der dann folgt (*Ein sturer Hund*, 2003), ist einer, der sich in der Fremde, in Stuttgart (eine Stadt, in der auch die Psychosen picobello daherkommen), aus seinem Dilemma zu befreien beginnt. Nicht, indem

Cheng gesundet, sondern indem er ein Beckettsches Diktum für sich in Anspruch nimmt: »Wieder versuchen. Wieder scheitern. Besser scheitern.«

Über dieses »bessere Scheitern« gelingt ihm eine Eleganz und Würde seiner Erscheinung, die im ersten Cheng-Roman bereits anklingt. (Man könnte meinen, der verlorene Arm macht aus Markus Cheng zwar keinen besseren Menschen, aber einen schöneren Menschen. Der Arm ist ein Opfer, um die Geister gnädig zu stimmen.)

Solcherart verwandelt und gerüstet kehrt Cheng noch einmal nach Wien zurück (*Ein dickes Fell*, 2006). Die Stadt ist noch immer ein böses Entenhausen, aber kein schwarzweißes mehr, wie zu Anfang. Die Bildchen sind ausgemalt, nicht selten grau, aber ausgemalt. Auch das Unwirkliche ist hyperrealistisch. Somit ist es nur konsequent, daß Markus Cheng in der Wiener Hauptbücherei auf ein Buch stößt, daß den Titel *Cheng* trägt (das Buch dieser Seiten).

Cheng ist kein Serienheld. Er ist der Held einer Entwicklung.

Bei dieser Wiederauflage handelt es sich um eine »renovierte« Fassung, was bedeutet, daß einzelne Begriffe, selten auch ganze Formulierungen durch neue ersetzt wurden, aber die Geschichte selbst und natürlich auch ihr Stil, ihr Duktus unberührt blieben. Es ist wie bei einem Gemälde, wenn Farbe abblättert, Stellen nachdunkeln. Ich habe in meiner Bearbeitung abgeblätterte und nachgedunkelte Wörter und Wendungen gegen neue getauscht, von denen ich meine, daß sie besser ins Bild passen, nicht abblättern, nicht nachdunkeln.

Der Sinn von Renovationen besteht ganz sicher darin, daß hernach etwas schöner ist.

Heinrich Steinfest

Ein dickes Fell

Chengs dritter Fall. 608 Seiten. Piper Taschenbuch

Ein Kartäuser-Mönch soll im achtzehnten Jahrhundert die Rezeptur für ein geheimnisvolles Wunderwasser erfunden haben – 4711 Echt Kölnisch Wasser. Als in Wien ein kleines Rollfläschchen mit dem Destillat auftaucht, beginnt eine weltweite Jagd nach dem Flakon: Seinem Inhalt werden übersinnliche Kräfte nachgesagt, wer es trinkt, erreicht ewiges Leben. Ausgerechnet der norwegische Botschafter muß als erster sterben, und Cheng, der einarmige Detektiv, kehrt zurück nach Wien. Sein Hund Lauscher trägt mittlerweile Höschen, hat sich aber trotz Altersinkontinenz ein dickes Fell bewahrt. Und das braucht auch Cheng für seinen dritten Fall in Heinrich Steinfests wunderbar hintergründigem Krimi.

»Steinfest unterhält nicht nur, er öffnet einem buchstäblich die Augen für – ein großes Wort – den Reichtum und die Vielfalt der Schöpfung.«

Denis Scheck in der ARD

05/2128/02/L

Heinrich Steinfest

Tortengräber

Ein rabenschwarzer Roman. 288 Seiten. Piper Taschenbuch

Klaus Vavras tägliche Freuden sind es, Croissants zu essen und Frauen am Telefon anzuschweigen. Seine beiden Gewohnheiten bringen ihn in ernste Gefahr: Vavra kann es nämlich nicht unterlassen, die auf einem Geldschein – den er natürlich beim Croissant-Kauf bekommen hat – gekritzelte Nummer zu wählen und wie gewohnt zu schweigen. Wenige Minuten später stürmt die Polizei seine Wohnung. Und damit beginnt eine ebenso mord- wie wendungsreiche und hoch komische Rallye quer durch Wien.

»Heinrich Steinfest verfügt über ein schamlos bloßlegendes Sprachbesteck.«

Der Standard

05/2136/02/R

PIPER

Heinrich Steinfest

Ein sturer Hund

Kriminalroman. 314 Seiten.
Piper Taschenbuch

Wer ist die Mörderin, die ihre Opfer porträtiert und anschließend mit ritueller Präzision köpft? Und was hat sie mit dem Wiener Privatdetektiv Cheng zu tun? Denn als er sich selbst porträtiert findet, startet sein Wettlauf gegen die Zeit, und er muß feststellen, daß nicht nur sein Mischlingsrüde Lauscher ein sturer Hund ist ... Der zweite Roman um den einzelgängerischen, sympathischen Detektiv Cheng.

»Ein Virtuose des geschmackvollen Pöbelns, ein Meister der schrägen Figuren, ein sanfter Terrorist.«
Thomas Wörtche

05/1758/02/L

Heinrich Steinfest

Nervöse Fische

Kriminalroman. 316 Seiten.
Piper Taschenbuch

Für den Wiener Chefinspektor Lukastik, Logiker und gläubiger Wittgensteinianer, steht fest: »Rätsel gibt es nicht.« Das meint er selbst noch, als er auf dem Dach eines Wiener Hochhauses im Pool einen toten Mann entdeckt, der offensichtlich kürzlich durch einen Haiangriff ums Leben kam. Mitten in Wien, achtundzwanzigstes Stockwerk. Und von einem Hai keine Spur. Nun steht der Wiener Chefinspektor nicht nur vor einem Rätsel, es sind unzählige: Ein Hörgerät taucht auf, zwei Assistenten verschwinden. Und die Haie lauern irgendwo ... Der neue Krimi Heinrich Steinfests, 2004 Preisträger des Deutschen Krimipreises.

»Ich wiederhole mich: Herrlich! Göttlich! Steinfest!«
Tobias Gohlis, Die Zeit

05/1765/02/R

Wolfgang Burger
Heidelberger Wut
Kriminalroman. 272 Seiten.
Piper Taschenbuch

Als der eigenbrötlerische Seligmann von seiner Nachbarin als vermisst gemeldet wird, hat Kriminalrat Gerlach gerade ganz andere Sorgen, hat er doch einen noch immer unaufgeklärten Bankraub auf dem Tisch. Aber als man im Haus des Vermissten Blutspuren entdeckt, wird Gerlach hellhörig. Gibt es eine Verbindungslinie zu dem Bankraub? Und welche Rolle spielte Seligmann bei der brutalen Vergewaltigung einer Schülerin vor einigen Jahren? Kein Wunder, dass bei all diesen Geschehnissen auch Gerlachs Privatleben wieder einmal Kopf steht – gerade jetzt, wo die pubertierenden Zwillinge eigentlich seine Aufmerksamkeit dringend benötigen …

05/2062/02/L

Wolfgang Burger
Heidelberger Requiem
Kriminalroman. 256 Seiten.
Piper Taschenbuch

Alexander Gerlach glaubt, mit seiner Beförderung zum Chef der Heidelberger Kriminalpolizei einen ruhigen Posten bekommen zu haben. Doch schon am ersten Tag wird die Leiche eines Chemiestudenten gefunden, der auf grausamste Weise ermordet wurde. Die Lösung des Falls scheint einfach, denn der junge Mann hatte synthetische Drogen hergestellt, um sein Budget aufzubessern. Doch bald kommt es zu einem weiteren Mord, der alle bisherigen Vermutungen über den Haufen wirft. Als Gerlach beginnt, das grausame Spiel zu durchschauen, ist es fast zu spät …
Ein spannender Roman mit einem ungewöhnlich sympathischen Helden, der sich nicht nur ständig in die falschen Frauen verliebt, sondern zudem als allein erziehender Vater von seinen beiden Töchtern in Atem gehalten wird.

05/2063/02/R

PIPER

Volker Klüpfel, Michael Kobr

Erntedank

Kluftingers zweiter Fall. 384 Seiten. Piper Taschenbuch

Der Allgäuer Kriminalkommissar Kluftinger traut seinen Augen nicht: Auf der Brust eines toten Mannes in einem Wald bei Kempten liegt, sorgfältig drapiert, eine tote Krähe. Im Lauf der Ermittlungen taucht der Kommissar immer tiefer in die mystische Vergangenheit des Allgäus ein, und es beginnt ein Katz-und-Maus-Spiel mit dem Mörder, bei dem die Zeit gegen ihn arbeitet. Denn alle Zeichen sprechen dafür, dass das Morden weitergeht …
Mit eigenwilligen Ermittlungsmethoden riskiert der liebenswert-kantige Kommissar einen Blick hinter die Fassade der Allgäuer Postkartenidylle und deckt Abgründe auf.

»Kommissar Kluftinger hat in seinen Kniebundhosen durchaus das Zeug zum Columbo von Altusried. Und schon deshalb wird dieser Krimi auch über die Grenzen des Allgäus hinaus bekannt werden.«
Die Welt

05/2061/02/L

Volker Klüpfel, Michael Kobr

Milchgeld

Kluftingers großer Fall. 320 Seiten. Piper Taschenbuch

Ein Mord in Kommissar Kluftingers beschaulichem Allgäuer Heimatort Altusried – jäh verdirbt diese Nachricht sein gemütliches Kässpatzen-Essen. Ein Lebensmittel-Chemiker des örtlichen Milchwerks ist stranguliert worden. Mit eigenwilligen Ermittlungsmethoden riskiert der liebenswert-kantige Kommissar einen Blick hinter die Fassade der Allgäuer Postkartenidylle – und entdeckt einen scheinbar vergessenen Verrat, dunkle Machenschaften und einen handfesten Skandal.

»›Milchgeld‹ ist ein Volltreffer, weil er Mentalität in Reinform verkörpert.«
Süddeutsche Zeitung

05/1899/03/R

Martin W. Brock

Nachtnebel

Ein München-Krimi. 288 Seiten. Piper Taschenbuch

In einem Waldstück bei München findet ein Spaziergänger einen ausgebrannten Pkw – und auf dem Fahrersitz die verkohlte Leiche eines Mannes. Wer ist er, und warum mußte er sterben? Zunächst tappt Hauptkommissar Ricardo Bauer im dunkeln, doch dann überstürzen sich die Geschehnisse. Die Polizisten selbst und ihre Familien geraten in die Schußlinie einer skrupellosen Verbrecherbande, die auch vor Mord nicht zurückschreckt …

»Wer ›Nachtnebel‹ liest, läuft selbst Gefahr, eine schlaflose Nacht zu verbringen. Denn einmal in den Fängen von Martin W. Brock, läßt einen der Roman nicht mehr los.«
Süddeutsche Zeitung

05/2215/02/L

Gisa Pauly

Die Tote am Watt

Ein Sylt-Krimi. 352 Seiten. Piper Taschenbuch

Ein furchtbarer Mord auf der Ferieninsel Sylt! Eine vermögende Witwe wird erdrosselt aufgefunden. Eigentlich müsste der Täter per DNA-Analyse schnell zu überführen sein, weshalb Hauptkommissar Erik Wolf auf eine rasche Lösung hofft. Mamma Carlotta jedoch, seine italienische Schwiegermutter, die derzeit zu Besuch ist, hält wenig von solchen modernen Ermittlungsmethoden. Viel lieber verlässt sie sich auf ihre weibliche Intuition. Mit italienischem Charme und zum Schreck der Beamten mischt sie sich in die Ermittlungen ein. Dabei bringt sie sich selbst in Lebensgefahr …
Atmosphärisch, spannend und humorvoll erzählt Gisa Pauly von Mamma Carlottas erstem Fall, bei dem das italienische Temperament mit dem norddeutschen mehr als einmal zusammenprallt.

05/2079/02/R